窃龙宝

九死十三灾

天下霸唱 著

北京联合出版公司

Beijing United Publishing Co.,Ltd.

图书在版编目（CIP）数据

窦占龙憋宝．九死十三灾 / 天下霸唱著．-- 北京：
北京联合出版公司，2023.1
ISBN 978-7-5596-6462-4

Ⅰ．①窦… Ⅱ．①天… Ⅲ．①长篇小说－中国－当代
Ⅳ．① I247.5

中国版本图书馆 CIP 数据核字（2022）第 180313 号

窦占龙憋宝．九死十三灾

作　　者：天下霸唱
出 品 人：赵红仕
责任编辑：高霁月
封面设计：吴黛君

北京联合出版公司出版
（北京市西城区德外大街83号楼9层 100088）
北京新华先锋出版科技有限公司发行
大厂回族自治县德诚印务有限公司印刷　新华书店经销
字数208千字　620毫米×889毫米　1/16　18印张
2023年1月第1版　2023年1月第1次印刷
ISBN 978-7-5596-6462-4

定价：59.50元

目录

第一章　姜小沫惹祸 上

1

想当年，在天津城南门口说书算卦的崔老道，最会讲一套长篇大书《四神斗三妖》，其中有一部上下两本的《窦占龙憋宝》。头天说完一段书帽子，合上了头一本《七杆八金刚》的龙门，随着他拂尘一甩，下一本《九死十三灾》也开了书："古有一人叫韩信，失时落魄投霸王。霸王嫌他出身低，只让他做个扶旗郎。那时的韩信嫌官儿小，撇印逃奔到外乡。张良陈平把将访，访来了韩信保刘邦。登台拜将斩殷盖，汉高祖封他三齐王。终在九里山摆下十面绝户阵，力逼着霸王丧乌江。真可以说立下了不世之功，开汉三杰他占其一。所以后人提及西楚霸王，慨叹其扛鼎拔山之余，总道是'有眼无珠'！为什么引这个典呢？皆因书中要说到'眼力'，识人凭眼力，识宝也凭眼力。逛旧货打小鼓的总将'憋宝'和'捡漏'两个词挂在嘴边，'憋宝'又明显高于'捡漏'。因为漏子有大有小，值俩大子儿的东西，一个大子儿买去就叫捡漏。憋到一次宝，则意味着可以发上一笔横财。干这一行的，谁不想长出一对目识百宝的眼珠子，收来别人不当回事的破东烂西，一转手翻它个成百上千倍？然则三百六十行里没有憋宝的，三十六旁门七十二左道当中才有。清末民初的天津卫四大奇人中有一位——无宝不识窦占龙，吃的正是憋宝这碗饭。那位爷，得风云之际会，享日月之光辉，金胳膊银大腿，翡翠脑袋玛瑙身子，有人拿钱当钱，有人拿钱当命，有人拿钱当祖宗，他拿钱当土。不是天灵地宝，可入不了窦爷的法眼。咱们之前讲完了《窦占龙憋宝：七杆八金刚》，该铺的纲铺了，该埋的扣子也埋了，接下来该说《窦占龙憋宝：九死十三灾》了，开篇头一个回目叫'姜小沫惹祸'！"

崔老道使了几句"扦关儿"，承了前情启了后文，一众听书的可都蒙了："不对啊崔道爷，是我们听岔了，还是您说走嘴了？上一本书留的扣子不是窦占龙惹祸吗？怎么变成姜小沫惹祸了？我们一大早跑来南门口，可全是冲着《窦占龙憋宝》来的，下本书不是该说他骑着黑驴去口北报仇了吗？打哪儿出来个姜小沫？这两不挨呀！合着你崔老道不拿《岳飞传》对付大伙，又换成姜小沫了？姜小沫是谁啊？《四神斗三妖》里有这位吗？"

有几位多少知道点儿前朝旧事的，也跟着七嘴八舌地议论："九河下梢是出过一个大混混儿姜小沫，相传曾是鱼市上的一霸，可那是什么年月了？那会儿咱天津卫还有城墙呢，您不说憋宝发财的窦占龙，要改说《混混儿论》了？"

崔道爷故弄玄虚："嘿！听这意思还真有知道的。看来您是多知多懂，却也只知其一不知其二，更不知其三其四，称霸鱼市的大混混儿姜小沫何许人也？他可是《窦占龙憋宝：九死十三灾》的书胆！说书离不开'书根、书胆、书筋、书领'，又以书胆为重，书无胆而不立啊！没有他姜小沫，也就没咱这部书了。列位明公，贫道的《四神斗三妖》，专讲天津卫的四大奇人，什么是奇人？出人意料才够得上一个'奇'字！还没等我张嘴，您就知道我要说什么了，那还听个什么劲呢？您以为我书接前文，一上来出场的肯定还是窦占龙，我偏说姜小沫，且不让窦占龙出来呢！说到后文书，还得跟上一本对个严丝合缝儿，非得让您在云山雾罩中听出个峰回路转不可，不这么着显不出贫道的能耐，更对不起您各位这么捧场。没别的，老几位，有钱的您捧个钱场，没钱的您捧个人场，咱凑二斤棒子面儿钱，我一家老小今天不用挨饿了，老道徒心里也就踏实了，卖着力气好好伺候您这段'姜小沫惹祸'！"

众人一听也对，崔老道的《四神斗三妖》为什么抓人？正是因为他的书道子厉害，翻手为云覆手为雨，神出鬼没绝处逢生，谁也料不到下文书说什么。但盼着他吃一堑长一智，在书场子挨过打之后改邪归正洗心革面，别再跟南门口"叫花子拉二胡——穷扯"就行了。于是乎，兜里有闲钱的纷纷解囊，你扔仨我扔俩的。身上没带钱的也在一旁站脚助威，揣着手等着听下文。

怎知崔道爷交代完一个回目，挣够了当天的嚼裹儿，接下来便兜过来绕过去，讲讲城门楼子，又说说胯骨轴子，除了闲七杂八，再没说出半个有用的字，最后还不忘甩个扣子："诸位老少爷们儿，说书不留扣，等于瞎胡闹。贫道在南门口说书讲古，一向是惜字如金、精诚至极，绝没有掺汤兑水的废话，开头您听着是废话，到了后文书可都有用。正所谓'好茶不怕细品，好书不怕细论'。撂下开篇的回目，就如同掀开笼屉了，究竟是大眼儿的窝头还是带馅儿的包子呢？咱们明天接演！"

此言一出，在场之人的鼻子全让崔老道气歪了，这俩钱儿花的，还不如上野地里听蝲蝲蛄叫呢！怎奈崔道爷横扫六合的一张嘴，那可真不是盖的，他肚子里的包袱又多，荤的、素的、蔫的、坏的五花八门，怎么掏也掏不空，再加上《四神斗三妖》的内容太抓魂儿，书中的四大奇人，看似各有各的命数，实则都在一道梁子上拴着，让人越听越上瘾。大伙的腮帮子全让他钩住了，骂归骂气归气，明天还得赶早来，挤在头排听个究竟，要不然今天白给他掏钱了！

其实崔老道也打算尽快开说《窦占龙憋宝：九死十三灾》，毕竟这是他"把纲"的活儿，说正书打钱的才多，谁不想多挣几个，吃点儿解馋的呢？只不过他既没有书局里正经八百印出来的"墨刻儿"，又没有老先生传授的"道活秘本"，全靠自己纂弄蔓子，纂个大概再往下蹚。所以开说下一本之前，必须跟排兵布阵似的捣鼓捣鼓书梁子，从头到尾在心里过几遍，想明白了先说什么后说什么，怎么拴扣怎么要钱，以免说乱了套。最紧要是让听书的入扣，没有小扣吸不住人，没有碎扣拉不住人，没有大扣人家转天不来了……这都得提前琢磨透了，所以他是东拉西扯，拿闲篇儿对付了七八天，一直没入正活。

无奈别人不知道他怎么想的。在当时那个年代，九河下梢到处是玩意儿窝子，有的是能说擅唱的江湖艺人。大到茶楼书场，小到路边支棚帐摆凳子，或者是撂地画锅的，指着说书吃饭有名有号的不下几百位，其中绝对是藏龙卧虎。可有一位算一位，甭管多大的名头、多高的辈分，愣是没人比得过崔老道这个海青腿儿。尤其是南门口一带，岂止他一个说书的？茶棚野摊儿不下十几家，别人说得好好的，刚要开杵门子，他推着小挂车一来，黏子们当时就起堂，"呼啦哗啦"全奔他那儿了，他不散买卖，别的说书先生甭想开张。江湖艺人之间本就彼此相轻，面和心不和，瞅着他胡编乱造、掺汤兑水也能挣钱，同行同业的能不眼红吗？都是拜过名师访过高友、下过多少年苦功夫的，谁咽得下这口气？有心到南门口搅了崔老道的生意，奈何《四神斗三妖》是他独一门的玩意儿，谁都没听过后文书，想刨底也刨不了，哪怕愣给他刨了，他明天一拧蔓儿，又奔别的底走了，丢人的不还是刨底这位吗？

不乏气迷了心的在背后败坏崔老道，说他的书不叫玩意儿，东拼西凑、胡诌白咧，包袱不是包袱，扣子不是扣子，更不会念个纲鉴、拉个典故，嘴皮子松得跟棉裤裆似的，脑袋瓜子也不灵，不是滚了纲，就是驳了口，就这还敢觍着脸说书？"先生"俩字儿他担得起吗？再者说来，练武的讲究"内外三合"，内三合"心、气、胆"，外三合"手、脚、眼"，隔行不隔理儿，说书也是一样，眼与心合、气与力合，说出话来"迟疾顿挫、有扬有抑"，那才叫说书。谁那么不开眼，成天去给他捧场？

还有人说："岂止说得不行，崔老道的活儿也不行啊！《四神斗三妖》压根儿不是他自己编纂的，我没出徒的时候听我师父念叨过，老早以前就有这么个梁子，因为神怪书显不出能耐来，里边还夹带着好多臭活儿，正经门户出身的不稀罕说，不知怎么让他得了去，又改头换面添些个鸡零狗碎儿拿出来蒙事，咱不乐意找茬他罢了，倘若较起真儿来，他这就叫'偷活'，捆在祖师爷牌位前活活打死都不为过！"

又有人说："崔老道不是摇铃卖卦的火居道吗？他放着那么多本门本户的金买卖不好好干，非得加一项撂地说书，还净拣邪乎的讲，这不是从我们正经说书的嘴里夺食儿吗？按着江湖上的行话说，他这是'霸地闷杵'啊，怎么就没人管管呢？"

另有一部分说书先生忠厚本分与世无争，毕竟崔老道一不"端锅"，二不"撬杠"，人家不跟他怄那个闲气。你是为了吃饭，我也是为了吃饭，你有本事多吃，我没本事少吃，命里不该的别枉费心机。实在吃不上饭了，拿你的名号沾沾光、借借蔓儿，随便拆兑几个三回五扣的片子活，愣往《四神斗三妖》上凑，什么刘横顺他姥姥、窦占龙他二姨、郭得友他舅妈……挨着不挨着的乱往里掺和，倒也能挣几个养家糊口的钱。

而在同行同业中最恨崔老道的一位，当然是地道外蔡记书场的老板蔡九爷，那真称得起"前世的冤家、今生的对头"。他之前看中了崔老道的能耐，不惜重金把人请到自己的书场说"灯晚儿"。按理说这叫"知遇之恩"，理应肝脑涂地报答人家，怎知崔老道吃人饭不办人事，上了台一通胡说八道，以"铺平垫稳"为借口，硬拿《岳飞传》往《窦占龙憋宝》里糅，险些砸了书场的招牌，又使损招灭了蔡九爷祖传的铜灯。从此之后，蔡记书场的风水破了，生意也是一落千丈，几乎到了门可罗雀的地步。反观崔老道在南门口说得风生水起，还抢走了不少书座儿。蔡老板越想越窝火，天天守着一个空园子，人吃马喂的各项挑费一分钱不能少，黑白两道也得如数打点，又邀不来好角儿，怎么办呢？索性自己下海说书，打出去"津门实事"的水牌子，单说一段《活埋崔老道》。蔡九爷祖传多少代开书场子，打不会说话就在里边泡着，熏也熏得差不多了。虽没正经登过台，可这一开书，还真是那意思，不急不缓娓娓道来，就跟聊闲天似的。人家高就高在不是指名道姓胡卷乱骂，顶多开玩笑似的捎上几句，该夸的时候真夸，该捧的时候也真捧，赶到节骨眼儿上再一脚给他蹬沟里去，想爬都爬不出来，又不拿怪力乱神说事儿，全都是有根有据的，让书座儿听着信服，挣不挣钱搁一边，至少解了心头之恨！

天底下没有不透风的墙，何况崔老道混迹江湖多年，耳朵格外长，外边有什么风吹草动，没他听不着的。"铁嘴霸王活子牙"本就心胸狭窄鼠肚鸡肠，气量也不大，向来是睚眦必报，虽不敢再明目张胆地去书场捣乱，背地里他可没少骂黑街。当着一众听书的面，崔道爷还得故作淡定："依我看蔡老板哪是刨我的底啊，人家分明是替我扬蔓儿，正所谓'抬杠长能耐，砸挂闯名头，台上无大小，台下立规矩'，这才是江湖上的买卖道儿。等说完这本《窦占龙憋宝：九死十三灾》，我非得拎几包桂顺斋的点心看看他去不可。二两的棉花——我跟他单谈！眼下咱先说书吧，不能让大伙白等不是？您看有人问了，'窦爷一个外来的老客，骑着黑驴走南闯北到处跑，并不是咱九河下梢的人，怎么会是天津卫四大奇人之一呢'？若问此事，书中自有交代，您甭着急，贫道我一定掰开揉碎给您说透了。但是书要一句一句讲，也要一句一句听，所以有句行话，真正会听书的内行人都知道——'先紧后松，有始无终；先松后紧，越说越稳'。欲知窦占龙如何去口北收拾锁家门和八大皇商，又如何勾取天灵地宝、惊动了外道天魔，咱还是得从'姜小沫惹祸'开始讲！"

2

说打明成祖设卫筑城以来，九河下梢漕运发达，京畿要冲百业繁荣，在这个一等一的大码头上，吃开口饭的艺人扎堆儿。前清那阵子，天津城中有个姓姜的艺人，出身贫苦，为了有口饭吃，被家里送到外边学艺。东拼西凑拆兑了几个钱，在小饭铺里摆了一桌炒菜面，当着门里一众叔叔大爷的面儿，给师父磕了三个响头，自此算是有门有户，钻到翅膀子底下了。什么人吃什么饭，他自幼聪颖好学，一教就会、一点就通，那真是"有眼儿的就能吹、有弦儿的就能拉、有点儿的就能打、有调儿的就能唱"，尤其擅长老鸳鸯调，《十朵花》唱得最拿手，一字九转、韵味十足。十五岁登台献艺一炮而红，取了个艺名叫"姜十五"，论玩意儿绝对是一等一，而且极好交朋友，扇子面儿似的广结善缘，尽管没什么太有身份、太上品位的，可杂耍曲艺这一行的很多前辈都要买他一个面子。以前的艺人们，不可能常年守着一个地方，免得观众看腻了，必须经常挪动。去到天津城周围十里八乡的容易，背着弦子走村串店，一个人自弹自唱也能挣下钱来。如果说去得远了，通常会搭一个班子，由牵头的出面邀角，京韵、梅花、坠子、八角鼓、快书、戏法儿等等凑齐一台节目，提前讲好如何分账，这叫先小人后君子，免得将来矫情。一行人乘船坐车，在外地跑上三两个月。挣着钱了皆大欢喜，也有败走麦城的，一个大子儿落不下，空着手回来，只好自认倒霉。

由于生活所迫，姜十五也得出去跑江湖，不过老鸳鸯调出自市井，要用本地方言来唱。不是那个字音，唱出来不是那个味儿，外地人欣赏不了。生意不得地，当时就受气。你水土不服，唱得再好也没用，所以得另想辙。在外埠玩意儿场子撂地卖艺的时候，他先敲着小鼓唱上一个小段。为什么不能唱大段儿呢？像什么《秦香莲》《珍珠衫》《风吹铁马》，词儿又多、板又慢，那唱不到一半就没人听了，必须是《盼情郎》《恨五更》《后娘打孩子》之类的小段儿，皮儿薄易懂，唱词也通俗，二六板听着还俏皮。等到聚拢了一批观众，他便开始卖"千金丸"。那是一种加入薄荷脑冰片、蜂蜜甘草的山楂丸，做法非常简单，成本极其低廉，江湖上管这路买卖叫"挑汉儿的"。外地人听不懂老鸳鸯调，围观的顶多瞧个热闹，不可能掏钱，姜十五只有通过卖千金丸谋生，但无论如何不能说这个"卖"字，一定得说白送，否则拢不住人。

　　旧时的艺人也是真有本事，嘴上说着白送还得让你把钱掏出来，一开口全是套路："各位各位，在下来在贵宝地，班门弄斧唱这么一小段《傻女婿》，唱词是说一个傻女婿去给丈母娘抓药，方子上这几味药实在难寻。有什么呢？王八犄角蛤蟆毛、天上飞的燕子屁、四棱鸡蛋要八个、家雀儿撒尿两水筲、王母娘娘的胭脂粉、玉皇大帝的蟒龙袍，还有三根灵芝草，外加五个大蟠桃。江湖郎中可说了，找来这几味药，丈母娘的命能保，找不来这几味药，丈母娘就要一命归西赴阴曹……"说到此处，围观的人更多了，姜十五话锋一转，"时调俚曲，一听一乐，您能站住了听我唱这么一段，那就是捧我的场，我得谢谢您。说谢可不能白谢，狗掀帘子光凭嘴，那可够不上一撇一捺，所以说我得送您点儿什么。人吃五谷杂粮，免不了有个灾有个病，正好我从天津卫出来，带着几粒千金丸，我白送给各位了！咱这个千金丸，借了诸葛行军散的古方，加上祖传的七十二症方，乃化食消毒清凉解热之灵药。那位问了，你手上这千金丸怎么卖？我刚才可告诉您了，您是来着了，一个大子儿不要，我就白送给您了！您各位也知道，夸海吹牛不能信，墙上画马不能骑，水仙花当不了独头蒜，脆萝卜充不了大鸭梨。走江湖的跑江湖，哪州哪县我不熟？我又不是傻子，为什么白送呢？一来您捧我的场，我得承您的情；二来您吃着好，可以替我传个名。常言道'小的不去，大的不来'，借您各位的金口传出名去我再卖不迟。来来来，哪位想要尽管伸手！"白吃馒头哪有嫌面黑的？还别说是灵丹妙药，屎蛋子不要钱那也是香的，老少爷们儿争着伸手接药。姜十五一看众人都等着接白送的千金丸，马上掏出一沓子小纸条，有伸手的就递上一张，然后告诉围观的人们："说是白送，却有三不送：小孩子不送，他用不上；聋哑人不送，他不能给我传名；僧道不送，我不结那个缘。您看这位大哥问了，除了那三不送，在场的有一位送一位吗？说白送也不能那么送，因为人多送不过来。真有心要的，您先接我一张小纸条，不多不少整三十张。咱只当品品君子，吓唬吓唬小人，本来十文钱一粒的千金丸，凭纸条一文钱一粒，您买一粒我送一粒！"

用江湖上的话说，卖千金丸是"前棚"的买卖，讲究"圆黏把点"，说白了就是把人拢住了，凭着一张嘴，让人家心甘情愿地掏钱；再一个是"后棚"的生意，认准一个老实巴交、伸脖子等着挨刀的阔主儿，避开大庭广众，引到偏僻之处，施展开"翻纲叠杆"的手段，千方百计榨取对方钱财，真有那心肠歹毒的，一捋"黏啃条子"口沫横飞，将病原病理说个一清二楚、头头是道，非把这位"空子"蒙个倾家荡产不可。姜十五本身是唱时调的艺人，一向清白本分，犯法的不做，犯禁的不吃，撂地卖千金丸已觉愧对师门，饿死也不肯做坑人的"后棚"勾当，所以说平时赚那几个钱，勉强刚够糊口。

江湖艺人四海为家，凭着两条腿，没有去不到的地方。有那么一次，姜十五来到开封府大相国寺撂地。头几年黄河决口，大相国寺成了一片汪洋，洪水退去之后，大殿塌了，院墙倒了，香火也断了，却成了江湖艺人的一块宝地。南来北往的各路"老合"，走马灯似的到此做生意，终日里人头攒动，百艺俱全。

姜十五落脚在附近一个车马店，这里住了不少闯江湖卖艺的，其中有一个唱弦子鼓的女艺人。老家在直隶三河，也就十八九岁，身材高挑，长得白白净净，鹅蛋脸樱桃口，两个元宝耳朵，水灵灵一对秋波杏眼，梳着两根黑漆似的大辫子，辫子梢儿上的两根红头绳好像两簇火苗子，一下就把姜十五给燎着了。这闺女本来跟着她爹一同卖艺，她唱大鼓书，她爹弹三弦。前些天她爹病重去世，没了弦师，她的大鼓也唱不成了。姜十五交朋好友，看见个穿白戴孝的姑娘成天在车马店里跟着忙活，免不了问上几句。跑江湖的闺女，可不跟大家闺秀似的。两个人又算同行，你有来言我有去语，彼此就熟络了。跟姑娘一聊才知道，她会的书还真不少，整本大套的《杨家将》《薛家将》《呼家将》，这叫"三碗酱"，江湖上叫"万子活"，没几年苦功夫唱不了，《小寡妇上坟》《老鼠告猫》《劝人方》《郭巨埋儿》之类的小段更是张嘴就来。姜十五艺多不压身，弹得一手好三弦，俩人就搭伙在大相国寺撂地。虽然这姑娘一个大字不识，但是脑子挺快，不拘泥于死词儿，看见什么唱什么，加之诙谐俏皮，无论台上台下，总爱抖个"包袱儿"，嘴皮子也有劲，字正腔圆嘎嘣脆，模样也水灵，得了个"大鸭梨"的艺名，渐渐叫响了。大鸭梨唱鼓书，最会留驳口，比如唱《杨家将》，杨七郎天齐庙打擂台，力劈潘豹，潘仁美上金殿告状，老令公杨继业把七郎绑上，拔出宝剑要杀——就在这个当口，便停住不唱了，拿着大碗转圈打钱，这叫"书说险地才能挣钱"，听鼓书的想再听下回，纷纷掏钱，没有走的。一来二去的俩人挣了不少，还处出了感情，郎有情女有意，从搭伙的变成了两口子。

以往那个年头，艺人没好日子过，到处都有欺行霸市的滚地龙、坐地虎、粗胳膊大王、细胳膊黑手、没皮没脸的臭无赖，听书看曲不给钱不说，盯上哪个女艺人，哪个女艺人就得脱层皮。大鸭梨有几分姿色，常遭地痞流氓调戏，成家之后，姜十五不让她再抛头露面唱大鼓了。姜十五的爹娘均已故去，但祖父姜老太爷尚在，他如今又成了家，买一粒送一粒那点儿收入可不够养家糊口了。由于常年在江湖上行走，他瞧出了其中的一些门道。在当时来说，像什么直隶保定府、山西太原府、山东济南府，可以去这些个大地方的戏园、茶楼演一整台节目，都得是有点儿名气的角儿，一般的艺人凑不上前。但是天津卫藏龙卧虎，能够在这块杂八地站住脚、吃上饭，哪一个不是身怀绝技？如果找几个在天津城鸟市儿上撂地的江湖艺人，比如顶大缸的、变戏法的、唱大鼓的，耍弹变练凑上一台整戏，去到小一点儿的地方登台献艺，岂是乡下的草台班子可比？姜十五觉得这是一条生财之路，就凭着多年以来积攒下的人缘儿，组织了一帮子说野书、唱鼓曲的艺人外出表演。尽管一年到头东奔西走，吃苦受累挨欺负是家常便饭，又没有任何保障，却也强似守家在地，多少赚了点儿钱。

老姜家过去住在南门里，一间小屋又矮又破、八下子漏风。如今家中添人进口，又攒下几个钱，就想换个住处。旧时的天津城是"北门富，东门贵，南门贫，西门贱"，北门一带商贾聚集，多是深宅大院，房价太高够不上。西边还不如南边，因为土娼聚集，西门外又是杀人的法场和乱葬岗子，孤魂乱跑、野鬼遍地。人往高处走，总不能从南边搬到西边去，那不是越混越出溜吗？

3

姜十五挑来选去，相中东南角一处独门独院，把着胡同口有那么三间小房，价钱挺合适。靠墙根长着一棵香椿树，既可以遮阴，天暖了又有香椿吃。香椿嫩芽儿拿盐码上，新烙得的大饼夹上刚炸透的馃篦儿，再裹上点儿香椿叶子，又香又脆，就冲着这一口儿，这房子买得就值！买卖双方写文书立字据，一手交钱一手交了房契。姜十五把小院从里到外拾掇得干干净净，看好皇历，选准日子，一家人高高兴兴迁入新宅。想不到此宅哪儿都不错，单单不旺人丁，两口子这几年紧着忙活，接连生下三个孩子，可是一个也没保住，再往后大鸭梨怀都怀不上了。姜十五心里别扭："不孝有三无后为大，老姜家传到我这辈儿不容易，竟此断了香火不成？"大鸭梨也着急，光抱窝不下蛋，搁在老年间，这可是"七出"之首，当家的一纸休书给你赶出去，官司打到哪儿都不占理，再加上街坊四邻风言风语的，那也是好说不好听。只得入乡随俗，按照天津卫的老例儿，去分水娘娘庙拴娃娃。所谓的"拴娃娃"，又叫"拴喜儿"或"抱孩子"。娘娘庙在当地香火极旺，民间相传，三月三赶庙会那一天，拴娃娃最为灵验。

当天一早，天刚蒙蒙亮，大鸭梨梳头洗脸，换身干净衣服，带上提前备好的供品、香烛出了门，赶着去烧头一炷香。进庙拴娃娃的都是妇道人家，可娘娘庙门口总有不少憋着坏的地痞，三个一群五个一伙，趁着上香的人多，哼哼着淫词浪曲，到处挨挨蹭蹭，专占小媳妇儿的便宜。大早晨的人少，姜十五更不放心，万一遇上俩无赖，趁着街上没人指不定干出什么事来。所以他也起了个大早，送大鸭梨去娘娘庙。

那几天倒春寒，冷风呼啸，寒气袭人，给这两口子冻得够呛。走到半路上，见着一个卖茶汤的小摊子，一尺八寸高的大铜壶坐在炭火炉子上，顺着壶嘴"呼呼"往外冒热气。姜十五出来得太早，还没吃早点，想买两碗热茶汤暖暖身子，捎带着讨句口彩，借卖茶汤的小贩之口说句吉祥话。烧香许愿的大多在乎这个。怎知这个小贩拙嘴笨舌，不太会说话，只顾闷头沏茶汤，盛上半碗秫米面用温水调匀，壶嘴对准小碗，抓起壶把，将一股沸水注入碗中，撒上糖霜、桂花、葡萄干、青红丝，这就齐了。茶汤本应十分浓稠，小铁勺插在里面也倒不了，可是刚出摊儿，大铜壶里的水尚未煮沸，头碗茶汤冲得稀汤寡水，小贩连说不行，手忙脚乱地重沏了两碗。大鸭梨等得心里头直撺火，埋怨姜十五不该买茶汤，这不是给自己添堵吗？说什么也不肯喝了，气哼哼地要走，结果一不留神又把冲茶汤的大铜壶碰翻了，洒了多半壶热水，得亏没烫着人。小贩不干了，拽着姜十五不让走。姜十五无可奈何，赔了不是又赔钱，再没这么不顺的了。两口子一路上怄着气拌着嘴，磕磕碰碰来到娘娘庙。

姜十五在门口等着，大鸭梨一个人进了庙门。她来得太早，大殿里还没什么人，慈眉善目仪态端庄的天后圣母老娘娘坐于正中，左边是天花仙女，右边有挑水哥哥，其余各位娘娘分立两侧。大鸭梨刚才数落姜十五的时候，简直是舌头尖儿开花，见了老娘娘她可收敛多了，一句犯忌的话也不敢说，毕恭毕敬地供上槽子糕大八件，烧上贝子香，点起一斤多重的大蜡烛，跪在神像前磕头祷告，祈求老娘娘赏一个长命之子，让老姜家接续香火。自古相沿，拴娃娃不要钱，但是得买香火道人的五彩线绳，看你的心意，一两个铜子儿不嫌少，给个元宝也不嫌多，反正是心诚则灵。大鸭梨狠了狠心、咬了咬牙，掏一两银子买了一根五彩线绳。香火道人接了银子，低声叨念："天后娘娘有灵验，求福给福，求寿给寿……"

娘娘庙里供着十二位娘娘，有眼疾的去拜眼光娘娘，孩子染上天花痘疹的去拜痘疹娘娘，求个一儿半女的去拜子孙娘娘……大鸭梨诚心诚意地敬神烧香，从前殿的哼哈二将、四大金刚，到后殿的白老太太、王三奶奶，挨个儿拜了一遍，脑袋瓜子都磕晕了。过去讲究烧香不落神，倒也没错，只不过到了拴娃娃的时候，她有点儿挑花眼了。泥娃娃全在子孙娘娘跟前，大鸭梨仔细一看，子孙娘娘的肩膀上、袖口里、手心上、脚底下，以及桌子底下、椅子边上，全是各式各样的泥娃娃，如同到了娃娃山，一个个歪毛淘气的小胖小子神态各异，举着糖葫芦的、拿风车的、拉胡琴的、翻跟头的、啃香瓜的、念书写字的……她看哪个都好，哪个都对她的心思，一时拿不定主意，在大殿中转来转去。转到天后老娘娘的神龛前，忽然眼前一亮，神龛角落中有一个憨态可掬的泥娃娃，比子孙娘娘身边的泥娃娃大出一倍有余，虎头帽子虎头鞋，紫衣紫袍，小脸蛋白里透红，手捧金元宝，身上还挎着弹弓，赛过杨宗保，不让俏罗成。大鸭梨一眼相中了，嘴里念叨着："这就是我的儿！"探过身子把五彩线绳套在娃娃的脖子上，抱在怀中刚要走，却被老道拦住了。

娘娘庙有个不成文的规矩——拴娃娃的要把娃娃"偷"走，不能让老道看见。其实在殿中看守香火的老道，只会睁一只眼闭一只眼，看见也当没看见，因为他还指望你买他的五彩线绳拴娃娃呢！

老道伸手这么一拦，大鸭梨也蒙了："我又不是没买你的五彩线绳，该给的香火钱也给了，怎么还不让拴了？"老道也是吃江湖饭的，认得这是姜十五的媳妇儿大鸭梨，告诉她说："拴娃娃你去子孙娘娘身边找，相中哪个尽管拴了去，这个却不能动。"大鸭梨认定了挎着小弹弓的泥娃娃，再也舍不得撒手了，给老道来了个不论秧子，急赤白脸地分辩："不让在娘娘庙拴娃娃，你还卖哪门子线绳？我可是足足给了你一两银子，这个娃娃也在大殿里，凭什么不让我拴？"老道也生气了："你看你这个大嫂子，四六不懂，还穷矫！此乃老娘娘驾前的护法灵官，怎么能让你拴了去？"说话这时候，进来烧香拜神的越来越多，大殿里都挤满了。大鸭梨也不能明抢，心不甘情不愿地将泥娃娃放归原位，可是相中了这个，别的哪个她也看不上了。趁老道忙着收香火钱，她又偷偷拴上那个虎头虎脑的泥娃娃，用块红布裹上，暗暗叨咕着："没福的小子坐庙台，有福的小子进娘怀，姑家姥家咱都不去，跟着亲娘把家还！"

且说大鸭梨揣上泥娃娃，头也不回地出了庙门，随姜十五回到家中，把泥娃娃摆到堂屋八仙桌上，两口子越看越喜欢。当天晚上，大鸭梨在泥娃娃面前放上一碗秫米粥、几个饺子，手拿马勺磕着桌边，口中念念有词："黑娃娃，白小子儿，跟着爹娘吃饺子儿！"念叨了七八遍，方才撂下马勺回屋睡觉。

转天晌午，有人在外边叫门。姜十五开门一看，竟是娘娘庙的老道找上门了。老道冲进屋来，指着桌上的泥娃娃说："不让你拿你偏拿，实话告诉你们，前几年我在殿中当值，瞧见一道金光降下，正落在这个泥娃娃身上，那是老娘娘驾前的护法灵官显圣了，你们家小门小户的担不住，还不赶紧还回去？"

姜十五两口子不以为然，跑江湖的还不明白这一套吗，无非拿话诈我们，想多要几个钱罢了。双方争执起来，调门儿越来越高，谁也不让谁，最后还动上手了，你推我搡，连抓带挠，不承想碰倒了桌子，泥娃娃掉在地上摔得粉碎。老道一气之下拂袖而去，姜十五和大鸭梨也傻了，不知如何是好。

然而过了不久，大鸭梨又怀上了，转年开春生下一个大胖小子，胳膊腿胖得跟藕节似的，小名叫小沫。两口子担心这个孩子养不住，没给孩子取大号，仅以小名称呼，又一步一磕地去到娘娘庙还愿，买了十几个泥娃娃，偷偷放到老娘娘身边，央告她老人家别把孩子收回去。

眼瞅着孩子一年一年长大，越长越随他娘，宽脑门，高颧骨，尖下颏，一双大眼皂白分明，爹娘跟太爷格外地疼，舍不得打舍不得骂。特别是大鸭梨这个当娘的，四个孩子没了仨，哪个都是肚子里掉下来的肉，只留下一个姜小沫，能不护犊子吗？

旧时的江湖艺人太遭罪，走到哪儿都让人瞧不起。姜小沫生来就算半个行里人，得了爹娘两头儿的传授，小曲小调张嘴就来，行里的暗语黑话他也是门儿清。不过姜十五说什么也不想让儿子再干这一行了，省吃俭用供儿子念书，指望他考取功名，改换改换门庭。哪怕考不上，念上几年圣贤书，张口闭口"之乎者也"的，听着也不俗。

可有句老话"七八岁万人嫌"，姜小沫在七八岁的年纪，不但不好好念书，还成了他家周围一带的孩子头儿，带着一伙比他年岁略小的孩子，撒尿和泥儿、放屁崩坑儿、踢寡妇门、蹿绝户坟，猴屁股上都得招把手儿，中午去河里游野泳打水仗，晚上上房顶堵烟囱，夜里偷鸡拔烟袋，还经常带领着他手下的小毛孩子去别的地方找同龄孩子打群架，三天两头让别人家大人找上门来。大鸭梨就跟人家磨裤裆、坐地炮。这个护犊子妈要是顶不住，还可以搬出八十几岁的姜老太爷挡横。找上门来的都拿这个老棺材瓢子没辙，只能悻悻而回。可以说他们老姜家这个孩子，小小年纪就成了为害一方、人见人嫌的小混星子。邻居们恨得咬牙切齿，常在背地里骂："这个有人养没人管的混账玩意儿，长大了肯定是个祸害！"

第二章　姜小沫惹祸 中

1

　　姜十五忙着到处跑场子，顾不上管孩子，姜家老太爷和大鸭梨则是舍不得管，往饭锅里撒尿都不带说的。一转眼，老姜家的姜小沫已经到了"半大小子吃死老子"的岁数，仍不认头念书，大鸭梨天天给他归置好了送出门，这小子看似听话，半路上把娘给带的烧饼馃子一吃，书包扔到学房，扭头就出去淘了，纠集了一伙跟着他胡打乱闹的小哥们儿，到处惹是生非，变戏法的玩蛤蟆——耍活宝！

　　在一个三伏天的晌午，骄阳似火，晒得树叶卷疙瘩，学房里歇伏放假。姜小沫一觉起来，睡得满头大汗，大鸭梨也把晌午饭预备得了，烙的葱油饼，炸了一大盘子河虾，熬的绿豆小米稀饭，又拍了两条黄瓜，拌上蒜泥麻酱。这小子正是吃长饭的年纪，睁开眼先喊饿，连炕都没下，抄起来就吃上了。姜老太爷叼着烟袋，一边看着一边夸："瞅瞅！瞅咱孩子吃得多香！来，宝贝儿，把那炸虾米全倒卷饼里，大口吃！"眼见着笸箩里一摞大饼去了一多半，姜小沫又端起粥碗溜了溜缝儿，他是两顿并一顿，肚子撑得滚圆。吃完饭出去消食，带着他的几个小兄弟，光着脊梁、举着抄网逮蜻蜓。寻常的不逮，专挑稀罕的下手，什么大老青、黑老婆儿、红辣椒、灰鬼儿、轱辘钱儿，这样的大蜻蜓一个赛一个贼乎，把姜小沫这伙孩子累得够呛。最后跑不动了，就围坐在道边一棵大树下神吹海侃，这个说青龙潭里捉过鳖，那个说皇姑坟上睡过觉，一个比一个胆大。正吹到兴头上，忽听一阵马挂銮铃之声，"丁零当啷"由远而近。几个坏小子抻着脖子一看，路上驶来一辆大车，由一匹辕马、两匹套马拖拽，车上装着满满当当的窖冰。

再早的冰窖都是官窖，到了伏天，只有皇宫大内用得上冰块，老百姓即便舍得花这个钱，也没地方买去，近几年才刚有民办的冰窖。天津卫水系繁多，做贮冰生意的不少，就属东南角"冰窖赵家"规模最大，离姜十五他们家不远。天寒地冻之时，雇人在海河的冰面上凿出一块块一尺来长、两尺来宽的冰砖，用挠钩子拽到岸边，这个活儿白天干不了，非得趁着夜里最冷的时候，拉冰的苦大力裹着破棉袄、穿着钉子鞋、背着粗麻绳、拿着冰扦子，弓着身子弯着腰，在河面上一趟趟地拖拽冰砖，又累又冷还挣不了几个钱，实打实的"窝头买卖"。冰砖码放到冰窖里，当中用草帘子隔开，外头再盖上几层草帘子，把冰窖封严实了，这冰就化不了。天热的时候，有的是买冰的，鲜货铺、肉铺、水产铺、鱼市，还有开饭馆的，都得用冰块保鲜；大户人家的宅门也要给室内降温，或者做些个冰镇饮品什么的。运送窖冰离不开马车，一般的小马车都不行，拉不了多少，至少得用三辕四套的大车，车身、车辕、车轴、车轱辘一水儿的黄杨木，轱辘外边包着铁皮。运冰的行当称为"冰车行"，类似于脚行，各有各的地盘、路线，行里也分成总头、二头、三头和小头，都是在签儿的，外人休想涉足。

姜小沫他们见了冰车，顿时双眼放光。搁在以往那个年头，老百姓家的孩子能买上一小碗雪花酪，或是冰镇酸梅汤，那就算解馋了。炎炎似火的烈日底下，整整一大车冰砖送到眼前，这不是想吃冰下雹子吗？

看见马车正要拐弯，姜小沫立刻抖擞精神，"腾"的一下蹿将起来，单手叉着腰，扯开嗓门高叫一声："谁是我的儿啊？"车把式恰好挥着鞭子吆喝牲口："喔，喔喔喔——"小哥儿几个捧腹大笑，吹着口哨起着哄："赶马车，笑嘻嘻，拿着鞭子捅马屁。马惊了，车翻了，赶车的脖子轧弯了。"嬉笑声中纷纷捡起砖头瓦块，追在拉冰的马车后头，去砸绑在大车后槽板上的冰块。

咱再说这位赶大车的把式，成天赶着马车运窖冰，见惯了一帮一伙的小毛孩子偷偷摸摸跟在大车后头砸冰吃，在他看来这都没什么，街面上嘎杂子琉璃球的捣蛋孩子太多了，根本管不过来，顶多挥着马鞭子吓唬吓唬。然而今天的情形不对，只见那个身量最高的大孩子，居然一个箭步跳上马车后槽，试图把一整块冰坨子推下马车。车把式心中暗恨："真是人心不足蛇吞象，你们砸个一星半点的冰渣子我也就睁一只眼闭一只眼了，这不成明抢了吗？"他也不含糊，半转过身来，一抖手中的马鞭子，"啪"的一声脆响，鞭梢不偏不倚，狠狠抽在了姜小沫耳根子上，登时抽出一道大血檩子。老年间，赶马车的把式也分个三六九等，没有那三鞭子的本事，如何降得住大牲口？首先来说，车把式手上的鞭子有讲究，这一鞭子甩出去响不响、脆不脆、准不准，全靠那一根细细的鞭梢儿。凡是资格老的车把式，手里大都存着一块巴掌大的牛皮，取自牛屁股上最有韧性的一小块，以备更换鞭梢。用这样的马鞭子，能把大牲口打得服服帖帖的。其次看他马鞭子上挂了多少红缨，头等把式才敢挂三根红缨子，此乃约定俗成的规矩。合该让不知天高地厚的姜小沫赶上了，这挂大车的车把式，手中挥动的马鞭子上就挂着三根红缨，一鞭子抽下去既狠且准、又响又脆。姜小沫只觉耳朵边打了个炸雷似的，脑子里"嗡"的一下，紧跟着半张脸火辣辣一阵刺痛，大冰块立马撒手了，正砸到自己脚面上。这一下疼得他一个趔趄，险些从大马车上摔下来。

车把式抽了他一鞭子仍不解恨，故意使坏，大声吆喝着"驾——驾驾——"，那几匹高头大马翻蹄亮掌，带动冰车突然向前疾驰，登时把姜小沫从大车上颠了下去。姜小沫也是个要脸要面儿的半大小伙子了，耳根子上挨了一鞭子，脚面上砸了一冰坨子，又摔了个嘴啃泥，疼成什么样先顾不上，被同伴们一场哄笑，脸上可挂不住了，心里头千般的不服、万般的不忿，从小到大可没吃过这个亏！眼瞅着马车快跑远了，而那个车把式竟还转过头来，冲着他一脸幸灾乐祸地讪笑，不由得怒从心头起、恶向胆边生，伸手摘下背着的弹弓，扣上一粒石子儿，扯满了竹片硬弦单眼瞄准，紧接着后把一松，前把翻腕，只听"嗖"的一声，石子儿激射而出。

以前说的弹弓，近似于小号弓箭，只不过射出去的不是雕翎箭，而是泥丸或石子儿。在外胡打乱闹的浑小子们，手里有一把打鸟儿的弹弓，并不是什么稀罕事，而且手头有准儿，即使做不到百发百中，差不多也能指哪儿打哪儿。姜小沫恨的是车把式，这颗飞子儿也是奔着他后脑勺去的。合该要出乱子，那个车把式正回头冲着他坏笑，看见弹弓子打过来了，本能地低头躲避，这一下却把辕马的马屁股让了出来。说时迟那时快，一颗顶尖带棱的石头子儿，"啪"的一下打中了马屁股。正所谓"好马不让打"，那本是一匹驾辕的烈马，屁股蛋子上一阵钻心的疼痛，惊得这匹枣红色的高头大马双眼通红、鼻孔偾张、马鬃耸立，立起前蹄一声嘶鸣，随即发狂一般，带着两匹套马和一大车窖冰横冲直撞。三马驾辕的铁轱辘大车，又拉着满满当当一车窖冰，冲起来那还了得？真可以说是碰上死挨着亡，路人吓得大呼小叫，连滚带爬地往两旁躲闪，唯恐被马车撞着。

人怕横的、马怕蹦的，车把式本领再高，他也降不住发狂的惊马，又不舍得弃车而逃，只能紧紧攥着马缰绳，使劲拽马笼头，高声呼喊行人避让。正当此时，有一个壮汉挺身而出，摇摇晃晃拦在道路当中。这位爷是本地一个"无乐忧"，诨号"丁大头"。什么叫"无乐忧"呢？简单地说，就是没有混混儿的骨头，却摆着混混儿的架势，偌大的天津卫招不下他，开口杀七个闭口宰八个，实际上连耗子也没踩死过一只。丁大头正是如此，早年间当过绿营大头兵，没什么手艺，也没个营生，仗着身大力不亏，大粗胳膊大粗腿，肩膀子跟接出来一块似的，如若横着走道，能堵住半条胡同，隔三岔五给人扛个大包、卸个大车，或在水会充个救火的"武善"，反正专干苦大力的活儿，为人热心肠，到处装老的、充熟的。老天津卫要人儿的大多在身上描龙刺凤，以此彰显自己豪横。丁大头也不含糊，他觉得钟馗生得豹头环眼、铁面虬髯，头顶帽翅，身穿官袍，手提宝剑，镇得住鬼，避得了邪，便托人在自己胸前刺个整身的钟馗。怎知刚扎下头一针，就疼得他直叫唤，最后勉勉强强刺出一个底框，针眼儿里面也没涂墨，乍一看像钟馗，仔细看倒像九品芝麻官。他倒不在乎，照样袒胸露腹四处招摇。平时最爱往杂耍场子扎，跟艺人们混得厮熟，交朋好友，倒也有几分外面儿。姜十五曾跟他拜过把子，素以盟兄盟弟相称，去外地搭台挑班总带着他，帮忙搬个东西什么的，万一遇上捣乱的地痞无赖，还能让这位爷出头抵挡一阵，论起来姜小沫得管他叫"大爷"。

丁大头有俩闲钱就去喝酒，他这个酒量，不喝正好，一喝准多。头晌午卸完一车石料，拿着工钱去到街边的包子铺，二两小烧、八两三鲜包子下了肚，脚底下踩着棉花套子走出来，正在酒壮尿人胆的裉节儿上，撞见惊马在路上狂奔。丁大头酒虫子上脑，一个人拜把子——不知道自己行老几了，借着酒劲儿捋下小褂，跳到马路中间一拍胸口，刺在胸前的半个钟馗跟着草包肚子一齐颤悠，口中高声叫喊："都你妈躲一边儿去！今天给你们卖一把，让你们看看我丁大头怎么拦惊马！"话音未落，马车已然冲至近前。丁大头摆了个架势，脚下扎稳马步，伸双手去拽辕马的笼头，他想得挺好，但是狂奔的惊马岂容别人来抓它的笼头？马头往旁边一甩，丁大头的手就抓空了，整个人被惊马撞得横飞出去，在众目睽睽下来了一个倒栽葱，当时就背过气去了。多亏这是一条土路，头天又下了一阵雨，路面挺暄腾，才不至于把脑浆子摔出来，真可以说是"窝头翻跟头——有多大眼现多大眼"。

再说头马这一歪脖子，可就把马车带歪了，斜刺里冲向路旁的旱沟。车把式见势头不对，抱着脑袋从大车上跳了下来。整个马车连同那一大车窖冰，轰隆一下翻进了土沟。其中一匹套马连摔带砸死在当场，可怜的头马和另一匹套马在沟底四蹄乱蹬，再也挣扎不起——马的胯骨已经砸碎了。此时沟边围满了看热闹的人群，不知哪个带的头，人们一拥而上，哄抢散落在沟底的冰块。车把式也急眼了，一边叫骂一边拦着，可是拉着这个却拦不住那个，手里有鞭子也不敢乱抽，伤了人激起众怒不是闹着玩儿的，眼瞅着一大车冰坨子被抢了一空。

天热，人的心里就有燥火。车把式心头火直冲脑门子："不是那个抢冰块的半大小子拿弹弓打惊了辕马，哪有这场祸事？冤有头，债有主，我得找着这个祸头去！"一想到此处，他的马车也不要了，随手抓起一块碎冰，一边搁到嘴里嚼着，一边大步流星往回走。马车受惊之后，奔出去两三里地才翻入土沟，车把式怕那伙坏小子跑了，脚下生风紧赶慢赶，远远看见那几个小王八蛋还在大树底下凉快呢。这不拱火儿吗？车把式怒目圆睁，直奔那个为首的大孩子而去。

2

姜小沫在家门口能耐惯了，从来不知道什么叫害怕，一弹弓子打惊了马车，不仅没跑，反冲那几个胆小要跑的孩子一瞪眼："瞧你们一个个这尿样，都快赶上武大郎了，这有什么大不了的！"他说着大话压着寒气儿，想不到车把式去而复返，回来得这么快，结果跟丁大头一样——没玩好，要现眼了！

只见那个车把式噘着嘴、拧着眉、腮帮子鼓着、额头上青筋直蹦、胡子翘得老高，嘴里骂骂咧咧："谁的裤裆没提，把他妈你给露出来了？竹子没眼儿你是怎么揍的？"冲过来抡圆了巴掌给了姜小沫一个满脸花，其余那些孩子吓得一哄而散。车把式可不只赶大车，打小下地种庄稼，平常装车、卸车全是他一个人的活，没两膀子力气干不了，一双大手又宽又厚又硬，布满了老茧，粗得跟木锉似的，这一巴掌下去，打得姜小沫原地转了三圈，北都找不着了，后槽牙直活动，顺着嘴角往下淌血。车把式伸手揪住姜小沫，吹胡子瞪眼地问他："马车翻了，出人命了知道吗？你说吧，这件事怎么办？咱是公了还是私了？公了归官，赔钱偿命，私了咱找你们家大人说理去！"老年间有这么一句话——"车船店脚牙，无罪也该杀"，"车"就是赶脚的。这个车把式赶着大车，走南闯北二十几年，绝不是一盏省油的灯，当天受雇于四合鱼锅伙，赶去陈家沟子鱼市上送冰，一趟肥得流油的买卖就这么毁了，还搭上一驾马车、几匹牲口，没法跟车场子交代，当然不肯善罢甘休。甫看姜小沫在家门口跟小孩打架咋咋呼呼的挺厉害，终究是个没见过世面的半大孩子，让车把式这一通连打带吓唬，立马含糊了，低着头捂着脸，老老实实领着车把式去见家里大人。

正赶上他爹也在家，听车把式将事情经过添油加醋地这么一说，姜十五心说完了，这可真是"出殡的把打幡的埋了——祸惹大了"！赶紧赔着笑脸说好话，又是鞠躬又是作揖，只差跪下求饶了，又揪住姜小沫，在他屁股上狠狠揾打了几巴掌。姜小沫左躲右闪，喊爹叫娘。他长这么大，还是头一次挨他爹的打，心里的委屈劲儿当时就上来了，扯开嗓子号啕大哭，眼泪儿扑簌簌往下掉。这一哭一闹不要紧，可有人不干了。大鸭梨是个远近闻名的护犊子、滚刀肉，杏眼一瞪拦住姜十五，把儿子揽到怀里，心疼地摸着儿子脸上的伤，冲车把式一通嚷嚷："您瞅瞅，孩子让您打得可不轻，嘴巴子都肿了，眼眶子都青了，再看看这道大檩子，这是拿马鞭子抽的吧？这恐怕得破相啊，纵然我们家孩子闯了祸，那也是打了不罚、罚了不打，您打完孩子还找上门来，这也太欺负人了！不行咱找个讲理的地方，我就不信了，您的巴掌再大，还能捂得过天去？"

公母俩一个唱红脸一个唱白脸，在门口一通演，车把式却仍不依不饶，眼瞅着不是上嘴皮子一碰下嘴皮子所能了结的。双方在胡同里一通吵嚷，引来不少左邻右舍在旁边围观。按说老街旧邻的怎么不得跟着劝劝？无奈姜小沫平常太招欠，整条胡同没有他不招惹的，邻居们恨得牙根儿痒痒，狗见了他都绕着走，大鸭梨因为这个孩子，早把人得罪苦了。正应了那句话——"和气如同修条路，惹人等于添堵墙"，大伙儿围是围上来了，可全憋着看老姜家出丑呢，谁肯帮着求情？

姜家老太爷也被惊动了出来，拄着拐棍颤颤巍巍地问车把式："你想如何了结此事？"车把式一脸横荏儿地说："我不管那个拦惊马的死活，他吃饱了撑的，仨鼻眼儿多出一口气，摔死也是活该！咱只说我的大车和牲口，那是我吃饭的家伙，连带着一大车的窖冰，你们得赔我！"姜十五忙问："您让我们赔多少？"车把式气哼哼地伸出三指。姜十五长出一口气："得嘞，家里的，你快去拿三两银子来，给这位爷好好赔个不是。"大鸭梨不肯罢休："他还打咱家小沫了，孩子长这么大也没挨过打，凭什么让他白打？"车把式原地蹦起多高，怒不可遏地吼道："三两？你们两口子脑袋让驴踢了？给我听着，三百两银子！没有这个数，咱完不了！"

按当时来说，三百两银子可不是小数，老姜家卖房子卖地也凑不够。大鸭梨一听车把式狮子大开口，都不磨裤裆了，直接在地上打开滚儿了。姜十五"圆乎脸一抹长乎脸——急了"，抬脚踹了姜小沫一个跟头，怒骂："你个混蛋砸锅的玩意儿，咱倾家荡产也赔不起啊！"已经年逾九旬的姜家老太爷也是"土地爷拜娘娘——豁出老脸去"，手中拐棍一扔，躺在地上跟车把式来了一招倚老卖老："银子没有，命有一条！反正我活够了，把这条老命赔给你！"车把式毫不怯阵，一口黏痰啐在地上，点指姜老太爷骂道："你算个幺算个六？一张白纸画个鼻子——好大的脸！也不撒泡尿照照，你个老棺材瓤子，喂狗都嫌你塞牙，值你妈三百两银子吗？"

一家人使尽了浑身解数，撒泼打滚、哭天喊地，车把式却是油盐不进，脑袋摇得跟个拨浪鼓一样，一口价咬死了。一直折腾了一个多时辰，仍没商量出个子丑寅卯。车把式也来脾气了，恶狠狠地扔下一句："你们这一家子现世报，臭鸽子嘴瞎嘟嘟，没一个明白事儿的，拿土地爷不当神仙，以为咱冰车行是好欺负的，有他妈你们后悔的时候！"说完抖肩甩腕，一马鞭子抽在地上，转身出门而去。

不到一个时辰，街面上突然脚步杂乱，吆五喝六的叫嚷声中，车把式引着二十多个混混儿拥到老姜家门口，同时带来了很多住在附近的百姓。人们见这伙混混儿拎着铁尺、短斧，一个个撇着嘴、瞪着眼，成群结队像去打狼似的，都忍不住好奇，围在院子门口看热闹，进也不进来，出也不出去，就堵着大门指手画脚议论纷纷。姜十五一家人听到门外来势汹汹的吵嚷声，已然惊得呆了，自知来者不善，善者不来，戳在屋里不敢挪动半步。

车把式分开看热闹的人群，一脚踹开院门，转身对为首的一个混混儿低声耳语了几句。那个人身高膀阔，打扮得与众不同，穿一件月白色对襟小褂，腰间扎着一巴掌宽的铜扣板带，黑色细纹夏布缅裆单裤，蚂蚁带子绑腿，露着流苏线穗，右边绑腿里插着一把攮子，攮子把上红缨飘洒，脚蹬白布袜子，一双紫色大花鞋，上绣五毒伏地云字卷头，脑袋上歪戴着一顶俗称"帽翅"的瓜皮小帽，油光锃亮的发辫一圈圈盘在脖子上，辫梢甩于胸前，上边插了一朵茉莉花，手里不紧不慢摇着一柄罗汉竹骨、桑皮纸的大扇子，扇骨上不多不少十八个竹节，寓意"十八罗汉"，扇子面儿当中绘着青龙出水，两边衬着虾兵蟹将。仅他这身装扮就够瞧的。长得也吓人，粗眉冷目、颧骨高耸，三角鼻子薄嘴唇，一脸的凶相，太阳穴上贴着一贴"拔毒膏"，眉心处有一道斜棱棱的疤痕直达腮边，不是刀砍就是斧剁，斜着肩顶着胯往当场一站，不言不语都让人胆寒。但见此人将手中折扇"哗啦"一合，塞到自己衣领后面，对围观的人们拱手说道："各位老少爷们儿，今天我们有一桩买卖要谈，只怕有所惊扰，大伙都散了吧！"他这几句话，客气中透着不容置疑的豪横，想看热闹的老百姓纷纷后退，再没一个敢往前挤了，可是谁也没走，因为轻易见不着这么大的阵势。此人又在门前高声报号："在下四合鱼锅伙二把儿——阚二德子，有劳你们当家主事的出来说话！"说完眼中凶光一闪，一把揿出插在后脖领子的折扇，"哗啦"一下打开，扇起阵阵阴风，等着老姜家的人出来回应。

　　四合鱼锅伙可以说是地方上的一霸，当年天津卫陈家沟子鱼市一派繁荣，银子满地跑，但就有那么一类人，既没有出海打鱼的手艺，也不想手持秤杆子讨价还价挣小钱，又看人家鱼贩子挣钱眼红，就凭着耍胳膊根儿"平地抠饼、抄手拿佣"，干起了欺行霸市的无本买卖。在河边半租半借找一处院落，土炕竹席，大伙在一个大锅里吃饭，有事一起出头，舍出这一身皮肉，凭着一派降人的言语，在鱼市上"讨打、卖味儿、开逛"，渐渐形成了"锅伙"。门前堆放着筐篓、杆子秤，把持着整个鱼市，船上的鱼虾统统交由他们卸货过秤，再批发给鱼贩子，收取一买一卖之间的差价，并且索要一定的装卸费。有时候也会赊销渔民的鱼，甚至在河面上拦一条大绳，专门有鱼锅伙的人把守，平时将大绳沉在水底，一旦有船从河道上经过，把守在两岸的混混儿立马拉紧大绳，拦住过往的船舶，留下一定数目的财货方可通行，所以民间有话——"打一套，骂一套，陈家沟子娘娘庙，小船要五百，大船要一吊"。锅伙中的混混儿，过着有今天没明天的日子，混一时是一时，活一会儿是一会儿，个个争勇斗狠，不计生死存亡，三刀六洞眼都不眨，哪个安分守己的老百姓敢惹他们？

冰车行与混混儿锅伙，那是"船帮船，水帮水"。鱼市上用冰，也得由锅伙过一道手，吃着同一个碗里的饭。赶车的遇上麻烦，自有锅伙替他们出头平事。常言道"强龙不压地头蛇"，姜十五只是一个带着艺人们跑江湖的"趸头"，甭说"强龙"了，他连条菜花蛇也够不上。何况老姜家在这件事上确实理亏，对孩子管束不够，以至于闯下这场大祸，如今人家找上门了，他深知天津卫锅伙混混儿的厉害，不得不硬着头皮出去应付。

姜十五开门出来，紧着作揖赔笑："阚二爷阚二爷，久闻大名如雷贯耳，咱有话好说啊，犬子年幼无知，如有冒犯之处，还望阚二爷开天地之心多多包涵。只是'河有两岸，事有两面'，这位赶大车的老板打也打了，骂也骂了，开口就要三百两银子，实在也是说不过去，您看能不能通融通融，少要几个，我自当砸锅卖铁全力赔付！"

混混儿说话论事儿，讲究"先礼后兵、软中带硬"，只见阚二德子嘴一歪，笑得让人心里发毛："您家孩子年纪虽小，惹下的祸可不小啊！那一挂大车和几头牲口还在其次，赶大车的没把窖冰送到地方，耽误了鱼市上的买卖，让你们赔三百两银子还多吗？"

大鸭梨照方抓药，仗着自己身为妇道，仍是磨裤裆那一套，急赤白脸地撒泼打滚，坐在地上拍着大腿半哭半号："我的老天爷啊！我们家拿不出来啊！卖房子卖地也凑不够啊！光天化日朗朗乾坤啊！你横不能要了我们全家的命啊！还有没有王法啦？"她也是不开眼，想来个死猪不怕开水烫，就这堆这块，看你能拿老娘怎么样？怎料撞到了刀口上，论着"拉破头"这一套，谁耍得过天津卫的混混儿？

阚二德子根本不拿正眼瞧她，生冷倔硬地撂下一句话："这位大嫂子，我阚二德子从来不跟女流之辈过话，更不共事儿，您给我上一边凉快去！"说着话把脸一沉，厉声喝道："行了，咱也甭磨嘴皮子了，没钱好办，来啊，给我搬！"

姜十五叫天天不应、叫地地不灵，报官又不占理，衙门口也不是随便进的，只得一边拦挡一边哀求："阚二爷手下留情……手下留情啊……得饶人处且饶人啊……"阚二德子油盐不进，抬腿一脚踹在姜十五心窝子上，当场给他踹倒在地，半天挣扎不起。跟随而来的一众混混儿"呼啦"往上一冲，把个老姜家抄了家。顶箱立柜、被卧褥子、一家大小的衣服鞋帽、锅碗瓢盆、桌椅板凳，连带大鸭梨的几件首饰、藏在炕席底下的票契……一概搜罗得干干净净，如同搬家一样，没留下任何东西。最后摁着姜十五的脑袋，落下十指手押，连房子带地都给占了。姜小沫这一弹弓子打出去，把自己家打了一个倾家荡产、片瓦皆无，坑得他们家老太爷一口气没上来，俩腿儿一蹬，西方接引去了。

3

老姜家够不上什么大门大户，可是破家值万贯，姜十五大鸭梨两口子，辛苦多年挣下这份家业，到头来竹篮打水一场空，一根毛也没剩。专管闲事的丁大头为人仗义，得知姜十五一家无处容身，帮忙赁了处破砖烂瓦的便宜房子，一明一暗两间小屋，离丁大头的住处不远——石桥西胡同的一个大杂院，里面挤着十七八户人家，无非是打铁的、剃头的、卖杂货的、倒脏土的、看澡堂子的，三教九流什么人都有。院子一侧紧挨着戏园子后台的大墙，在屋里就能听见台上的锣鼓点儿。另一侧是一个大水坑，此时正是夏季，满院子飘着刺鼻的臭气，绿头蝇乱飞乱撞，打哈欠都不敢张嘴。雨水大的时候，整条胡同咕咚咕咚冒黑水，屋子里就得水漫金山，水落下去的时候，屋中满地的蛤蟆，墙上全是绿醭儿，铺的盖的没有一件不潮的。走在胡同里，迎面撞上十个人，至少有两三个"狗烂儿"，说不定还得再饶一个踩道的小蟊贼。

地方再次也是个窝，丁大头帮着姜十五一家人安顿好，临走又撂下几个铜钱。姜十五感激不尽，觉得这个朋友没白交。自从他被阚二德子踹了一脚，心里一直堵得难受，有苦说不出，暗气暗憋，瘫在炕上整天咳血。大鸭梨已是过景儿之人，又一连生了四个孩子，肥屁股粗腰的，早没了当年的身段儿，脸蛋子圆得跟锅盖似的，再出去卖艺也没人看了，勉强干些粗活，靠着给人家缝穷、拆洗旧衣裳，挣个仨瓜俩枣儿的糊口，经常揭不开锅。

西关外有个施馍厂，专行善事，吃不上饭的穷人，一天可以去领一个棒子面饽饽，这一个饽饽不下一斤，足够吃一天的。无奈僧多粥少，每天天不亮，饥民们便将施馍厂围得水泄不通。说来却是邪门，那些个上了岁数的小脚老太太，头不梳脸不洗，看着步履蹒跚，大风一吹就得摔一溜跟头，抢饽饽可是如狼似虎，一个比一个能挤，棒小伙子遇上她们也得甘拜下风。大鸭梨带着姜小沫去过几次，连点儿饽饽渣子也没抢着。

以往民间所说的开门七件事，无非"柴米油盐酱醋茶"，实则应该多加一个"香"，就是插在香炉中拜神用的"立香"。旧时讲究给灶王爷一天烧三炷香，走江湖的艺人还得拜祖师爷，也是打板上香一天磕一次头。唱大鼓书的祖师爷是周庄王，因为古时候周庄王曾击鼓化民。大鸭梨这种迷信的妇女，认为灶王爷是家神，宁可不给祖师爷烧香，也不能委屈了灶王爷，得罪了祖师爷，顶多是不吃这碗江湖饭了，万一让灶王爷看你不顺眼，去玉皇大帝那儿告上一状，你们家更甭过了。也难为大鸭梨，拆了东墙补西墙，拿这点儿水和这点儿泥，能省则省，"柴米油盐酱醋"六样全免，干脆不在家里开火了。胡同深处的水铺有开水，两个大节一算账，不用掏现钱，糊弄一天是一天。也不在家做饭，凉饼子、干饽饽、小葱拌豆腐、咸菜疙瘩就窝头，用不着生火。茶是不能免，起码是一个大子儿一包的碎茶叶末子。为什么不能免去这个呢？因为天津城的水太咸，又苦又涩，不放点茶叶末子没法入口，所以说再怎么省，买茶叶末子和给灶王爷烧香的两份钱也免不了。然而灶王爷保佑不了走背字儿的人家，自打姜小沫惹下这个祸之后，他们家的倒霉事一件接着一件。没出一年，积劳成疾的大鸭梨也病倒了。治得了病治不了命，两口子相继过世。多亏有丁大头帮衬着，给姜小沫扯了身白布孝袍子，又给置办下两口薄皮棺材，姜十五和大鸭梨才不至于喂了野狗。

那时候姜小沫才十三岁，不知道自己能吃几碗干饭，可是真敢下筷子，揣着一柄短刀，扮成个小叫花子，混迹于成群结队的饥民乞丐当中，整天蹲在陈家沟子锅伙大门对面，盯着出来进去的混混儿，伺机找阚二德子寻仇。

按混混儿的规矩，锅伙的大门不许关，不分昼夜大敞四开，最多关上半扇，因为一来忌讳"关门"二字，二来会让外人觉得你怕事。

再者说来，锅伙里顶多有一口铁锅、几摞破碗，没什么怕丢的东西。姜小沫这么一个蓬头垢面破衣烂衫的半大孩子，又躲在叫花子堆里，白天跟着一块儿捡人家扔下不要的臭鱼烂虾，夜里在破庙中支口砂锅，有什么煮什么，周身上下又脏又腥气，谁也不会多看他一眼。阚二德子身为四合鱼锅伙的二把，出来进去前呼后拥，姜小沫根本找不到近身的机会。不过待得久了，他也看出了不少锅伙中的门道：四合鱼锅伙的大寨主叫阚金鹏，是阚二德子的堂兄；占据陈家沟子鱼市的混混儿锅伙，也不止一个"四合"，另有一个"秉合"，大寨主叫立地鼎；四合把持西市，秉合把持东市，双方积怨已久，都恨不得把对方灭了，独霸整个鱼市。

秉合鱼锅伙有个混混儿，岁数也不大，又高又胖跟个掉了毛儿的狗熊一样，大脑袋歪脖子，说话粘齿黏牙，葡萄拌豆腐似的一嘟噜一块，人称"傻哥哥"，从小孤苦伶仃，城里城外到处跑，捡烂菜叶子过活，没少受人欺负。几年前被秉合鱼锅伙的大寨主收为义子，给他足吃足喝，养得肥头大耳一身夯肉，无异于"屎壳郎变知了——一步登天了"。姜小沫当年经常带着一群坏小子在河沟里逮蛤蟆、摸泥鳅，他见到傻哥哥凑过来看热闹，就逮住一只活蛤蟆塞入傻子裤裆。活蛤蟆在裤裆里乱窜乱跳，可给傻哥哥吓坏了，顺着河边一路狂奔。混混儿们都扎绑腿，无论他怎么跑，活蛤蟆也掉不出去，当众脱了裤子才算得救。一众看热闹的笑得前仰后合，纷纷夸赞傻哥哥屁股蛋子又大又白。不过傻子不记仇，再见着姜小沫仍是乐呵呵地打招呼。姜小沫得知秉合是四合的死对头，有心去秉合入伙，等过几年长大了也开逛当个混混儿，豁出这条命跟阚二德子抽上一把死签儿，于是托傻哥哥帮忙，在秉合鱼锅伙当了个小混星子。

锅伙中的首领称为"寨主"，鱼锅伙的寨主还有个别称叫"大笤儿"，其余混混儿在一口锅里搅马勺，不分老幼尊卑，皆以兄弟相称，对外说这叫"肩膀齐为弟兄"。实则不然，既是大寨，肯定会有头把、二把、三把，底下的兄弟也得分出个三六九等。头等混混儿肩不动膀不摇，按月拿一份例银；二等混混儿也有例银，不过得出去盯事儿，戳在鱼市上开秤定价、抄手拿佣；再次一等的混混儿，平时不在锅伙里住，也拿不到例银，但是随叫随到，一个招呼立刻过来盯事儿，锅伙会按出力多少，分给他们一份钱粮。此外还有姜小沫这样的小混星子，大的十五六，小的十二三，跟着锅伙混口吃喝，别人在前边打架，他们在后边摇旗呐喊，扔个砖头瓦片什么的。姜小沫以为还得忍上三五年才有机会报仇，哪知锅伙之间争斗不断，找个由头就开打。

第三章　姜小沫惹祸 下

1

那天一大早，四合鱼锅伙中的混混儿比以往多了几倍，有人拎着活鸡，有人抱着酒坛子，出来进去的慌里慌张，门口围了很多看热闹的老百姓。陈家沟子鱼市上的人们看得出来，当混混儿的平常可舍不得这么吃，又是鸡又是酒，肯定有大事！

果不其然，四合鱼锅伙开了香堂，在院子当中摆了一张八仙桌子，上列蜡烛、香炉、签筒等一应之物。晌午时分，大寨主阚金鹏，二寨主阚二德子，以下大大小小老老少少两百多号混星子全到了，黑压压人头攒动，癞蛤蟆吵坑似的乱成一团。锅伙中的师爷尖着嗓子叫道："众兄弟收声，大寨主有话说！"神色阴沉的大寨主阚金鹏坐在太师椅上，此人三十来岁，细腰耸肩，衣着打扮不同于一般的混混儿。穿一件灰色掩襟长袍，外罩蓝闪缎琵琶襟马褂，头戴风帽，粗大的发辫垂于脑后，脚下夫子履，一张青白色的大长脸，凤眉细目，唇薄如纸，颔下青髯稀疏。也不像寻常的混混儿，站没个站相、坐没个坐相，在太师椅上正襟危坐、目不斜视。阚金鹏是接了他爹的位子，刚坐上四合鱼锅伙的头把交椅不久，他端起宜兴紫砂手把壶，"吸溜吸溜"嘬了两口，并不急于发话。一众弟兄揣摩着大寨主的心思，没一个胆发出声响，挤在门口墙头上看热闹的也止住了喧哗。大寨主润透了嗓子，将手把壶在八仙桌上一蹾，又抬手将脑后的发辫捋到胸前，这才说道："兄弟们是不是也觉着近来的日子口儿紧了？吃的喝的跟不上了？不是我吝啬财，眼瞅着不好过了，鱼市就这么大一只碗，碗里是鱼是肉，咱兄弟分着吃。而今世道乱了，碗里的肉少了，你们大伙说说，这该如何是好？"堂下的兄弟们你看看我、我看看你，大眼瞪小眼，一瞪一个翻白眼，都不知如何回应。

师爷接过话茬儿："弟兄们还不明白大寨主的意思吗？一个陈家沟子鱼市，容不下两个锅伙，与其坐等着喝西北风，不如把秉合鱼锅伙赶走，咱四合鱼锅伙在此独霸一方，那还不是吃香的喝辣的？"众混混儿一听要对付秉合鱼锅伙，立时鼓噪起来。对他们来说，打架才是正经差事，"英雄"总得有个用武之地不是？因此个个摩拳擦掌，叫嚣着要大干一场。

大寨主一摆手，叹了口气说："但凡有条活路，我断不会出此下策，无奈一山难容二虎，既然大伙有心气儿，咱今天就拿了生死签！"两百多号混混儿鸦雀无声，齐刷刷望向师爷。锅伙里的师爷地位相当于军营中的军师，但又完全不是一码事儿。军师运筹帷幄，师爷却是一肚子的歪门邪道。他煞有介事地拿起桌上的签筒子，使劲在手中晃了几晃，发出"哗楞哗楞"的乱响。大寨主阚金鹏叫道："我拿头一支签！"说罢一伸手，从签筒中抽出一支竹签，当场亮明，是一支红签。紧跟着是阚二德子，也顺手抽出一支，还是红的。

其余混混儿依次上前抽签，抽中红签的个个摇头叹气，只有一老一少两个混混儿拿了死签，也就是黑签。老混混儿叫"徐老蔫"，五十来岁，满脸皱纹，嘴唇干裂，目光浑浊，黑眼珠子发灰，白眼珠子发黄，一身酱紫色的湖绸长衫敞着怀穿，底下青缎子中衣，扎着雪白的丝绦，肩上背着个粗麻布褡裢；年轻的二十岁出头，绰号"三棒槌"，枣核脑袋两头尖，又粗又黑的辫联子搭在胸前，身穿青布裤褂，肥衣大袖、晃晃荡荡，腰里扎着月白洋绉褡包。众人纷纷向他们俩道贺，三棒槌喜形于色，比拜天地入洞房的新郎官还高兴；徐老蔫则是一脸淡定，眼皮子都不抬一下。

混锅伙的抽中黑签，等同于拿了死签，为什么说可喜可贺呢？因为两大锅伙之间的争斗非同小可，要想把这场事挑起来，抽死签仅仅是头一步，接下来还得有人自残挑衅、上门卖味儿。如果对方被血肉横飞的阵势吓住了，即可不战而胜，挑事一方这么做付出的代价最小。如果对方不买账，那么再各自点齐人马，找个空地一决高下，无论是跳油锅、滚钉板，还是剐肉断筋、三刀六洞，群殴之前的一切比斗，均由抽中黑签之人应对，可谓九死一生。不过身后之事有锅伙一手包办，家眷儿孙全归锅伙奉养。如果说福大命大，只落下一身伤残，却保住了这条命，下半辈子的吃喝拉撒也均由锅伙照应，此乃雷打不动的死规矩，更是个成名露脸的机会。

阚金鹏站起身来，冲二人抱了抱拳："哥哥、兄弟，有劳你们二位了！"又命人斩鸡头、烧黄纸，带着锅伙兄弟们轮番给徐老蔫和三棒槌敬酒。众目睽睽之下，一老一少两个混混儿带着几分醉意，拧着眉毛瞪着眼，撇着嘴岔子，迈左腿拖右腿，一步一趔趄地出了大门。

　　无数看热闹的跟在后头，众星捧月一般来到鱼市另一头的秉合鱼锅伙门前。徐老蔫站住了左顾右盼："怎么着兄弟，今天咱哥儿俩卖一把，谁先来？"三棒槌双手叉腰高声叫嚷："我岁数小，您让让我，当着老少爷们儿的面，让我三棒槌露露脸！"徐老蔫一点头，道了一声："请！"

　　锅伙不许关门，可不是没有门，秉合鱼锅伙的两扇大门左开右合。三棒槌伸展双臂，背靠着右侧门板站定。徐老蔫像变戏法一样，从随身的褡裢中掏出一柄铁锤、两根大铁钉，就这两根钉子，绝对是铁匠铺里头一号的尺寸，四棱钉身戴圆帽儿，从上到下锈迹斑斑。徐老蔫把钉子尖搁在嘴里抿了抿，叼住其中一根，将另一根摁在三棒槌的手掌心上，然后抡起铁锤，一锤锤地钉了进去。钉完了左手，他问三棒槌："怎么样兄弟，老哥的手艺行吗？"三棒槌撒舌咧嘴一挑右手大拇哥："好活儿！"紧跟着将右手平铺在门板上，让徐老蔫接着钉这边。大铁钉子穿过皮肉掌骨，生生把个大活人钉在木门上，如同挂了一道门帘子，紫红色的鲜血顺着钉子与皮肉不住淌落。三棒槌面不改色，那根大铁钉子仿佛钉在了别人手上，还嫌不解恨似的大声招呼："徐爷，钉结实了！"围观众人惊得张大了嘴，谁也不敢出声议论。三棒槌仍是说笑如常，满不在乎地告诉徐老蔫："梳头梳到底，打辫打到梢，您老千万别对付买卖，再使点儿劲啊！"徐老蔫一咬牙一瞪眼，甩开臂膀"当当"两锤子，将两个钉子帽砸入了三棒槌的手掌。

四合鱼锅伙那边开香堂抽死签，早已惊动了秉合锅伙，按兵不动只等对头上门。徐老蔫和三棒槌二人此刻在门口一通折腾，屋子里马上冲出来几十号人，个顶个歪戴帽子斜瞪眼，趿拉着鞋、敞着衣襟，凶神恶煞般站了满满当当一院子。为首的穿青挂皂，迈着四方步，左边袖管里空空荡荡，正是秉合鱼锅伙的大寨主，绰号"立地鼎"的鼎爷——郝驷驹。天津卫尽人皆知，他那条胳膊是跟别的锅伙争地盘时，在滚开的油锅里捞胰子炸了个外焦里嫩，他又自己用刀，齐着肩膀头将熟透的胳膊削了下去，至今供在锅伙的条案上，不知道的还以为是半截黑炭。混混儿最讲战绩，这条胳膊够他吹一辈子牛。这么一位心狠胆硬、敢切敢拉的大寨主，什么场面没见过？怎么可能让两个卖味儿的唬住了？当下吆喝一声："兄弟们，来买卖了，出去迎客！"众混混儿轰雷也似应了一声，一个个飞天夜叉相仿，各自拔出匕首、短斧，"呼啦"一下一拥而上，紧紧围住了徐老蔫和三棒槌，看热闹的人们吓得一齐后退。

　　大寨主立地鼎走到门前，不屑地瞥了一眼："真是没有不开张的油盐店啊！谁他妈吃了熊心吞了豹子胆，敢在我门上挂肉帘子？"

　　徐老蔫抱了抱拳，不卑不亢地递上拜帖："您客气了。在下是四合鱼锅伙的徐老蔫，门上那位兄弟叫三棒槌，我二人奉我家寨主之命，给您送来一封拜帖。"

　　鼎爷接过帖子草草一看，跟手扔在地上，哼了一声说道："二位稍候，待我回书一封。"随即一招手，将歪着脖子的傻哥哥叫过来，说道："傻儿子，瞧见没有？人家上门挑事了，你说咱该怎么应付？"傻哥哥别的不懂，锅伙混混儿摔打茬拉、争狠斗勇这一套他可全明白，一时间受宠若惊，烧包得五脊六兽，嘴角抽动了几下，泛着白沫子磕磕绊绊地说道："干爹，有什么事您尽管吩咐！有有……有傻子我在，轮轮轮……轮不到他们在秉合门口叫叫……叫板！"鼎爷一拍傻哥哥的肩膀："行！冲你这句话，不枉干爹养你一场，今儿个该你扬名了，你意下如何？"傻哥哥双膝一弯，"扑通"一下跪在地上："干爹！我我我这条命是您给的，您说怎么舍，我我我绝无二话！"鼎爷一挑大拇指："有样儿！"立刻叫来手下四个混混儿，清一色的二十郎当岁，腮帮子鼓鼓着，太阳穴努努着，胸脯子脭脭着，连屁股蛋儿都翻翻着，全是他的得力干将。鼎爷吩咐一声："你们辛苦一趟，给我傻儿子摆个大谱，送去四合鱼锅伙！"

四个混混儿抱拳领命，端来一摞摞粗瓷海碗放在当院，又捧来几坛"老潘家烧刀子"，打去泥封揭开盖子，霎时间酒香四溢。锅伙里的大小混混儿，争着上前给傻哥哥敬酒。傻哥哥以往哪有这个台面儿？不觉血气上涌，连干了十几碗，喝得两眼发直，晃晃悠悠地拱手一拜，口中更加含混不清："我爹和大伙儿拿拿拿……我当人看，我不能学狗叫唤，今天我也卖一把，给给给……秉合鱼锅伙争几分面子！"说完一仰他那不利索的歪脖子，又喝下一碗烧刀子，然后将酒碗一扔，摔了个粉粉碎，抹干净嘴头子，冲着领命送他的四个混混儿深施一礼："四位大哥，咱走走……走动起来！"四个混混儿马上抬来一扇又宽又大的门板，傻哥哥脱光了膀子，亮出一身油亮的肥膘，又将裤子褪到腰下，撅着屁股往门板上一趴，伸开双臂，把自己摆成一个"大"字，吸足丹田之气，歪着头高呼："求哥儿几个成全！"

鼎爷得在这个当口卖派卖派。甭看全是他的主意，却故作不忍之状，背过身去说了句："手底下利索点儿！"那哥儿四个领命，各持一柄锃明瓦亮的攮子，俯下身来手起刀落，分别穿透傻哥哥的双手手背和两个腿掖子，刀尖插在了门板上。再瞧傻哥哥，身不动膀不摇，嘴里没有"哼哈"二字。下刀的其中一位叫了声好："兄弟，你算有了！"傻哥哥梗着脖子，嘴角淌下几滴涎液，"嘿嘿嘿"几声干笑，咬着后槽牙说："众位哥哥，这才哪儿到哪儿？要钉咱咱咱……就钉到底，别来个半吊子，让人家看看看……笑话！"四个混混儿齐声应和，取来铁锤、青砖，"叮叮当当"一通狠凿，将锋利的攮子钉入门板。刀口处鲜血飞溅，傻哥哥脸上仍挂着傻乎乎的邪笑，嘴角的哈喇子越流越多，洇湿了垫在脸下的辫子。

在鼎爷的吩咐下，又有小混混儿拎来一个火盆，冒着蓝红火苗的木炭当中，插着一根铁筷子。识文断字的鼎爷一只脚从傻哥哥屁股上跨过去，叉着腿站定："傻儿子，你可趴稳当了！"话音未落，抓起烧得通红的铁筷子，横提竖点、撇捺弯钩，外带走之，龙飞凤舞地在傻哥哥背上写下一封回帖，约定三天之后，在陈家沟子鱼市上一决高下，谁栽了谁抱着脑袋从鱼市上滚出去。傻哥哥脊背上"滋滋"冒着白烟，一股子燎生肉的焦煳气息弥漫开来。傻哥哥提着鼻子吸了吸气，赞道："香啊，真香啊！"

四合鱼锅伙的徐老蔫和三棒槌二位，眼睁睁看着人家这一整套活，可比他们的花哨多了，不由得怔在当场，哑口无言。

鼎爷拖着长腔招呼一声："给三位兄弟披红挂彩！"众混混儿将一床大红缎子被盖在傻哥哥身上，也得把大门口的三棒槌摘下来，可是钉子帽都砸平了，那还怎么摘？有几个心黑手狠的，拉住三棒槌的两条胳膊用力一扯，钉在门上的双掌豁开两个大口子，登时血流不止。三棒槌二目圆睁，鼻洼淌汗，咬着牙愣是一声没吭。他也不敢吭声，按混混儿的规矩，一旦呼痛叫疼，乃至于皱一皱眉头，那就算彻底叠锅，这辈子甭想在街面上混了。混混儿们又拿出两朵锦缎红花，要往徐老蔫和三棒槌身上挂。他们二位本是上门寻衅的，偷鸡不成反蚀了一把米，已然栽到姥姥家了，岂肯再受一番羞辱？秉合鱼锅伙的混混儿可不管那套，不由分说将大红花挂在二人胸前，有刚从响器行请来的吹鼓手开道，四个混混儿带了几个卸船的民夫做帮手，一同抬起门板。傻哥哥趴在上边，盖着大红缎子被，歪脖瞪眼一脸傻笑。

姜小沫冷眼旁观，估摸着两边要大打出手了，也跟在傻哥哥后头去看个究竟。众人在徐老蔫和三棒槌的引领下，敲锣打鼓吹着唢呐直奔四合鱼锅伙。陈家沟子鱼市上人声鼎沸，谁也没心思做买卖了，看热闹的堆肩叠背挨山塞海，嘈杂声几乎盖过了锣鼓点儿，比出皇会还热闹。

四合鱼锅伙大寨主阚金鹏闻声迎出来，身后跟着二十几个混混儿，在大门口雁别翅排开。秉合鱼锅伙那四个混混儿的其中一个，将门板一角交给旁边的弟兄，腾出手来一抱拳："有劳四合大寨主出门相迎！您这两个兄弟，给您全须全尾地送回来了。我们寨主爷的回帖在此，请您老过目！"说完掀去盖在傻哥哥背上的大红缎子被，斑斑驳驳红黄一片的烫痕，令人触目惊心。四合鱼锅伙的阚金鹏不动声色，撩袍迈步走下台阶，倒背着双手，低下头仔细观瞧。傻哥哥故意抬起头来挤眉弄眼，嘴里如同塞着破袜子，含混不清地叫道："哎哟，这不是四合的大大大……大寨主吗？看见我背上的字了吗？这可是跟阎王爷拜把子——生死帖子！"阚金鹏喜怒不形于色，阴沉着脸说："你这都快招苍蝇了，我得给你上上药啊！来人哪，取最好的外伤药来！"手下一溜小跑进去，转眼拿出来一包咸盐，并非炒菜用的细盐，而是腌咸鱼用的粗盐粒子。阚金鹏抓了满满一把，撒到傻哥哥背上，然后蹲下身子，拿手使劲揉搓。傻子脸色骤变，全身一阵哆嗦，但也只在一瞬间，随即哈哈大笑："舒服，真他妈舒服！谢谢谢……大寨主赐药！"

混混儿讲究卖味儿、讨打，没有一把咬得住牙的硬骨头，甭想在锅伙中立足。阚金鹏一看是这意思，也就没再难为傻子，冲抬着门板的四个混混儿拱了拱手："行了，替我跟你们大寨主说一声，回帖已然带到，咱就按他定的来，船上不见道儿上见！"

姜小沫在旁边从头看到尾，但觉后脊梁直冒寒气，合着大寨主收留傻哥哥当干儿子，足吃足喝地供着，只不过是为了拿傻子充死签。他心里头真替傻哥哥不值，可甭管怎么说，眼下这场架算是打上了，自己在暗处，阚二德子在明处，正是报仇的机会！

2

傻哥哥当了一把人肉回帖儿，替秉合鱼锅伙压了对方一头，这个人也彻底完了。回到锅伙里拔出攮子，众混混儿合力把他搭到炕上，如同扔下一摊烂泥。鼎爷安排人给傻子治伤，又传下令去，把在外切锅拿秤的、拦河收钱的、摆渡掌船的兄弟们全叫回来"伺候过节儿"。这也是锅伙的规矩，聚众斗殴之前，所有兄弟待在一处同吃同喝，以往再怎么抠搜，到这会儿也豁出去了，保不齐就是最后一顿了，大酒大肉供着，油酥烧饼炖羊肉管够，吃完拿羊汤溜缝儿，"同丰永"的直沽高粱敞开了喝。同时备齐应手的家伙，诸如手刺、花枪、鸟铳、斧子、攮子、铁尺、关刀、匕首、齐眉棍、白蜡杆子之类，全摆在锅伙的院子里，这叫"铺家伙"，为了长长自己的锐气、灭灭对方的威风。还得跟官府打好招呼。再逐一告知鱼市上的鱼贩子、船老大，以及沿街各家买卖铺户："老板、掌柜的，先给您赔个不是，三天之后我们要在这门口摆一场事儿，免不了耽误您一天的买卖。各位该关门关门，该上板上板，无论闹出多大的响动，您也不必出来张望，以免惊吓了您。"

转眼到了两大锅伙比斗的日子。当天午时，狂风卷着阵阵黄土，刮得天色惨淡，白日无光。陈家沟子一带的商号住家关门闭户，渔船鱼贩子也都没来。谁吃了熊心豹子胆，敢看这个热闹？平日里熙熙攘攘的鱼市，空荡荡的看不见半个人。两拨人马由远及近相向而来，都是一百多号光棍，高矮胖瘦，丑俊黑白，胖大的魁梧，矮小的精神，丑的如夜叉，俊的似潘安，白的像宋玉，黑的赛李逵，清一色的花鞋大裤子，斜腰拉胯晃着脑袋，拧眉瞪眼满脸的戾气，骂骂咧咧谁也不含糊。双方相距二十余步站定，也是兵对兵、将对将，没人安排，却似约定俗成。

四合鱼锅伙的寨主阚金鹏一脸阴笑，走上前几步，拱手说道："鼎爷，四合、秉合两个锅伙，在一个坑里刨食这么多年，论交情也是不浅，有话我可就直说了。如今生意萧条，容不下两个锅伙垒灶了，陈家沟子鱼市说小不小、说大却也不大，今后由我四合把持足矣。至于您呢，总归是上了年纪，犯不上再操这份闲心了，不如偃旗息鼓回家养老去。我也不会白了您，赶上三节两寿，必有一份心意奉上，包您老吃喝不愁。怎么样，有商量吗？"

鼎爷望天打个哈哈："商量？你跟谁商量？帖子你下了，人马你点齐了，阵势你也摆下了，还他妈'癞蛤蟆上供桌——愣充大肚子弥勒佛'？论着耍人儿的辈分，你是我侄子，我不能欺负你，你也别光拿嘴对付，既想卖那就头朝外，有心气儿你放马过来，咱爷儿俩比画比画，要么我这一百多斤归你，要么把你那一百来斤给我！"说完往前走了几步，点指阚金鹏叫阵。

谁知阚金鹏一晃脑袋："那可不成，双桥好走独木难行，我不能欺负您这一条胳膊的苦人儿啊！"轻描淡写的一句话，就把鼎爷撂旱地儿了，整个一"罐焖鸡——憋气带窝脖"，干瞪眼没咒念。

正在这个节骨眼儿上，秉合鱼锅伙阵中出来一个混混儿："大寨主，杀鸡用不着宰牛的刀，容我'花狸豹'卖派卖派！"话到人到，将鼎爷挡在身后。但见这个花狸豹甩掉小褂，露出一身两膀的刺花，胸前背后如铺锦缎——前有睁眼的关公、后有闭眼的菩萨，什么邪乎刺什么，惹得双方人马一同喝了个彩。花狸豹冲两边拱了拱手，紧接着单手一扬，只听"啪嗒"一声，一支黑头竹签扔在了地上。甭问就知道，秉合也开了香堂，抽中死签的出场了。

花狸豹从绑腿中拖出一柄两侧开刃的刀子，银光耀眼，寒气逼人。他右手握着刀，将大辫子一甩绕在脖子上，举起左手食指，然后一刀刀削在自己的手指上，引得身后的混混儿齐声叫好，他这根手指也算废了。锅伙的混混儿讲打讲闹，拿了死签一个对一个的争斗，头一阵大多是割耳朵、削手指，越往后越狠，还不能重样，人家这边削了一根手指头，你削两根，那也不叫露脸。花狸豹抢下头阵，既替大寨主鼎爷解了围，又把烫手的山芋扔给了对方，可以说是一箭双雕。

四合鱼锅伙的三棒槌已然残了，两只手缠得跟粽子似的，不可能再下场比斗了，众弟兄一齐将眼光投向徐老蔫，等着他出来接招。那个老混混儿仍是半死不活的样子，蔫头耷脑走到花狸豹身前，抬眼看了看对方白森森的指骨，不紧不慢地说道："行了兄弟，玩得鲜亮，有了！你靠后歇会儿，且看老哥我耍一把，拔腿才见两脚泥，玩得地道不地道的，多替爷们儿遮盖遮盖！"

花狸豹笑了一笑："不能！我这是苍蝇炝蹶子——小踢蹬，您可是老前辈，降人的玩意儿还得看您的，您来吧！"说完这两句挑事拱火的便宜话，往后退开几步，将场子让了出来。

徐老蔫远不如花狸豹招摇，手上拎着一把攮子，也没说摆个架势亮个相，一声不吭地闭上双眼，一手捏住左侧眼皮，右手用攮子尖绕着自己的眼眶割了半圈，鲜血缓缓淌落，糊住了他的半张脸。徐老蔫伸出左手，捏着割下来的眼皮给众人观瞧。

秉合鱼锅伙那边发出阵阵哄笑："老杂毛儿，你是法海的师弟——尿海啊！这就想对付过去？"徐老蔫并不急躁，尽管他平时蔫头耷脑，少言寡语，却有个闷主意，存心将花狸豹比下去，可又不想把自己伤得太重，所以先挑了眼皮，一旦把对方镇住，便可就此罢手。哪知道不够瞧的，只得将心一横，随手将那片眼皮往地上一甩，示意众人少安毋躁，接着看玩意儿。但见他撩起衣襟，擦了擦脸上的血迹，手中的刀尖颤了一颤，插入没了眼皮的左眼窝子，可丁可卯转了一圈，旋即一剜一挑，左眼窝子变成了血窟窿。

徐老蔫毫不挂相，举着自己的眼珠子，挑衅地冲花狸豹说："咱都是十根手指两只眼，谁也没多长，谁也没少长。我这一个眼珠子，是不是抵得上你五根手指？我可还有一只眼呢，不行你凑个整儿，我把这一对招子全给你，来，接着！"说完一抖腕子，将那血淋淋的眼珠子抛向花狸豹。花狸豹接也不是，不接也不是，只要说伸手接住，他其余九根手指都得削了，稍一打愣，眼珠子已经掉在了他的脚边。徐老蔫纵声狂笑："哈哈哈哈——怎么着兄弟，你是站着撒尿的吗？怕烫手不敢接是吗？"

花狸豹压不住无明火，抬脚踩爆了地上的眼珠子。混混儿之间比斗，不乏抠下眼珠子当泡儿踩着玩的，那也是自己抠自己踩，我抠出来让你踹了，岂不是把我当玩意儿了？

徐老蔫气炸了连肝肺，怒骂一声："你个小夜儿攘的！不把你屁屁挤出来，我都算你拉得干净！"一个垫步冲至花狸豹面前，举攘子就刺。花狸豹刚才没接眼珠子，已经有点儿丢人了，此刻咬住了牙，一不躲二不闪，挺着胸膛往上迎。甭看徐老蔫死眉塌眼的好像三脚踹不出一个屁，却也是开逛多年的老混混儿，论着捅人他可不是外行，眼见对方挺着胸膛相迎，手腕子突然一扭，刀尖改竖为横，因为竖着捅进去，容易被肋骨挡住，那不解恨啊，如果放平刀身，顺着肋条缝就插到底了。花狸豹实实拍拍挨了一攘子，与此同时，他手上的短刀也捅进了徐老蔫的肚子。

二位死签各中一刀，双双倒地，斗了个两败俱伤。两大锅伙的寨主见时机已到，几乎是一同叫道："兄弟们，盯事儿了！给我打！"双方人马齐往前冲，各自认准冤家对头，有冤的报冤，有仇的报仇，在陈家沟子鱼市上大打出手。

混混儿打架有规矩，对方或是一斧子砍下来，或是一攘子刺过来，或是一棍子砸下来，无论下什么家伙，不仅不能闪避，更不能招架抵挡，那叫"抓家伙"，会从此落下笑柄，必须拿脑袋去接、挺胸膛去迎，绝不能有半点儿退缩之意。外埠人难以理解，天津卫的混混儿打架怎么那么多规矩呢？打不就得了吗？书中代言：九河下梢水陆码头，锅伙混混儿之间争地盘抢码头，或单挑、或群殴，归根结底是为了有口饭吃。自古说"身体发肤受之父母"，抽中死签的出头自残，自己拿刀捅自己，或是吞火炭滚钉板，讲究一个对一个，上吊我跟你脸对着脸，跳河咱俩人手拉着手，这不犯王法，官府管不了，也懒得管。俩人你捅我一刀，我拍你一砖，那属于斗殴，就得归官了。他们为了抢饭碗才争勇斗狠，额外吃一场官司，挨上一顿板子不说，还得让衙门口讹去一份银子，那不是赔了夫人又折兵吗？所以说不到万不得已，哪一方也不愿意打群架。但是眼下为了争夺陈家沟子这块肥肉，谁也顾不了这么多了。正所谓"容情不动手，动手不容情"，一旦到了群殴械斗的地步，实无规矩可言。

两三百号混混儿刀来枪往，砖头瓦片在头顶乱飞，喊杀声叫骂声响成了一片。这一场乌烟瘴气的混战，双方都杀红了眼，打乱了套。姜小沫扔完了几块砖头，猫腰低头往人堆儿里钻，混混儿们打得你死我活，没人顾得上一个小孩。姜小沫三步两步蹿至街心，见了阚二德子分外眼红，不过此人是四合鱼锅伙的头号打手，筋长力大，肉厚身沉，擅使一杆花枪，枪杆茶盅粗细，枪头磨得寒光闪闪，绑着一绺红缨子，扎完人鲜血沾在缨子穗儿上，扎的人越多，缨子穗儿越红。枪法也得，平日里蹚土踩地，起早贪黑练着二五更的功夫，前把一拧万朵梨花，后把一抖千道寒光，去如箭、来如线，枪似游龙、快似闪电，有一手杀招叫"凤凰三点头"。一条七尺长的花枪在他手上如同蛟龙出海、怪蟒翻身，单捡皮糙肉厚的地方招呼，肩膀头、小肚子、大腿根、屁股蛋，扎上一枪对方就蹦跶不起来了，还出不了人命。一连挑翻了五六个秉合鱼锅伙的混混儿，所向披靡，勇不可当，枪头红缨子上"滴滴答答"淌着鲜血。

姜小沫心里明白,凭自己这两下子,到不了近前就得让人家一枪挑了。他急中生智,蹬着墙头爬上屋顶,摘下弹弓,死死瞄准了阚二德子的脑袋瓜子。姜小沫的弹弓,不说百发百中,那也是八九不离十,这下要是打中了,必定是头破血流,怎知道用力过猛,一下子把弓弦扯断了,只得扔下弹弓,揭下瓦片往阚二德子头上砸。阚二德子真不白给,眼观六路耳听八方,瞥见有人扔出"暗器",百忙中将花枪一抖,枪头裹着风打掉了飞下来的瓦片。姜小沫手上不停,屋瓦一片接一片地扔下来。阚二德子左拨右挡,忙于招架头上飞来的瓦片,下盘空门大开,小腿迎面骨上结结实实挨了一白蜡杆子,他的功夫全在枪法上,没练过刀枪不入的金钟罩铁布衫,当场摔了个"醉鬼跌架",身上又让人踩了几脚,半天爬不起来,两只绣着"五毒伏地"的大花鞋也让人扒了。

阚二德子如同大难临头,脸色都灰了。混混儿有两怕,一怕别人往他身上泼尿,二怕被别人扒下鞋来扔掉。你刨了他家祖坟,他可能不在乎,你要是扒了他的鞋扔进水沟,或是泼他一身尿,他必然跟你豁命。耍光棍的最怕这个,事儿不在大小,这叫栽面儿!阚二德子又羞又恼,咬紧牙关使上了吃奶的力气,腰杆子使劲,从地上一跃而起,顾不上枪下留情,后把紧握枪杆,前把一通乱抖,直取扒下他五毒鞋的混混儿,"凤凰三点头"都不解恨了,来了一通"金鸡乱点头"!

那个混混儿一手拎着一只鞋,正要往路旁的臭沟里扔,早被阚二德子一枪刺在背上,后边进去前边出来,扎了个透心凉。阚二德子紧跟着抬起一脚,踹开对手的同时抽出花枪。那个混混儿往前冲出几步,尸身扑倒在地，鞋子也撒手了。阚二德子直着眼去捡鞋，却从斜刺里撞出一个小混星子，跟跟跄跄摔了一跤，恰好挡住他的去路。阚二德子认不出这小子是哪个锅伙的，也怕伤了自己人，一把揪住姜小沫脑后的辫子，怒道："小毛孩子裹什么乱！"哪知姜小沫借着这一揪的力道，转身往他怀中一扑，手中一柄尖刀，在阚二德子心窝子上"噗噗噗"连捅三刀，八寸长的刀子，刀刀捅至刀柄。阚二德子当场毙命，姜小沫身上、脸上也都让血染红了。

正乱的当口，随着一阵梆子急响，巡街的官兵到了。其实早到了，不过一直在远处按兵不动，任凭两大锅伙刀来枪往，斗个你死我活，非得等到不可收拾的地步才会出场，胡乱抓上几个混混儿，带回去打一顿板子，这是给老百姓看的。锅伙之间的事，易完却不易了，尤其是出了人命，谁也兜不住，好在跑得了和尚跑不了庙，肯定会有抽中死签的混混儿去衙门自首，不怕找不到人顶这场官司。

陈家沟子鱼市上的两个锅伙，争这块地盘不是一天两天，也不是一年两年了，背后牵扯着若干势力。天津城四个最大的锅伙，东城的老悦、西城的老君、南城的九如、北城的四海，暗中扶持着四合鱼锅伙。秉合鱼锅伙则有漕运的青龙帮做靠山。隔上三两年，双方就会斗上一次，或是下油锅滚钉板，一个对一个抽死签；或是刀枪并举群殴械斗。哪一次不得扔下几条人命？打到一定程度，不仅官府要从中调停，有辈分的袍带混混儿也得出来说和，以免两败俱伤，收不了场。

眼见巡街的官兵到了，双方借着这个台阶，各自鸣锣收兵。尽管一个个都是灰头土脸、身上挂彩，却是倒驴不倒架儿，依旧挺胸叠肚，挑着眉撇着嘴，摆出一派英雄气概。只是怎么也闹不明白，傻哥哥带入秉合鱼锅伙的这个小混星子，也不过十三四岁，还不够开逛的岁数，居然下手这么狠！阚二德子身为四合鱼锅伙的二把，论身手比能耐，堪称混混儿中的吕温侯，怎么会莫名其妙地死在一个小孩手上？事后有人去问半残的傻哥哥，他嘟嘟噜噜半天也说不出个所以然。四合鱼锅伙这边损了一员大将，折了面子，恨得咬牙切齿，到处叫嚣着要拿姜小沫给阚二德子偿命。秉合鱼锅伙也不肯这么稀里糊涂地了账。然而两大锅伙翻遍了天津城里城外的犄角旮旯，却连个人影儿也没见着！

第四章　姜小沫憨宝 上

1

　　四合与秉合两大锅伙在陈家沟子鱼市上一场混战，直打得天昏地暗、血肉横飞。姜小沫三刀捅死了阚二德子，杀人可不是宰鸡，下手之时唯恐不狠，如今人也杀了，仇也报了，这口恶气也出了，他才觉得双手直哆嗦，又看官兵来了，自知大事不好，趁着乱子，跟条泥鳅一样钻进胡同溜了。跑到一半发觉自己身上脸上全是血，撞上巡街的肯定会被人拿住。九河下梢的老百姓都吃挑水，家家户户门口放着大水缸。他顾不上天冷，扎进路边一口大水缸，匆匆洗去血迹。姜小沫自己也明白，刀伤人命非同小可，天津城是不能待了，他又没离开过这一亩三分地，也不知该去哪里避祸，只想着逃得越远越好。

　　姜小沫撒脚如飞，跑到一片荒洼野地，扭头看不见天津城了，这才稍稍放心，双膝跪地，望着爹娘坟头的方向磕了四个响头，爬起身来继续逃命。他自己也说不清怎么寻思的，鬼使神差一般，奔着西北便走。途中看见几个倒卧，都是破衣烂衫的乞丐。灾荒不断的年头，遍地是路倒，他也见得多了。只不过其中一个死人胳膊肘底下，压着一副三岔板。以前有这么一路打三岔板的叫花子，向人行乞的时候，并不求爷爷告奶奶，不要残汤剩饭，至少得要下一枚铜钱。三岔板又叫"撒垃鸡"，二尺多长的两块窄竹片子，上镶铁钉、铜钹，加上一块窄长如锯齿的竹板，敲敲打打且说且唱，说什么唱什么并无一定之规，莲花落、秧歌柳子、小曲小调，会哪个来哪个，挨家挨户地讨要，相当于半个卖艺的。姜小沫是门里出身，认得这个玩意儿，拾起三岔板，对乞丐拜了几拜："大爷您驾鹤西去，再也用不上这个板子，我可就拿着了。"他又捡个粗瓷破碗，拿根树枝子当打狗棒，凭着以前跟爹娘学过几句数来宝、莲花落，逢村过店就打着三岔板唱上两句。这小子有个机灵劲儿，知道见着大婶子不能喊老太太，见着有钱的得喊大爷，不能喊大叔，赶上心好的，多少能舍给他一口残羹冷饭。这一路之上他少说话、勤磕头，讨来干粮大饼子舍不得全吃了，放到袋子里存着，饿急了才啃上一口。为了这口吃的，他也干过抢切糕、抓馅饼的勾当，没少挨打挨骂，还险些让狗咬死。以往那个年头，乡下养狗无非为了看家护院，全是恶狗不说，还特别势利，看来人穿戴齐整，它就躲着你，冲你摇尾巴；如果说来了要饭的，必然追在屁股后头撒着狠地咬，叼住了就不撒嘴，恨不能咬死你，真应了那句话——不要饭不知道狗狠，所以要饭的手上都得有一根打狗棍子。

由打天津城出来的时候，天气就已经转凉了，挨饿受冻走了一天又一天，姜小沫竟不知不觉走到了张家口，再往前就是塞外了。此时他脸上的泥比铜钱还厚，手上冻得裂口子，脖子上全是皴，发辫也擀毡了，满脑袋虱子，身上的棉袄破了大大小小几十个窟窿，几乎变成了渔网，让风一打比小刀子拉还疼。姜小沫想起他爹姜十五说过，口北是衔接蒙、晋、京师的要地，贸易兴盛，商贾云集，跑江湖卖艺的极多，生意好做，挣口饭吃不难。眼瞅着天气越来越冷，他不可能再去别的地方了，便在周围转了一圈。

秋末冬初，正是贩卖牲口、皮毛、药材的旺季。城门外的官道上，骆驼队、马队往来不绝。墙根底下支着一排排的货架子，摆满了土特产，还有卖大饼、黄糕、火烧、糊糊面、糖麻叶之类的小吃摊子，"腾腾"地冒着热气。空场上圈着一栏栏的驴马牲口，南来北往的牲口贩子不顾张风喝冷，三三两两地凑在集市上讨价还价。没有用嘴的，买卖双方袖里吞金、拿手捏价，俗称"捏噶儿"。相距驴马市不远另有一片空场，很多跑江湖的在那边卖艺。卖艺的分文武场，文场不能挨着文场，武场不能挨着武场，免得抢生意。武场上有吞宝剑、举石锁、崩铁链、耍大刀之类的把式。文场上有唱大鼓梆子戏的，有打快板演双簧的，还有草原上来的琴书艺人，手持马头琴自拉自唱，唱词多是自编的。

姜小沫拿眼一瞄就明白了，驴马市上的商贩虽多，却忙于做买做卖，要饭的过去搅了买卖，那不是故意找打吗？杂耍场子上的人也不少，可都是来看玩意儿的，十之八九带着零钱，却有道是"善财难舍"，有钱还留着解闷儿呢，舍不得给穷人。卖艺的挣一天花一天，谁也没有闲钱打发要饭的，想要饭得往堡子里走。

满清入关时的"八大皇商"，在堡子里盖起一座座深宅大院，十几条大街纵横交错，街面上的饭庄子、老酒馆、绸缎庄、车马店、药房、当铺、刀剪铺……一家挨着一家，不过姜小沫不敢往那边走，因为他爹娘是跑江湖卖艺的。以前的江湖人背井离乡冲州撞府，吃着破梨烂枣大碗茶，跑遍了三山四码头，他自己也在花子堆儿里混过，对丐帮的规矩一清二楚。正所谓"讨饭花子结成伙，大罗金仙不敢惹"。旧时西北路的丐帮分成"里家门"和"锁家门"，拜着不同的祖师爷，有道是"里家门走遍天下，锁家门独占一方"。里家门是游走各地的流动乞丐，锁家门则固定在一个地区乞讨。用丐帮的市语来说，乞丐占据的固定地盘叫"讨吃窑"，大帮主称为"鞭杆子"，据说是当初老皇爷亲赐了一根牛皮鞭子来替代打狗棍，锁家门的花子头世代相传，每年还要交由当地的官府验鞭，验完了加盖官印。这根鞭子象征着花子头的权势，打死人不用偿命。鞭杆子往下还有充当军师的"落子头"、打头阵的"帮落子"、编唱词的"相府"、舍皮肉的"扇子"、豁命的"破头"等等，可谓等级分明、规矩森严。锁家门的乞丐不只讨饭，街面上的粪便脏土，全由他们清理，捎带着抬埋路倒，扒下死人衣服，洗掉血迹泥污，卖给估衣铺子。最有油水的是"蹲门子"，哪家有红白喜寿，得提前给够了他们钱，到时候派几个叫花子守在路口，蹲到主家看不着的地方，拦挡外来的饥民乞丐。主家认头掏钱，买的就是这份清静。锁家门的鞭杆子在讨吃窑中说一不二，当地商户按月给他交银子，否则难求安稳，包括八大皇商在内，很多有钱有势的大财主、买卖商号的大老板，甚至当官的遇上急难之事，也得求鞭杆子帮忙。

　　姜小沫来到口北，人生地不熟，两眼一抹黑，不过他鼻子底下有嘴，在城外驴马市打听了一圈，便从一个老叫花子口中得知，口北锁家门盘踞在祭风台二鬼庙，周边有不少乱葬岗子和旧砖窑。所谓二鬼，其一指衣衫褴褛讨饭行乞的活鬼，其二指扔在乱葬岗喂野狗的死鬼。乞丐们成群结伙聚集在二鬼庙附近的破砖窑和坟窟窿中，白天出去乞讨，晚上把讨来的吃喝混在一起，点燃柴草，用大锅熬成杂和菜。为首的鞭杆子人称"大罗罗密"，是个全身脓疮的大胖子，坐着躺着一边高。还长了一对阴阳眼，两只眼一个大一个小，大的盯着活鬼，小的盯着死鬼。手持掩身棒子，身穿团龙裋子，捧个破砂锅子，统辖三十六个讨吃窑，比察哈尔督统管的地盘还大，官府管不了的全归他管。手下那些个叫花子，不乏负案在逃的贼寇、杀人越货的强盗。到了这个地头上，皇上的二大爷和阎王的小舅子都没他好使。他这个花子头儿，甚至放债借粮。放债是驴打滚的蹦蹦利，放一百还二百；借粮二八扣，借八斗顶一石，还一石顶八斗，借出去发霉的陈粮，还给他得是头等的好粮。流民乞丐来到口北，在驴马市讨饭不要紧，但是不能进城门，城里头那一大片，全是锁家门的讨吃窑，外来的乞丐想在城中夺食，那不是活腻了找死吗？

驴马市白天人多，天一擦黑即散，周围的几家小饭铺也只卖晌午饭。外来的里家门乞丐，大多裹挟在逃难的灾民当中，千奇百怪什么样的都有：有人为了讨得一口半口的吃食，不惜割掉半张脸，或是截去一条胳膊两条腿，在地上爬来爬去，磕着头乞讨，用花子们的行话叫"披街"；也有耍蛇的花子，背着蛇笼，里面塞着三条腿的癞蛤蟆、四个爪的蛇舅母、猫崽子大小的老耗子，手上摆弄着一条一尺来长的花蛇，在众人眼前乱晃，这一路称为"扯溜儿"；也不乏"拍花"的人贩子，江湖上称之为"吃腥饭的"，借讨饭掩人耳目，东边偷个小闺女，西边抢个小小子，专干拐卖人口的勾当。

姜小沫干不来这几样，砍胳膊剁腿嫌疼，耍耗子耍蛇怕咬着。他流落江湖多时，知道缺爹少娘得受多大罪，拍花子之类缺德带冒烟的勾当打死他也不肯做。去驴马市当个碎催也不行，人生地不熟的，插不进去脚不说，他又是在天津卫一弹弓子打翻了马车，才害得自己家破人亡，瞅见马勾心思。不过口北是繁华之地，做买做卖的来来往往络绎不绝，怎么着不能混上一口饱饭？想当年他爹娘姜十五和大鸭梨，不就是凭着鼻子底下一张嘴，风里来雨里去的跑江湖挣饭吃吗？他从小耳濡目染，纵使唱不了成本大套的，对付口吃喝也该不难。

江湖上管唱鼓书叫"使长家伙的"，因为弦子脖儿长，说评书用的醒木短，称为"使短家伙的"。无论是长是短，好歹得有个家伙，正所谓"穿衣吃饭看家伙"，他姜小沫却一概没有，路上捡的三岔板早让他敲烂了。那么大个活人也不能让尿憋死，干脆两个手攥着十个指甲盖子，晃着这几十斤肉，在杂耍场子找块不碍事的地方一戳，瞅见一来一往人不少了，嘴里哼个过门儿，捡两块砖头拍着板眼，当场来了一段《罗成算卦》。唱词不算长，但是广为流传，各门各派使活的路子也不同，京东、西河、坠子、琴书、太平歌词，还有野台子戏的对唱，故事抓人，词句也妙，拿这个小段当作撂地卖艺开场的"门柳"，那是再合适不过了。

甭看姜小沫是头一次上买卖，到底是门里出身的孩子，以往跟着爹娘熏得透透的，虽说锤炼的不够，开了口却也是有板有眼、有急有缓，缓起来行腔婉转，听的是个滋味儿，急的时候赶板垛字，要的是个利索，且声情并茂，按照行里人讲话叫"手上脸上都有买卖"。在大街上听玩意儿不比戏曲园子，即便有个崩瓜掉字儿、滚口倒音的也没人在乎。本以为能挣几个钱吃饭了，怎知口外的杂耍场子地方旷人也杂，旁边还挨着驴马市，人喊马嘶、喧闹嘈杂，卖艺的手里没有响器，单凭肉嗓子干拉，忙活半天也黏不上圆子。他硬着头皮又说了几句生意口，插科打诨、逗笑取乐儿，好不容易围上仨俩看热闹的，旁边跤场子里的铜锣就响了，几个五大三粗的蒙古汉子，身穿跤衣、足蹬马靴，脖子上套着五颜六色的江嘎，晃着膀子在白灰圈里来回一跳，立刻把人引了过去。

接下来几天也是如此，姜小沫跟前刚一围上人，旁边不是有敲锣的就是有打鼓的，再不然来俩打架的，砖头土块漫天乱飞。他自己也明白，一天两天是巧了，三天四天是寸了，接连五六天有人来搅生意，必然是有意为之。可也难怪，没给本地的会头使钱送礼，肯定站不住脚。规矩是这么个规矩，但是姜小沫连个窝头都买不起，哪儿有钱孝敬会头？他心里越想越窝火："我又没打算发多大的财，无非是在此地混口饭吃，同为跑江湖的苦命人，人不亲艺还亲呢，睁一眼闭一眼不就得了吗？合着看我吃饭你们难受，非得让我饿死才行？"

2

到最后实在没辙了，姜小沫憋出个损招，仗着从小听爹娘念叨行走江湖的门道，识得三相公二少爷，又在鱼市上混过锅伙，索性把心一横，就凭这两件傍身的"本事"，跑去搅和别的艺人做生意。只不过这小子也分得出眉眼高低，不敢招惹翻筋斗、拿大顶、耍中幡的，那些人胳膊根子太粗，抽上一个大耳刮子，说不定能把他脖子打断了，只能在文生意里找饭辙。东瞧西看盯上一个"彩立子"，说白了就是变戏法的，他挤在围观的人丛中，揣着手假装看玩意儿。

变戏法这位长得黑不溜秋，涂着个白鼻子，那真叫皂白分明。在地上铺了块深紫色的旧毯子，旁边摆着个三尺见方的破木头箱子，开场先敲一通锣，引得行人驻足观瞧，带着孩子的老太太小媳妇儿最爱看这个，所以围观的总是女多男少。变戏法的讲究"说演变练"，"说"排在头一位，嗓门也得豁亮："各位叔叔大爷、婶子大娘、长兄幼弟、三老四少，学徒我在江湖上有个小小的绰号叫'宋丑子'，初来乍到贵宝地，承蒙各位捧场，学徒在这儿给您献丑了！您看那位老太太问了，你长得就够丑了，还献什么丑呢？您取笑了，长得丑不能当饭吃啊，我得靠玩意儿挣钱！不瞒您说，我是个变戏法儿的。这位婶子又问了，你会变什么呀？我怎么说的，您今儿个来着了，天上飞的、地下跑的、河里凫的、草坑儿里蹦跶的，长的短的、大的小的、黏的滑的、难捏的难拿的，没有我不会变的。往小了说，什么叫仙人摘豆、肚里穿针、霸王卸甲、棒打金钱、破扇还原、纸变蛤蟆；往大了讲，哪个叫瓶升三戟、五子夺魁、八仙过海、九龙显圣、十二连桥、十三太保，只要您喜欢，点什么我给您变什么，王母娘娘的蟠桃都能摘下来。我也别光拿嘴对付，先变个小戏法，给您取个乐子……"说着话紧敲几下铜锣，口中念念有词："一二三四五，金木水火土，要想戏法来，还得抓把土！"只见他往地上一蹲，把铜锣放在旁边，双手上下翻飞，使了个仙人摘豆的小戏法，别看戏法不大，却还是一个师父一个传授，用的豆儿行话叫"苗子"，只能自己用自己的，别人的苗子你拿过来也变不了。宋丑子瞥见围观的人比刚才多了不少，他又变了一手空壶取酒，然后直起身形，作着揖讨赏："老几位，您看着高兴了，变戏法的可还饿着肚子呢！正所谓'城墙高万丈，全凭朋友道儿'，有钱的您捧个钱场，没钱的您捧个人场，倘若真有一时不便，出来没带着钱，那您也不是白看，站脚助威帮个人力，我一样承您的情。如若非得走，那可是您的腿、我的嘴，别怪我嘴里不干净！"这套话在江湖上叫"拴马桩"，此时扭头一走，他真在背后"妈妈姥姥"的连卷带骂，即便没有指名道姓，听着可也别扭。加之口北人淳厚，有脸皮薄的不好意思白看，就给他扔个仨俩的。宋丑子连声称谢，捡起钱来揣入怀中，顺手掏出一把缝衣针，自言自语道："眼看到晌午了，这几个钱不够吃饭的，我得先垫补两口。"说完把缝衣针逐一放到嘴里，又拿出几根棉线，吃面条似的吸溜进去，吧唧吧唧嘴，打了个饱嗝儿，然后又一根接一根地把棉线从嘴里抻出来，一根棉线上穿着一根缝衣针，围观的婶子大娘全看得目瞪口呆。变戏法的不怕近瞧，还得跟人家说明白了，让人看清楚了再变，这才叫本事。

　　宋丑子变了几个垫场的小戏法，行话叫"亮托"，一边招揽生意，一边撒目着容易上当受骗的"点子"，以便接下来多糊弄俩钱儿。眼瞅着看玩意儿的人越聚越多，挤得里外三层，他亮出一手绝活，拿出个咸菜坛子，翻过来调过去地给大伙看，坛子里空空如也，嘴里头念念有词："您往南瞧往北看，一边来了一位仙，南边这位是韩湘子，北边那位是吕洞宾，欸……戏法来了！"说着话伸手在坛子里一抓，拎出一只活蛤蟆，扔地上到处乱蹦，但见他念着口诀一只只往外掏，一口气从空坛子里掏出十几只蛤蟆，四面八方到处乱爬，有胆儿小的婶子大娘，吓得直往后躲。宋丑子掏完蛤蟆，用手一捂坛子口，说道："那位问了，这里头还有啥？我跟您说，要啥有啥！老几位给我捧捧场，我也卖卖力气，再给您接着变。"正要放下坛子打钱，姜小沫突然冲进来，往地上一躺，嚷嚷道："我说变戏法的，欺负爷们儿什么也没见过怎么着，变蛤蟆叫什么玩意儿？你变得了活人吗？有本事你把你自己变坛子里去给我瞧瞧，变得好少不了给你赏钱！"

宋丑子闯荡江湖多年，能不明白这个吗？这小子穿得比叫花子还破，肯定不是同行，一看这就是讹钱来的，可又不便明说，忍着怒气抱拳道："小兄弟，我们变戏法的卖艺不卖身，此乃祖师爷传下的规矩，宁让艺压钱，不让钱压艺，不能说为了几个赏钱，就拿自己当玩意儿！"姜小沫翻身坐了起来，也冲他一拱手："可敬可敬，小爷我成全你，我给你当个玩意儿，你把我变坛子里去！"变戏法的下不来台，揪着姜小沫骂道："你个靠死扇的，敢来刨我的杵，信不信我揍你？"姜小沫不含糊，嘴里回了一声："今天就是端你啃包来的，且看你如何发落！"说罢护住周身要害，任凭宋丑子怎么揪也不起身，更不怕挨打，打死了是命短，打不死是造化。变戏法的宋丑子无可奈何，也不知是哪儿来的小叫花子，一口的江湖话，还是个滚刀肉，只得自认倒霉，把之前垫场子收的几个铜钱扔给他，还不能让看热闹的瞧出来，说几句场面话："我不跟你小叫花子一般见识，拿上钱赶紧滚！"

姜小沫见好就收，捡了钱挤出人群，赶紧先把五脏庙祭了。把式场一带有不少卖小吃的摊子，其中一个摊子看着像是卖抻条面的。抻成三尺来长的面条，但是光抻不煮，也没有汤锅，抽出一根卷起来擀成饼，搁油锅里烙熟了，这叫一窝丝儿。他买了俩，狼吞虎咽地吃下肚子，这东西便宜是便宜，不过油重盐大，吃着还挺香。吃完一抹嘴角的油星子，心里那叫一个得意，暗暗叫着自己的名字："姜小沫啊姜小沫，今后你可有饭辙了！"从此在这个把式场待住了，单找好欺负的江湖艺人，讹完变戏法的，又去讹相面算卦的、卖野药的、耍猴的、唱曲的，专干揭锅刨底的勾当，搅得人家做不成买卖。

跑江湖是为了养家糊口，艺人们大多不愿意跟一个小叫花子计较，怎奈这小子没完没了蹬鼻子上脸，一窝丝儿吃腻了想吃油渣饼，焖面吃腻了想吃羊肉包子，本来一天只讹一处生意，到后来半天搅和五六个买卖。江湖艺人来到一处，不能立刻做买卖，必须先拜码头，再拜同道，上下打点，问明了各种忌讳，方可撂地卖艺，该交的钱从不敢少交，辛苦一天也挣不了多少，还得让一个小叫花子欺负，上哪儿说理去？您各位圣明，既然卖艺的交过了地头钱，为什么不找人揍姜小沫呢？因为替你出头打人还得再给一份钱！跑江湖多一事不如少一事，也就姜小沫讹钱不多，能忍则忍了。

一样有不能忍的，那天有个说评书的在场子上撂地，说的是《袁了凡审鬼》："话说大明万历年间，有一位县令，姓袁名黄号了凡，满腹经纶，为官清廉，给老百姓办了很多好事。有一天乡官跑来衙门呈报，说打鱼的从河中捞出一个石匣，状如房屋，上刻脊瓦，下刻门窗，门上刻着花木，门旁刻着坐兽，费了九牛二虎之力也打不开。袁大人听罢暗觉蹊跷，亲自去河边查看石匣，刚来到近前，忽然刮起一阵怪风，好端端一个石匣子，'咔嚓'一下裂成两半。里面仅有一张书笺，上写'欲知匣中事，唯有袁了凡，夜半三更时，河畔苇塘见'。袁了凡心底骇然，我到底是去还是不去呢？"这个道活可长可短，有头没尾，说书的指这个吃饭，免不了添油加醋，刚讲到筋节之处，正待使足力气卖个扣子，姜小沫挤在头一排，抱着肩膀看了半天，单等到这个节骨眼儿上，张嘴就刨了底："我替你说吧，去了，捉住一个淹死鬼，引出一桩冤案，替死鬼报了仇。"还问人家："有你这么说书的吗，兜过来绕过去，半天没一句正文，经师不名、学艺不高啊！咱爷们儿有钱去听《水浒传》，没钱不听白话蛋！"几句话正戳在说书的肺管子上，心说这是打哪儿来的忤逆种，半大不小看着也是个人样儿，怎么他妈的不干人事儿呢？气得接不上词儿。周围那几个听书的哈哈一笑全散了，钱也没给。说书的恼羞成怒，扯住姜小沫就打。姜小沫仍是耍光棍那一套，嬉皮笑脸地一摆手："别忙，说你是空子你还不服，使活不灵，打人你都不会，打人也有打人的规矩，小爷我今天给你长长能耐！"说完抱着头往地上一躺，缩成个元宝壳，随便你拳打脚踢，挨上一下叫上一声"好"。说书的怕惹官司，不敢真下死手，一打一闹又耽误挣钱，自不免忍气吞声，掏钱打发了这小子。

　　那个时候，跑江湖卖艺的人们大多投宿在"生意下处"，通常位于城外，不同于一般的客栈，只接待江湖人。店里的掌柜、伙计懂得江湖规矩。来的不是行里人，有闲房也说没闲房；跑江湖的前来投店，报了蔓儿盘了道，没闲房也能给你匀出个睡觉的地方。如若哪个江湖人做成了大买卖，做下榻生意的伙计们都可以沾点儿油水；杵门子没开挨了饿，也能在店里头赊来干饽饽、凉饼子。因为姜小沫太招恨了，艺人们收了场子，回到住宿的下处，常聚在炭火盆前，合计着怎么收拾这小子。姜小沫既混过锅伙，又算半个"老合"，可是说到底，他的岁数还是太小，涉世不深，不懂得人心险恶。常言道"三个臭皮匠，赛过诸葛亮"，跑江湖的金点先生，哪一个不是号称"谋欺孔明，计压张良"？真要说使上坏，对付个小叫花子还不是易如反掌？

3

　　姜小沫白天在杂耍场子讹钱，混上一口吃喝，夜里跟流民乞丐挤在城外的破窝棚中安身，铺破席、盖稻草、枕砖头，又脏又冷、臭气熏天。夜里睡不着觉的时候，免不了在脑子里瞎琢磨，想起自己的爹

064

娘当年跑江湖卖艺，估计也受过不少窝囊气，心里挺不是个滋味。

这一天上午，他听几个流民乞丐在一旁叨咕，其中一人说："你们听说了吗？今天是口北大财主冯老太爷八十大寿，在家门口搭棚舍粥。人老冯家的粥可不一般，只用上等米料，干的多稀的少，熬得了巾裹不漏、筷插不倒，喝上半碗能顶一整天，等中午咱也去尝尝。"另一个乞丐说："城中是锁家门的讨吃窑，咱进去不是找打吗？"之前那个叫花子说道："放你一百二十个心，没人拦着，咱是去喝粥，又不是去讨饭，锁家门也不能碍着冯老爷积德行善啊！"姜小沫平日里给卖艺的捣乱，下半晌才能讹到钱，去早了卖艺的还没开张，哪里有钱给他？一早上起来什么也没吃，肚子里头正打鼓呢，闻听城中大户搭棚舍粥，馋得他直流哈喇子，心说甭等中午了，早去挤在前头，先来上一碗热乎的。

当即进了城门，刚要打听冯老爷府上怎么走，就被一伙乞丐拦住了去路。这伙乞丐得有二十来个，大的十六七岁，小的十一二岁，个个衣不蔽体，蓬头垢面，如同刚打土地庙里刨出来，见了穿戴讲究的大爷大奶奶个个点头哈腰，一看姜小沫从头到脚这身"杂儿"，立时拧眉瞪眼，那股子恶劲儿全上来了，一个个比秃尾巴狗还横。

姜小沫身上背着人命官司，也听说过锁家门鞭杆子的恶名，不想招惹是非，低下头便走。只听其中一个叫花子气势汹汹地一声断喝："站住！"姜小沫心里"咯噔"一下，自知躲不过去了，斜眼盯着为首的小叫花子。对方是个瘦麻秆，足足比姜小沫高出一头，大黄眼珠子往外凸凸着，塌鼻瘪嘴，一对扇风耳，裹着一件黑不溜秋的破棉袄，腰里勒着麻绳，手握三尺多长的枣木条打狗棒，指着姜小沫的鼻子尖骂道："你他娘的瞅啥？敢来这个地盘抢食吃，你是不是活腻了？"

姜小沫明知这伙人不好惹，但嘴上不吃亏："腿长在我胯骨轴上，嘴长在我脸上，我去什么地方吃饭还得问你？"瘦麻秆大怒："土鳖蛋嘴还挺硬，我看你是瘦驴拉硬屎——硬逞干屈强！来啊，给我往死了打！"一众小要饭的抢着打狗棒、捡起地上的砖头，冲上来就打。姜小沫在锅伙混了一年，成天充汉子耍光棍，说到打架他可不怵，那真是"眼又贼腿又随，手又准心又狠，打人他还不怕损"，抠眼珠、戳肋叉、踢裤裆，专往要害招呼。怎奈双拳难敌四手，加之饿着肚子，尽管打倒了几个小叫花子，他自己也被人踹倒在地，揍了个鼻青脸肿，顺着嘴角往下淌血，兀自大呼小叫："今天冯老爷做寿搭棚舍粥，我来吃他的粥，又不是进城讨饭，你们凭什么拦着？"瘦麻秆怒道："狗杂种说什么胡话，哪来的冯老爷？"

姜小沫恍然大悟，哪有什么舍粥的，准是江湖艺人买通城外的叫花子，给自己下了一个套！这个念头一转上来，身上的汗都凉了。瘦麻秆不由分说，又让人把姜小沫拎起来，抡圆了巴掌左右开弓，一口气抽了七八个耳光，打得他后槽牙全松动了，有心豁命，无奈双手被人摁得死死的。姜小沫火往上撞，一口血唾沫啐在对方脸上。叫花子挨啐太正常了，不过话说回来，有钱有势的啐他行，让同为叫花子的姜小沫啐了，无异于遭受了奇耻大辱。瘦麻秆气得暴跳如雷，又是一通疾风骤雨般的拳打脚踢，其余的小叫花子也跟着动手，乱拳如雨点，打得姜小沫眼冒金星，耳朵里嗡嗡作响，脑袋瓜子都木了。只听那个瘦麻秆叫道："这个狗娘养的，打死倒是便宜他了，不妨带去二鬼庙，挖了心肝，给鞭杆子下酒！"

小叫花子们连声附和，找来一条麻绳，七手八脚捆了姜小沫，推推搡搡带到城北乱葬岗。穿过大片荒坟有一座古庙，前中后三座大殿，依着地势，由南向北，层层叠置，步步登高。庙门口有几个叫花子正倚着石兽晒暖儿。迈门槛进了前殿，两侧四尊神将，脑袋都掉了，看不出个模样。瘦麻秆推着姜小沫又往前走，院子里的青砖高低不平，一步一个坎，迎面的正殿在三层台阶之上，比前殿也好不到哪儿去，墙壁斑驳、檐角半塌、四下里蛛网密布、杂草丛生。殿内极为宽敞，四壁点着灯烛，蓝幽幽的火苗子不住颤动，有如鬼火相仿。同时有一阵阵饭菜的香气扑面而来，姜小沫提鼻子一闻，其中又夹杂着几分馊臭的味道。无数乞丐或蹲或坐，也有斜躺在地上的，身上穿得又脏又破，五颜六色什么样都有，甚至有从死人身上扒来的装裹，正各自端着破盆烂碗，唏哩呼噜地往嘴里灌汤水，吃相都如同饿死鬼投胎。

大殿尽头的供桌上摆着七八个破砂锅，盛满了鸡鸭鱼肉，有个周身癞疮的大胖子坐在供桌后边，周遭架着取暖的炭火盆。此人一张大脸，两只眼一大一小，正面看不见脖子，四五层下巴叠在腔子上，寸把长的短须稀稀拉拉，但凡看得见肉的地方，都长满了大大小小的脓疱，有鼓得锃亮的，有破了流着脓水的，也有干了结痂的，红橙黄绿紫什么颜色的都有，看一眼能恶心三天。穿着打了两三个补丁的锦缎红袄，滚圆的肚皮顶着桌边，稍微一动，周身肥肉跟着嘟嘟乱颤，几乎要流出来了。手攥一根杆棒，四尺多长，粗如鹅蛋，亮似乌金。几个年纪轻轻的乞丐婆子陪在旁边伺候着，均是描眉打脸、青布包头、衣衫不整、半掩酥胸，倒还有几分姿色，江湖上管这一路乞丐婆叫作"女拨子"，正一口酒一口肉地往大胖子嘴里塞。姜小沫偷眼一瞄，心说："甭问，这个大胖子准是花子头了。"

饭庄子里的剩菜折箩分为三等：掌柜的和厨子吃头箩，不乏整鸡整鱼，甚至没动过筷子的；跑堂伙计和学徒吃二箩，也能见着荤腥，至少有那么几块肥肉片子；三箩只剩下鱼刺骨头烂菜叶子了，这才轮得到叫花子。锁家门的乞丐说是讨饭，可从不堵在门口，不耽误饭馆做生意，伙计按时将剩饭剩菜倒入木桶，从后门交给他们。一般的叫花子吃三箩，门中论得上身份的吃二箩，乞丐婆和鞭杆子吃头箩。对外说是头箩，实则是单做的，但是规矩不能破，无论山珍海味多好的东西，必须倒在破砂锅里，因为你势力再大也是要饭的，只能吃折箩、住破庙，刚买的砂锅子敲豁了口才能用，穿的绫罗绸缎也得打几个补丁，否则就冲这三妻四妾、文臣武将的阵势，手底下又管着这么多流民，说反不就反了？不能让朝廷把你当成眼中钉、肉中刺。

瘦麻秆带着一伙小叫花子，一步一棍打着姜小沫往前走。姜小沫不服忿，挨一棍子骂一句，句句不带重样的，越骂调门儿越高。锁家门鞭杆子"大罗罗密"正吃得满脑袋都是油，迷迷糊糊无精打采，撩眼皮瞭了瞭姜小沫，气哼哼地骂道："哪他妈来的蛤蟆吵坑，搅得爷心烦意乱！"瘦麻秆照着姜小沫腿窝子踹了一脚，叫他跪下，然后毕恭毕敬地禀告："大帮主，有个外来的狗崽子，跑咱地盘上抢饭吃，被哥儿几个抓住了，带回来挖出心肝给您下酒。"大罗罗密瓮声瓮气地说："臭要饭的脏了吧唧一身跳蚤，我吃得下去吗？那什么，官牢中还缺个顶命鬼，正可拿他凑数！"

所谓"顶命鬼"，指的是砍下脑袋交给官府，充为马贼土匪领赏，或是哪家吃了人命官司，买通官府和丐帮，胡乱找来一个替死鬼，给出钱的主家顶命。不一定掉脑袋，也有替人蹲大牢或充军发配的。大罗罗密一声令下，当时过来几个叫花子，先把姜小沫锁到供桌旁的抱柱上，跟前搁着臊气烘烘的尿桶子，至于几时带去官牢当顶命鬼，得等大罗罗密吃饱喝足了再说。姜小沫已被打得鼻青脸肿，浑身上下没有不疼的地方，看着大罗罗密守着满桌子酒肉胡吃海喝，又闻着大殿里的饭菜香，直饿得肚子咕咕乱叫。他心中愤恨至极，正要破口大骂，却被一个弓腰驼背的老叫花子，拿一块破布塞到了嘴里。姜小沫只觉又咸又苦的恶臭直撞脑门子，熏得几乎晕死过去。

就在此时，又有一个叫花子进来通禀，说是外边来了个拜山头的。入国问禁、入乡问俗，江湖人来此拜山叫寨的太多了，大罗罗密没当回事儿，伸手捏了块花墩肉扔到嘴里，一边嚼着一边含含糊糊地应了一声。叫花子领命出去，带进来一个风尘仆仆的老客，看样子四十岁上下，头顶狗皮帽子，身穿反毛皮袄，肩上背着一个蓝布褡裢，里头塞得鼓鼓囊囊，脚蹬毡子靴，叼着个半长不短的烟袋锅子，打扮得土头土脑，却长了一双贼亮的夜猫子眼，从里到外透出一股子精明，还牵着一头黑驴，缎子似的皮毛乌黑发亮，粉鼻子粉眼四个白蹄子。大罗罗密那对阴阳眼也不是摆设，一望即知，来人是个憋宝客，当下用手一指，厉声呵斥："好大的贼胆，敢来我二鬼庙憋宝！"

4

憋宝客刚进门就被戳破了底，然则一不慌二不忙，夜猫子眼转了一转，上前行礼道："既然到灵山，岂可不朝佛？久闻大帮主赫赫威名，在下途经口北，今天顺路到二鬼庙拜拜山头，绝无憋宝之意。"

大罗罗密虚睁二目，冷笑道："谁不知道你们憋宝的无利不起早、有利盼鸡啼，个个是满肚子转轴的钱串子，从不踏足无宝之地，又惯会插圈做套，坑挖得圆实极了，非让人掉里头不可，怎肯平白无故来到二鬼庙？"

憨宝客一揖到地："眼前之事，犹恐未真，江湖路上的传言，又岂可尽信？您想，此地北连朔漠，一年两场风，一场刮半年，地皮上有什么宝贝也刮没了！"

大罗罗密怫然不悦，撇着嘴说："甭跟这儿油嘴滑舌，既然你是个憨宝的，身上怎么不得有几件稀罕玩意儿，敢不敢拿出来让咱开开眼？"

憨宝客恭谨地说："不来由客，来时由主，您开了尊口，在下岂敢不从？只是大殿上灯烛昏暗，待我晃个亮子，好让大帮主仔细观瞧。"说着话把手伸入裆裤，从中摸出四个蜡烛头，都不过寸许长，摆在地上点亮了，四面八方，亮如白昼。群丐一阵躁动，七嘴八舌地赞叹。憨宝客冲着众人一拱手："此乃金蜡烛！"

大罗罗密哼了一声："几个小小的蜡烛头，值仨不值俩的破玩意儿，只不过比寻常的灯烛亮了些，又有什么出奇？"说完不耐烦地挥了挥手，催促憨宝客赶快亮宝。

憨宝客不敢怠慢，一拃手中缰绳，指着黑驴说道："诸位上眼，我这头宝驴，口齿毛色、身腰蹄腿、五官槽子、前裆后腔，无不出众，抽一鞭子跑一千，擂一棍子蹦三蹦，扎一锥子满天飞，谁的话也不听，只有我降得住它。"

大罗罗密冷笑一声："我看你是土眉混眼没见过世面，扎上一锥子，它是头猪也能蹿上天，无非一头犟驴罢了，还快得过千里马不成？咱口北别的不多，塞外的骏马良驹可有的是。你这毛驴子牵到驴马市，只配开膛破肚下汤锅！"那黑驴似乎听得懂人话，脖子一梗，冲大胖子"嗷呜嗷呜"叫了几声。大罗罗密怪眼一翻，以手中杆棒指着黑驴的鼻子尖，沉下脸来说道："我这掩身棒子，打遍三十六个讨吃窑，死鬼躲不开，活鬼避不过，擂上一下非死即残。阴阳两条路上，见了它谁不哆嗦？再犟的驴，我一棒子下去也打得它俯首帖耳！"说完一举掩身棒子，作势要打，黑驴吓得退了三步，再不敢叫了。一众乞丐也是面无人色，个个抖如筛糠。讨饭的叫花子贱命一条，天不怕地不怕，可没有不怕掩身棒子的，都给大帮主打怕了。

憨宝客忙对大罗罗密说："别别别，打坏了牲口等于打折了我的腿。您且慢发怒，先把棒子放一放，再瞧瞧下一件宝物。"只见他把烟袋锅子送到嘴边，吧嗒吧嗒紧嘬了几口，吐出一阵呛人的烟雾，在大殿内徐徐散开："诸位上眼，这个烟袋锅子非比寻常，装足了烟丝，点着后不必续火，一个对时之内，拿起来就抽！"

大罗罗密一脸不屑："卖瓜的也没有说瓜苦的，一个破烟袋锅子有什么了不起？你看看我这个！"端起桌上一个破砂锅子，锅边磕得坑坑洼洼，从里到外油脂麻花还沾满了饭嘎巴，两条粗铁线箍着几道裂纹，锅身上八个字——"逢坊吃酒，遇库支钱"。过去的砂锅不结实，很容易烧裂，穷人家舍不得扔，拿铁线箍上，往裂缝里抹几个饭粒，再搁到火上烤，等饭粒烤成焦炭，裂缝也就堵严实了。箍得好的砂锅，甚至可以用上一二百年。大罗罗密趾高气扬地说："我锁家门的破砂锅子受过皇封，拿到任何一处，甭管是平头百姓的住家，还是铁帽子王爷府，只要有门有户，你当家的吃啥，就得往我这破砂锅子里放啥，少一样也不行，比你的烟袋锅子如何？"

憨宝客擦了擦额头上的冷汗："烟袋锅子再厉害，它不能当饭吃，如何敢比大帮主的破砂锅子？我这不是鲁班爷跟前耍斧子、火神庙门口点灯笼吗？"

大罗罗密轻蔑地一笑："你瞧你这人酸的，长短话不够你说的，你还有什么拿得出手的东西？"

此时已过晌午，各个讨吃窑的叫花子都来交差，二鬼庙中的乞丐越聚越多，把庙门都给堵严实了。群丐见一个土头土脑的老客在跟大帮主斗宝，这可是千载难逢的热闹，都押脖瞪眼地挤在四周看着。

憨宝客抖了抖自己身上的皮袄："我这件关东宝袄，有个俗名叫'麦穗子'，用貂子头顶的皮子缝成，摸上去油光水滑赛过锦缎，三伏天穿着不热，三九天穿着不冷！"裘皮有粗细之分，貂狐虎豹、猞猁狲、海龙皮均为细裘，当年仅供权贵穿戴，老百姓只能穿鹿狼猪马狗羊之类的粗裘。貂子皮并不罕见，但是貂子个头不大，脑瓜顶的皮子比铜钱还小，多少只貂子才凑得成一件皮袄？况且从上到下看不出针脚来，绝对称得上是件宝袄。

大罗罗密却不以为然："灶王爷伸小手，你还拿上糖了，碎皮子破袄也敢称宝？今天让你见识见识！"他肩上搭着一件团龙褂子，由于长得太胖，团龙褂子穿不上，只能搭在肩上，当即晃着大胖身子，抖开团龙褂子让憨宝客上前观瞧。明黄的缎面，衣襟上七镶七滚白地蝴蝶纹绦，缀着五枚鎏金錾花铜扣，左右盘蟒纹箭袖，袖口钉着金边，挖空镂出福寿字样，下摆彩绣海水拍江崖、鲤鱼跃龙门，蓝绸子内衬，絮着丝绵，边角上打着俩补丁，前后身团绣五爪金龙，两个袖子上是避火兽和避水兽，跟皇上穿的一样，等同于丹书铁券、免死金牌。

憨宝客看得两眼发直，自叹弗如："我的几件东西与大帮主一身行头相比，实不及万一。我憨了半辈子宝，至此方知天外有天，当真是自取其辱！"

这话可说到大罗罗密心缝儿里去了，登时哈哈大笑，浑身的肥肉直跟着颤悠，环顾左右说道："还以为来了个什么出奇的人，闹得这么玄，想在我面前卖弄，简直是'驴腚上贴膏药——放屁都没门'！"

殿内乞丐拼命给大帮主叫好，手中打狗棍"哐哐哐"往地上猛戳，震得木梁上的灰尘直往下掉。憋宝客在群丐的哄骂声中分开众人，牵上黑驴灰头土脸地溜了。大罗罗密得意忘形，抓过酒坛子开怀畅饮，喝了个烂醉如泥。

咱再说姜小沫，他被打了个半死，锁在柱子上挣脱不开，又饿得前胸贴后腔，眼前冒着金星，嗓子眼反着酸水儿，脑子里昏昏沉沉，不知过了多久，忽听二鬼庙中喧声四起。

原来已经到了转天早上，憋宝客去而复返，着急忙慌地拜见大帮主，说昨天走得匆忙，忘了带走金蜡烛。听他这么一说，一众乞丐才发觉，四个蜡烛头点了一天一夜，仍是之前那么大，仍是之前那么亮，这可奇了怪了！憋宝客趁机夸口："我的金蜡烛不仅不会灭，它还可以照宝呢，哪里埋了窖金窖银，烛光之下无不显形！"

大罗罗密闻言一愣，死死盯着四个金蜡烛，看在眼里拔不出来了，心说我身为一帮之主，替朝廷管着西北路的乞丐流民，位比王侯，何曾见过这等奇珍异宝，只怕皇上老爷子也没享受过，真是妙不可言，不由得贪心大动，眨巴着一大一小两只阴阳眼说道："憋宝的，你把四个蜡烛头留在二鬼庙，我的掩身棒子、破砂锅子、团龙褂子，任凭你带走一件！"

憋宝客听完直嘬瘪子："我独来独往，拿着掩身棒子打谁去？破砂锅子、团龙褂子白给我也不敢拿，那是受过皇封的东西，万一让官府瞧见，如何吃罪得起？"

大罗罗密鼠肚鸡肠，在他想来，锁家门这身要饭的行头有名无实，比如说他拿着破砂锅子出去讨饭，你当家的吃什么，就得给他吃什么，那是冲着破砂锅子吗？他拿不拿破砂锅子，那家人也不敢不给，因为锁家门的势力在这儿摆着呢！据他所知，憋宝的个个是财主，给骑黑驴的老客多少钱，人家也不见得卖金蜡烛。再说丐帮有丐帮的规矩，乞丐不能拿钱买东西，看上什么东西掏钱论价，那还是要饭的吗？说换是冠冕堂皇，何况也不是真换，无非是不便明抢，转头让几个恶丐跟上去，等憋宝客离开口北，走到荒僻之处，打上他一闷棍，再把东西抢回来即可。

憋宝客不知大罗罗密心里打的什么坏主意，见他执意要换，无可奈何地说："这么着吧，蜡烛头一共四个，掩身棒子换一个、团龙褂子换一个、破砂锅子换一个，顶多换三个，想把四个蜡烛头全留下，您还得再给我一件东西。"

大罗罗密说："那有何难？相中了什么你尽管带走！要不然我给你几个乞丐婆子？"身边的丐婆子们听闻此言，眼中直放光，慢说憋宝的腰缠万贯，哪怕就是个普通庄户人，跟着回去踏踏实实过日子，那也强似在二鬼庙中伺候这个一身癞疮、臭不可闻的怪物。锁家门的大罗罗密喜怒无常，以往因为说错了话、夹错了菜，死在他棒子下边的已经不计其数了，当时一个个心里长草，趁着大罗罗密不注意，对着憋宝客眉目传情，拿眼神儿说话。

憋宝客却连连摆手，看了看锁在柱子上的姜小沫，对大罗罗密说道："我还缺个牵驴的，不如您把这个小叫花子给我，咱就'坟地改菜园子——拉平了'！"

大罗罗密虽蠢，却也有个贼心眼儿，问憋宝客："这是送去官牢的顶命鬼，你们憋宝的针尖削铁，何等精明，会用金蜡烛换个顶命鬼？二鬼庙中那么多叫花子，为什么偏要这小子牵驴？"

憨宝客指着黑驴讪笑道："我这头犟驴，牵着不走打着倒退，急了还尥蹶子踢人，让谁牵驴，我得问驴。"

大罗罗密一看果不其然，驴头正冲着姜小沫，"哼哧哼哧"地直打响鼻，王八瞪绿豆——对上眼儿了，不由得信以为真，吩咐手下的瘦麻秆放了姜小沫，连同那身要饭的行头，一并交给憨宝客。

不提大罗罗密如何坐在庙里看亮儿，只说憨宝客骑上黑驴，带着姜小沫出了二鬼庙。这小子在柱子上捆得久了，手脚都麻了，加之身上有伤，走起来一瘸一拐、斜腰拉胯，却也不敢耽搁，跌跌撞撞跟在驴腚后边，万一那个满身脓包的花子头儿变卦了怎么办？穿过庙前的乱葬岗子上了大道，心里的一块石头才算落地，紧走几步转过身来，"扑通"一下跪倒在地，叩谢憨宝客的救命之恩。憨宝客草草敷衍了几句。二人接着往前走，半路上有一家卖酱肉的，猪头肉、猪下水、五花肉、羊肉、牛肉、驴肉、兔子肉都扔在一口大锅里，用松树枝子烧火，焖煮煨炖，差不多了捞出来，搭在铁丝盘成的箅子上，底下用肉汤熏着，熏得紫红紫红的，肉皮上冒着小油泡，香味蹿出二里地，姜小沫馋得直吞口水。憨宝客掏出钱，给他买了一摞大饼，卷上碎杂肉和大葱，让他吃了个肚皮滚圆。又带他去澡堂子，搓净洗透，五块猪油胰子，用了三块吃了两块，由内到外收拾得干干净净。又让跑腿的买来里外三新的棉袄鞋帽给他换上，然后住到堡子里的汤记大车店。

这个大院套子中间长着一株刺槐，脚下黄土墁地，客房和牲口棚子各据一方，墙根下的推车上码放着货物，有看货的，有抬掇大车的，出来进去嘈嘈杂杂。憨宝客叫过店伙计，押了一大锭银子在柜上，包下一整间的大通铺。店伙计见钱眼开，赔着笑接过驴缰绳，先把牲口饮上，引领二人住进一间面南背北的正房，火炕烧得挺老热，对贩牲口赶脚的来说，这已经够得上头等住处了。店伙计沏茶倒水，又递上擦脸的热毛巾。憋宝客出手阔绰，赏了店伙计一块碎银子，让他尽心伺候着。店伙计千恩万谢，攥着银子兴高采烈地走了。憋宝客叫姜小沫关上门，告诉他只管在店房中歇着，吃什么喝什么，均由伙计送进来。

姜小沫免去一场杀身之祸，一捯饬如同换了个人。自打爹娘离世以来，他还没穿过一件整衣裳，也没怎么吃过饱饭，如今腹中有肉身上有棉，精气神也跟着长了三分，却见憋宝客那一双夜猫子眼骨碌碌乱转，心头登时一紧，想到秉合鱼锅伙的鼎爷收下傻哥哥做干儿子，供着傻子足吃足喝，就是为了让傻子当顶命鬼，替锅伙拿死签。以义气自雄的混混儿尚且如此，憋宝的无利不起早，肯定也没憋好屁！

憋宝客看透了姜小沫的心思，直言相告："我走南闯北到处憋宝，没干过赔本的买卖，用四个蜡烛头换下掩身棒子、团龙褂子、破砂锅子，还有你这个小叫花子，正是为了在二鬼庙憋宝。此地有一件天灵地宝，伸手可取，你当助我一臂之力！"

姜小沫跟憋宝客打听："二鬼庙有什么天灵地宝？口北那么多要饭的叫花子，您怎么就相中我了？"

憋宝客说："你尽管把心放肚子里，我说干什么，你就干什么。拿了天灵地宝，定让你一朝富贵惊人！"

姜小沫岁数不大，心眼儿可不少，不信天上能掉馅饼，更不甘心让人牵着鼻子走，他又对憋宝客说："知恩不报够不上一个人字，我这条命是您救的，为您赴汤蹈火是理所应当！什么富贵我不指望，有钱买不来您这份仁义，浇树浇根，交人交心，我够不够意思，从今往后咱事儿上见！可我怎么也琢磨不透，既然二鬼庙的天灵地宝伸手可取，您为什么不自己走一趟？吹笛儿还要找个捏眼儿的——故意摆这谱儿？"

憋宝客冷笑一声，忽然眼皮子一翻，一双夜猫子眼寒光逼人，紧紧盯着姜小沫说道："甭跟我摆罗圈阵，告诉你无妨，我行不更名坐不改姓，正是憋宝的窦占龙！有一件天灵地宝在二鬼庙中，那个地方我进不去，换了你如履平地。我们憋宝的不会看相，却擅长望气，因见你这个小叫花子紫雾随身，实乃大富大贵之人，穿上能避水火的团龙褂子，拿着打遍阴阳两条路的掩身棒子，端着受过皇封的破砂锅子，尽可以夜入二鬼庙，勾取这件天灵地宝。至于是什么天灵地宝呢？你且坐稳了，听我给你从头道来！"

第五章　姜小沫憋宝 中

1

　　窦占龙在大车店中自述平生所历，打从窦白两家如何结仇、白脸狼如何血洗窦家庄，他如何在祠堂中打下邪物铁斑鸠，如何跟着长了一对死耗子眼的窦老台去憋宝发财……一直说到他们四个结拜兄弟和朱二面子去玉川楼赴宴，口北八大皇商心藏暗鬼，串通了锁家门丐帮的老罗罗密，意欲抢夺宝棒槌"七杆八金刚"，他是怎么中了埋伏，怎么被黑老八困住，怎么骑着黑驴逃出了狐狸坟，又是怎么从一个二十来岁的小伙子，变成了四十来岁的老客。再到口北一打听，当年那个老罗罗密早让他拿金碾子砸死了。窦占龙不肯罢休，骑着黑驴在口北各处转悠，立誓铲除八大皇商和锁家门丐帮。可恨老罗罗密已经蹬腿儿了，如今坐镇二鬼庙统领锁家门的大胖子，也是老罗罗密的后代。他胸中憋着一股子邪火，非得让老罗罗密断子绝孙，彻底灭掉锁家门的香火，方可解他心头之恨。窦占龙当年打下铁斑鸠，折了一半福寿，自打埋了鳖宝，水米不沾不知道饥渴，吃龙肝凤髓也没半点儿滋味，铺着地盖着天不觉得冷，三伏天穿棉袄也不觉得热，这叫"有命发财、无福受用"，再经狐狸坟一劫，丢去一魂一魄，自觉灯碗儿要干，实已到了穷途末路，可只要报了仇出了气，他是虽死无憾，这叫"人活一口气，佛争一炷香"！

然而他重返口北之时，望见地气反常，堡子外积怨冲天。走过去看见大军云集，一座座军营中驻扎的全是马队，不下七八千人。窦占龙欲报大仇，必先一探究竟，他扮作赶大营的小贩，推着一辆独轮车，从堡子里的商号买了毛巾、鞋袜、裤头、胰子、咸菜、辣椒、酱肉，又夹带了几坛烧酒，装了满满当当一车，推到军营门口，买通守卫，混入营中打探消息。当时随军的小贩不少，有当地的，还有路上跟过来的，南腔北调操着什么口音的都有，也没人在意他。窦占龙推车做买卖是老本行了，眼又准，手又勤，嘴里还会吆喝，也不在乎赊欠，很快跟当兵的混熟了，从他们口中得知：此部人马是朝廷从草原上征调的大军，只等粮饷齐备，便去扫灭逆匪。那几年天下动荡、四海不宁，到处是揭竿造反的义军，扑灭了一股，又出来三股，星星之火渐成燎原之势。万岁爷的龙椅都坐不稳了，不得不调遣马队镇压。怎奈贪官污吏中饱私囊，仗着天高皇帝远，肆意克扣军队粮饷，过一道手扒一层皮。军营中怨声载道，都说堡子里的"票号商号、酒楼饭庄"连成了片，八大皇商拿着龙票替朝廷做买卖，征调大军的粮饷，本该是他们出，可一个个的欺上瞒下，自己吃得脑满肠肥，攒下金银无数，库里的钱粮都堆成山了，却对朝廷装穷，只苦了上阵杀敌的兄弟们，衣不蔽体、食不果腹，喝着西北风为皇上尽忠。当兵的是去披挂上阵，拎着脑袋为朝廷打仗，粮饷还不给足了，而八大皇商肥得流油，本该拨发下来的粮饷，全让他们扣下了，为军作战的可是连一顿饱饭也吃不上，天气越来越冷了，身上穿着单衣，还得替他们去打仗，保着他们吃香的喝辣的！

窦占龙善于望气，再加上这一番打探，断定了军营里必有一场大乱子，也看出八大皇商和大罗罗密气数已尽。他憋着一肚子毒火到口北报仇，眼见着要闹兵变，大祸临头，还不知道得死多少人呢！这么一来，都用不着他自己动手了。如今天下大乱，城外饥民无数，饿殍遍野，军队缺粮短饷，那伙人却是贪得无厌，只顾着敛财，这就叫自作孽不可活，自己折腾到头了！转念又一想，这一次再来口北，竟没一个人认得自己了，再报那个仇还有什么意思呢？这一晃过去了二十年，人活一辈子能有几个二十年？

自古艰难唯一死，窦占龙的大限也到了。古人云："天下事犹未了，何不以不了了之？"秦皇汉武怎么着？限数一到不也是不了了之吗？人生一世，修短难料，为什么有夭折的三岁孩儿，又有长命的百岁老翁？身处六道之中，谁能看得透？窦占龙百般踌躇之际，想不到竟在驴马市上看见了姜小沫！

他眼看着姜小沫被抓到二鬼庙，立刻跟去拜山。二十年前他大闹口北，众目睽睽之下拿金碾子砸死了老罗罗密，又骑着黑驴冲出重围，如今独闯山门却没人认得他了。一来因为窦占龙二十年前还是个小伙子，从头到脚一副买卖人的打扮，捯饬得精明干练，此一番风尘仆仆，两手土一脸灰，穿着打扮也改了，狗皮帽子、反毛皮袄、背着褡裢，乍看就是个赶路的外地老客，即便是瞪着一双夜猫子眼，也很难跟二十年前的窦占龙对得上号。二来是一朝天子一朝臣，这一代执掌锁家门鞭杆子的大罗罗密喜怒无常、又蠢又坏，接任帮主之位以来，几乎把老罗罗密当年的心腹手下全折腾死了，群丐中认得出窦占龙和那头黑驴的没几个了，纵使有看着眼熟的也不敢说。窦占龙才有机会将计就计，与锁家门大罗罗密斗宝，拿四个蜡烛头换下姜小沫，外带着大罗罗密的"掩身棒子、团龙褂子、破砂锅子"，又把姜小沫带到车马店，讲述了一遍其中的来龙去脉。窦占龙说完这番话，磕去铜锅子中的残灰，续上一袋烟，淡淡地问姜小沫："你听我说了这么多，唠唠叨叨的，是不是已经知道我为什么找上你了？"

世上有那么一种人，你说他傻，他一点儿都不傻，你说他精明，他也够精明，学什么一学就会，算账不带错的，可总差那么一层意思，到最后什么也干不成——因为他不开窍！姜小沫并非此等人，虽然天性顽劣、不学无术，但绝对是个开窍的。尽管窦占龙说得不甚详尽，很多事三言两语一带而过，但在姜小沫听来，竟如亲眼见过一般。他心中若有所悟：当年窦占龙困在狐狸坟，舍了一件天灵地宝，妄图借分身脱困，没想到让狐獴子挡了一下，一魂一魄不知所踪，却是落在了天津卫分水娘娘庙的泥娃娃上，又让大鸭梨拴了去，世上才有了他姜小沫。怪不得他在陈家沟子鱼市上三刀捅死阚二德子，撒脚如飞跑出天津城，放着那么多条道路没走，偏偏迷迷糊糊地逃到了口北。不是慌不择路，也不是鬼使神差，而是他和窦占龙之间有三魂七魄勾着。

窦占龙冲姜小沫点点头，又抽了几口烟袋锅子，慢条斯理地说："想不到这么个时候，又让我撞见你了，可见在大数之中，我窦占龙仍是命不该绝，这话怎么说呢？而今大限到来，不容我计较，但是你的限数未到。你可按我说的法子，穿上团龙褂子，手持掩身棒子，捧着破砂锅子，夜入祭风台二鬼庙。锁家门收敛来的不义之财都藏在二鬼庙中，金银财宝堆积如山，可是你什么也别碰，只拿一块圆石，鸭蛋大小平平无奇，名为'撞宝石'。尽管它只是地宝，够不上天灵，一不能招财，二不能保命，却也是一件世上罕有的异宝。憋宝客到处勾取天灵地宝，争的是机缘，夺的是气数，不到显宝之时去了也没用，等上三年五载还是短的，有的一辈子等不到一次机会。拿了撞宝石，有些个天灵地宝你可以直接砸出来，不必再苦等时机。你夜入二鬼庙，切不可肆意妄为坏了大事。我窦占龙气数已尽，万难躲过此劫，却要在死前助你一场荣华富贵。不求你报答我，事成之后，只须你取走我身上的鳖宝，将来你遇上过不去的坎儿，可将鳖宝埋在自己身上，以使三魂合一，不致让你我二人魂魄不全，从此万劫不复。"

姜小沫家里人都没了，他光棍一条无牵无挂，一路讨饭来到口北，已然是穷途末路，有憋宝客带他发财，自是求之不得，没什么豁不出去的。不过他也知道过耳之言不可全信，心下仍有疑虑："口北有重兵驻防，各个商号开门做买卖，熙来攘往热闹非常，闹得出什么大乱子？况且祭风台二鬼庙是锁家门丐帮的老窝，聚集着几千个要饭的，我一个外人进得去吗？再退一步说，眼下咱出得了城门吗？你走南闯北从不做亏本的买卖，瞧不出锁家门大罗罗密是什么意思吗？锁家门的恶丐一向有进无出，岂肯用掩身棒子、破砂锅子、团龙褂子，还有我这个小叫花子，换你四个长明不灭的蜡烛头？你只换了我出来，说不定还能放咱一条活路，而今咱是走不成了。自打咱俩下了祭风台，身后就跟着盯梢的，待在堡子里不打紧，一步踏出口北，就得让锁家门的恶丐乱棍打死，你骑着黑驴跑得快，我怎么办？"

窦占龙嘿嘿一笑："如若瞧不出锁家门大罗罗密打的什么坏主意，我也不干憋宝的行当了。你尽管踏实住了，手上拿着掩身棒子，还怕大车店门口那几个乞丐不成？明天夜里，口北必乱，你我二人可趁机行事！"

正如姜小沫所说，窦占龙能思善算精明过人，从不做亏本的买卖，就拿眼下来说，住在汤记大车店也是有意为之。那个年头的大车店可没有舒服的，同一个店中也分上中下三等房，坐北朝南的正房价钱贵，收拾得干净利索。中间一等的也还行，至少没什么虱子跳蚤。最次的是土坯房，茅草顶、大通铺，垫着一层草席子，被子褥子还得自己带，住店的头朝外脚冲墙，挤挤插插躺在一张大通铺上，也有带着媳妇儿赶远路的，有单间舍不得住，顶多在铺角儿腾个位置，挂上一道布帘子，再给个单独的尿盆，这就算说得过去，还得额外多给钱，对开店的来说，这叫"老玉米都是粒（利）儿"。夜里睡觉的时候，鼾声如雷、臭气冲鼻，地上的鞋子跟打群架似的。屋中的桌椅板凳，大多是白茬儿木头钉的，脸盆架子上搭着条看不出本色儿的破手巾，大伙一块儿用，旁边的猪油胰子抓得如同黑炭条一样。住得不行，吃得更次，无非是"窝头、饼子、萝卜汤、咸菜丝"，管饱不管好，还甭问脏净，图的就是省钱实惠。住店的也是三教九流，剃头修脚的、掌鞋补锅的、推车挑担的、箍炉卖蒜的、山南海北的、烧砖烧瓦的、脱坯和泥的、打拳踢腿的、赶集逛庙的，以至于土匪蟊贼，不问你是干什么的，掏三个铜子儿就能对付一宿。甚至有专门在此做皮肉生意的妇女，称为"卖大炕的"，捯饬得花枝招展，天黑之后挨屋转一遍，扒拉扒拉这个，捅咕捅咕那个，给一大枚就往被窝儿里钻，黑灯瞎火看不清模样，一把一利索，完事再去下一间屋子。尽管是乌烟瘴气、蛇鼠横行，住店的却从来不少。一是因为穷，再一个是大骡子大马比人命值钱，大车店里给人吃的不行，喂牲口的可是上等草料，牲口棚子也宽绰，场院里切草料的铡刀、饮牲口的水井一应俱全，食水槽子刷得干干净净，把牲口伺候舒服了，转天出门能多走二里地。

汤家店在口北开了多年，掌柜的是亲哥儿俩——汤老大和汤老二。窦占龙住在此处，正是瞧中了汤二爷的手艺。他跟姜小沫交代完了，叫来店伙计："有劳你们家二爷给我蒸一对馍馍娃，按眉画眼、涂金裹色，蒸完了我多给赏钱。"伙计纳闷儿了："客爷，不年不节的，您要那祭神的东西干什么？"窦占龙说："我明天带去拜庙，你让他多费费心，蒸得仔细些。"伙计满口应承："您只管放心，他蒸馍馍娃的手艺，在咱口北堪称一绝，再没有比得了他的，肯定是尽心竭力地伺候您。只不过您得多等会儿，我们家二爷正在宝局子耍钱呢！输光了他才肯回来，反正咱大车店的灶上昼夜不歇火，随时可以蒸。"窦占龙点头道："不忙。"打发伙计出去，关上屋门。姜小沫忍不住心中疑惑，又追问窦占龙："咱不是去祭风台二鬼庙憋宝吗？为什么带两个馍馍娃？半路上当干粮吃吗？"

窦占龙见这小子还不肯死心塌地跟着自己憋宝，只得告诉他："二鬼庙中的撞宝石，不只可以砸出天灵地宝，让你富贵惊人。你跟我三魂七魄相通，我打下铁斑鸠，也相当于你打下了铁斑鸠，你我二人命中注定，都该折损一半阳寿。我逃出狐狸坟之后大限将至，无奈气数不够，万难躲过此劫。你则不然，等你大限临头之时，或可凭借撞宝石躲过一劫。财不入急门，佛不度穷鬼，眼下对你说破还为时尚早，待你埋下鳖宝，自会洞悉其中因果。你只须记着，咱俩能否在二鬼庙中拿到撞宝石，全看这两个馍馍娃了！"

2

姜小沫听得似懂非懂，仍不觉得馍馍娃有什么紧要，口北那么多卖蒸食的，买两个馍馍娃还不容易吗？他哪知道，窦占龙住店之前已经打探明白了：车马店的汤老大是个正经生意人，而汤家老二人送绰号"汤二膀子"，却是个烂泥糊不上墙的夯货，从不过问大车店的生意。因为在他看来，这个买卖干十年不富，一年不干就得受穷，经得起赚，经不起赔。他只认准了一条道——赌！整天扎在宝局子里赌个昏天黑地，盼着一夜置下一所大宅子，怎奈瘾大手臭，几乎没赢过钱。仗着大车店是祖传的买卖，他兄弟俩一人一半，汤老大又没个一儿半女的，指望着兄弟传宗接代，自己忙得脚丫子朝上，也得认头拿钱让老二出去耍，不过也不多给，输光了他就回来干活儿。俗话说"烂船尚有三千钉"，汤二膀子也有一招拿手的。口北有个蒸馍馍娃祭神拜鬼的旧俗，蒸馍谁都会，逢年过节时，拿手捏咕个小兔，用红豆当眼珠，或是拿小剪子剪成刺猬，按上两颗绿豆眼，倒也活灵活现。但馍馍娃的眼珠子可不能拿红豆黑豆对付，一张大白脸长俩小豆眼儿，那也不好看啊，就得是画出来的。汤二膀子最擅长给馍馍娃画脸儿点睛，别人是蒸完了再画，画得各式各样，丑得能给人看哭了，汤二膀子则是先画后蒸，上屉之前馍馍娃是闭着眼的，蒸得了一掀锅盖，两个眼就是睁开的。见过的人都说他把馍馍娃画活了，神鬼见了都要高看一眼。口北有钱的商贾富户祭神拜鬼，除了杀牛宰羊之外，都要用汤家大车店的馍馍娃。此乃老汤家祖传的手艺，传儿不传女，传内不传外，而且是单传，同一辈中只传一个人。汤老掌柜在世的时候，担心这个不务正业的小儿子被他大哥赶出去，沦落街头冻饿而死，才传了他这招绝活。汤二膀子有一技之长傍身，伸手找他哥要钱的时候，腰杆子也能挺直了。窦占龙去二鬼庙憋宝，少不了汤二膀子蒸的馍馍娃，至于有什么用，到得取宝之时方可说破，以免隔墙有耳。

不知不觉等到定更天了，伙计突然跑来告诉窦占龙："客爷，对不住您了，馍馍娃蒸不成了。"窦占龙纳着闷儿问："此话怎讲？你们家二爷没回来？"伙计心惊胆战地说："倒不是因为他，我们店里闹鬼了，灶膛里的火……火是凉的！"姜小沫听不下去了："你是不是想多讹几个钱？瞎话你也编圆了再说啊！拿我们当傻子糊弄呢？"伙计满脸委屈："哎哟小爷，我可不敢胡言乱语，有住店的老客想吃碗热汤面，水都烧不开，不信您二位随我到灶房瞧瞧。"

二人跟着伙计去到灶房，眼见着灶膛中烈焰熊熊，锅里却连点热乎气儿也没有。姜小沫蹲下身来伸手一探，灶膛也是冰水拔凉的，这可是邪了门儿了！窦占龙夜猫子眼转了一转，自打逃出狐狸坟，总觉得身后有东西跟着，那头黑驴也时不时地炸蹶子，他心里有数——八成是让邪祟盯上了。来到口北之后，窦占龙又发觉一件异事，方圆几十里之内听不到狗叫，当即告诉姜小沫："你拿着掩身棒子在屋中到处敲打一遍，犄角旮旯也别落下。"姜小沫从小就是混不吝，又有财大气粗的窦占龙撑腰，哪还有他不敢干的？撸袖管卷裤腿儿，拉开一个架势给大伙瞧瞧，紧跟着抡开掩身棒子"乒乒乓乓"一通乱打，嘴里"叽里咕噜"叨叨个不停，连窦占龙也听不明白他说的什么。车马店不同于酒楼饭庄，投店歇宿的不一定几时进门，饭食再粗陋，也得吃口热乎的，还要随吃随有，所以大灶上昼夜不熄火，一年到头都打扫不了一次，各处积满了油泥、尘土。姜小沫抡着掩身棒子一通乱敲，打得屋梁上的塌灰和油泥点子不住往下掉。伙计们赶紧拦着："小爷手下留情吧，再敲房子该塌了！"好不容易把人拦下来，再看灶膛上的蒸锅，"咕嘟咕嘟"冒开热气儿了，不由得面面相觑——嘿！这不是怪了？

窦占龙命伙计添柴，等汤二膀子一回来，赶紧蒸馍馍娃。店伙计应了一声跑出去抱柴，不一会儿空着手回来了，腺眉耷眼地跟窦占龙说："客爷，今天撞邪了，只怕还是蒸不了馍馍娃！"姜小沫怒道："你是成心给我们添堵吗？灶火不是热了吗？为什么还蒸不了？"说话就要拿掩身棒子打。店伙计一边躲一边叫屈："我哪儿敢呀！小爷您自己看看去，柴房里的木柴全湿透了！"姜小沫忍无可忍："口北风干物燥，又没下过雨闹过水，木柴怎么会是湿的？你自己浇的？"店伙计苦着脸说："二位爷圣明，我们柴房有顶棚，下雨也淋不着，可我过去一抱，才发觉木柴从上到下都湿透了，还有股子腺气味儿，沾了我一身啊！不信您闻闻！"

姜小沫不信邪，搜着店伙计要去柴房看个究竟，就算木柴湿透了，趁着灶火还旺，烘一烘也就干了。窦占龙拦下他："甭去了，那腺气哄哄的木柴，怎能拿来烧火做蒸食？"姜小沫也觉无奈，只好让店伙计出去买一趟。店伙计说："二位爷，夜里哪有卖柴的？不行我去别家借一些？"窦占龙已然看出其中古怪，只怕店伙计去哪一家借，哪一家的木柴就是湿的，跑断了腿儿也没用，便吩咐伙计："去把你们大掌柜请来。"店伙计嘴里应着，连跑带颠地去了，不一会儿引着汤老大进了屋。车马店掌柜整天跟赶路的牲口把式打交道，没多大架子，穿的戴的也不怎么讲究，顶多比店伙计立整点儿，见着窦占龙就作揖。窦占龙二话不说，掏出一张银票交给汤老大："店主东，一千两银子买下你店里的桌椅板凳、家具摆设。凡是木器，全给我劈了当柴烧。"汤老大满头雾水，我店里的东西招你惹你了？听伙计一说才明白，还以为做梦呢。一千两银子啊！慢说买下车马店一堂破旧的木器，卸下大腿来烧火他也心甘情愿！当时跟苍蝇见了蜜似的，又叫过几个伙计帮忙，将客房里的桌椅板凳、脸盆架、顶门闩、拦门杠……这么说吧，除了房梁门窗铺板，能拆的木器全拆了，伙计们出来进去走马灯一般，全抬到灶房门口，"咔嚓咔嚓"劈成柴火棍儿，一摞摞地抱入灶房，转眼间堆成了一座小山。窦占龙暗暗点头，心说："我倒要看看谁敢在我面前撒尿！"

灶前一通忙活，万事俱备，只等汤二爷这股子东风了。众人等来等去，却迟迟不见汤二膀子进门。车马店中的一干人等无不称奇，就冲汤二爷那个手气，到不了吃晚饭，他就输得只剩条裤子了，今天这是怎么了，大半夜的还不见回来？汤家大爷拿了窦占龙一千两银子，脸上有点儿挂不住，叫伙计上宝局子把人揪回来。伙计一边乐着一边扭头往外走，前脚刚迈出门槛，又被窦占龙叫住了。窦占龙跟姜小沫耳语了几句，让他跟伙计同去。姜小沫派头儿挺足，挂着戏韵对伙计说了句："头前带路！"说完一端架子，嘴里头打着家伙点儿，脚底下迈着四方步出了灶房。

汤二膀子耍钱的地方没多远，就在街对面儿，后窗户正冲着车马店的街门，当中隔着条不算宽的土路。口北的大小宝局子多如牛毛，为什么汤二膀子偏来这家耍呢？应了一句老言古语叫"远嫖近赌"，耍钱必须在家门口，输光了屁股好往家跑，逛妓院嫖堂子则是越远越好，否则出来进去的跟窑姐儿抬头不见低头见，那是打招呼还是不打招呼呢？

姜小沫按着窦占龙的吩咐，径直从街门出去，因为没出堡子，不必躲着盯梢的叫花子。他穿上团龙褂子，外罩一件破袄，由店伙计引着，来在宝局子门口，扯着脖子招呼："汤二叔、汤二叔，回家蒸馍馍娃了！"连喊了三遍，随即回到灶房。

不到半盏茶的工夫，汤二膀子垂头丧气地回了大车店。此人三十来岁，中等个儿，白白净净胖胖乎乎，一张小圆脸，圆鼻子圆眼元宝耳朵，大冷的天只穿着一件单裤，一进门就抱怨："今天奇了怪了，我本已输干玩净了，想不到刚出宝局子门儿，就在地上捡着块碎银子渣，拿回去接着耍，嘿！简直是有如神助一般，老子手气从来没这么好过，押一宝中一宝，那骰子就跟认识我似的，那真叫'一夫当关，万夫莫开'。本想一把全押了'孤丁'，杀他们一个片甲不留，还没等开宝呢，也不知从哪儿来个倒霉孩子，站在宝局子后窗户下边'汤二输、汤二输'地一通瞎喊，再没有这么晦气的了，让我这一宝输得体无完肤，赢回来的衣服又给扒走了，这不倒霉催的吗？"

姜小沫一脸坏笑："二爷，我那是跟你客气呢！喊你'叔'还喊出错来了？"汤二膀子得知是这个坏小子喊的，当时不依不饶，嚷嚷着让姜小沫赔钱。一旁的汤老大看不过去了，飞起一脚踹在兄弟屁股上，让他赶紧干活，自己揣着银票回去睡觉了。伙计则在一旁劝说汤二膀子："这位财大气粗的客爷请您蒸馍馍娃，您多卖卖力气，人家一高兴多赏几个，不就有钱翻本了？"

钱压奴婢手，汤二膀子这路耍钱鬼最贪财，得知窦占龙出手就是一千两银子，知道有财神爷进门了，也就不敢再闹了。他嘴里仍不闲着，一边吩咐厨子打水和面，一边埋怨汤老大："哥哥你真行，贪小钱误大事啊！房梁铺板还留着干什么？都给人家拆了，少说还能再对付二百两！'省着省着，窟窿等着；费了费了，还倒对了'。如今知道你兄弟的本事了吧！"嘟嘟囔囔地接过面团，甩到面案上，两手按住了一通揉搓，鼓捣成两个白生生的人形，有胳膊有腿，有手有脚，一尺多长，圆滚滚胖墩墩。他又从怀里掏出个小木头盒，里面有一支一拃长的毛笔、几个小颜料罐，给两个馍馍娃描眉画眼，并排放到笼屉上。小火把水烧开，紧拉风箱扇旺火。不一会儿蒸得了，一掀锅盖麦香扑鼻，热气中就见两个馍馍娃睁开了眼，好似要从锅里蹦下来。端出馍馍娃晾凉了，汤二膀子又拿毛笔蘸上颜料，给馍馍娃涂金裹色。脖颈画上个金项圈，两条胳膊各画了一只金镯子，取一个"三环套月"的彩头，最后在眉心上点了颗美人痣，再放到盘中端过来，请二位客爷过目。姜小沫看罢一挑大拇指："罢了，镇元大仙五庄观中的人参果也不过如此！"窦占龙也不住点头，额外多给银子，赏了汤二膀子和一众伙计。

汤二膀子接过赏钱，又兴冲冲地奔了宝局子，再怎么输个毛干爪净，那就是他自己的事儿了。只说姜小沫捧着一对馍馍娃，越看越是喜欢。捏的是童男童女，一个小闺女一个小小子，穿红挂绿、活灵活现的，却是中看不中吃，真想不透如何用两个馍馍娃在二鬼庙中憋宝。

窦占龙冲姜小沫使个眼色，不让他多嘴多舌，又问伙计："你们后院还有没有闲房？"店伙计连连摇头："您甭说后院了，前边都没地方了，今天住店的太多，炕角都挤满了。"窦占龙奇道："那我出来进去的，怎么没在后院见到别的客人呢？"店伙计挠了挠头："咱们大车店后院是柴房和灶房，仅有一间客房，可也是有主儿的。差不多在二十年前，大车店里来了一个做皮货生意的贩子，跟我们掌柜的商量，要长包一间客房。口北不乏这样的客人，经常往返两地做生意，包下一间客房，等同于在外边安个家，找相好的方便。不过大多是在酒楼客栈，楼上楼下、前院后院闲房也多，没有来大车店的。开大车店的也不愿意接待，因为全是大通铺，赶上忙的时候，一间屋子能挤下二三十位，远比包给一个人划算。不知那个皮货贩子怎么想的，非要在我们店里住，不在乎房子大小，用不着烧炕，也不用打扫，但是只能住他一个，他不来也不能让别人住，一年付一次房钱。还不给现钱，从随身带的包袱里取出一件秃板没毛的皮袄来，要拿这个当房钱。我们大掌柜的本不想应允，但是一看那件皮袄，立马改了主意。口北风大天寒，非皮不暖，有的是做皮货生意的，上等皮张他也见得多了，却瞧不出这是什么皮子，黑中透亮、又软又轻，托在手里宛若绫罗，往身上一穿，当时就出汗。拿给八大皇商，肯定能换一大笔钱。他让皮货贩子先等三天，带着我们把后院存放杂物的堆房腾出来，垒了土炕、搭上铺板，收拾齐整才交了房。说来挺怪，不知那个皮货贩子是生意太忙，还是说另有外宅，包了房也不怎么住，仅在每年开春露上一面儿，拿出一件跟之前一样的皮袄，用来抵这一年的店钱。"窦占龙听罢一点头："咱商量商量，你那间房子空着也是空着，可否借我住上一宿？"店伙计挺为难："小的做不了主，您……您容我问问我们掌柜的去。"窦占龙太清楚伙计的意思了，不想多费唇舌，又掏出一张一千两的银票："你拿着银票去问，我只用一宿。"

店伙计嘴张得老大，活了几十年，从没见过这么多银子！单冲这一千两银票，卷铺盖走人离开口北，下半辈子也不愁吃喝了。但他身为店里的老人儿，打小跟着汤老大当学徒，一贯是忠心耿耿，拿掌柜的当亲爹一样敬着，只顾着替掌柜的痛快了，心想真是"嗑瓜子磕出个臭虫来——什么仁（人）儿都有"，掏一千两银子买劈柴，又掏一千两银子住堆房，银票在人家手里怎么跟擦屁股纸似的？他脚底下三步并作两走，两步并作一步行，急匆匆去找掌柜的。到了汤老大睡觉这屋，"啪啪啪"一拍门："掌柜的，我给您挣下银子了！"

汤老大打开门，听店伙计眉飞色舞地说了一遍经过，乐得嘴岔子都歪了，心想哪怕是皮货贩子突然来了，大不了让他住到我的屋里，我自己在院子里蹲一宿也行啊！店伙计也跟着高兴，眼巴巴地等着掌柜的打赏。汤老大没含糊，抓过银票往怀里一揣，拍了拍店伙计的肩膀："行，记你大功一件，明天吃饭给你加半个窝头！"

3

搁下店伙计怎么在心里骂汤老大的八辈祖宗不提，咱接着说灶房这边，姜小沫看见伙计走了，扭头问窦占龙："之前那屋宽宽绰绰的，为啥再赁一间？钱多也不带这么烧包的！"

窦占龙说："咱今天夜里蒸一对馍馍娃，是为了去二鬼庙憋宝，可是一波三折，火不热、柴不干、汤二膀子赢钱，折腾了半宿才蒸出来，怎么会这么不顺呢？皆因憨宝的受鬼神所忌，有对头不想让咱们成事。如我所料不错，暗中作梗的肯定是狐狸坟那窝狐獾子。关内的獾子怕狗，可是关外深山老林中的獾子被称为'鬼手獾子'，厉害的专喝狗血，狗见了就哆嗦，你听这方圆左右哪有狗叫？"

口北与塞外相连，城外的野狗成群结队，城里十户人家中有七八户养狗守夜，黑夜中有点儿风吹草动，就可以听到此起彼伏的吠叫。姜小沫之前没注意，此刻竖着耳朵听了半天，果如窦占龙所言，外边一片死寂，城里城外的狗子似乎全躲了起来。

窦占龙让姜小沫附耳过来："狐獾子一定是听我说了要用馍馍娃憨宝，因此百般阻挠，想搅得我拿不到二鬼庙中的天灵地宝。一个狐獾子倒不足为虑，它也是怕了我，不敢当面抢夺，只能在暗中使坏。若不斩草除根，总归留有后患，万一憨宝时出了岔子，错过显宝的时机，咱俩去到二鬼庙也是白跑一趟。为今之计，是你自己在后院的客房住上半宿，鸡鸣天亮之前守着两个馍馍娃，不论它怎么折腾，你也别出门，等它闯进屋来，记着拿掩身棒子应对。老不歇心，少不惜力，我出主意你干活，至于结果如何，可全看你的造化大小了。"

姜小沫有个机灵劲儿，心里想的是"裤裆夹算盘——走一步算一步"，嘴上却还得充光棍，当场一拍胸口："什么造化大小，小爷别的没有，浑身都是胆！咱这叫舍不得孩子套不来狼，舍不得馍馍娃引不来狐獾子！"

汤记大车店的后院十分简陋，拿秫秸秆圈出块地，东边一拉溜支上顶棚，用于堆放柴火，西边用碎砖破瓦垒出一间屋子。等店伙计禀明汤老大，跑回来打开屋门，点亮了窗台上的油灯。姜小沫一个人住进去，借着昏暗的灯光观瞧，这一间屋子半间炕，又阴又冷还透着股子潮气，哪是人住的地方？他忍饥挨冻惯了，倒不在乎火炕热不热，反正只住半宿，冷着点儿也好，省得打瞌睡误事。当即关严实门窗，躺都没敢躺，盘腿坐于炕角，背靠着山墙，小心翼翼地将馍馍娃摆在身前，然后裹紧了团龙裰子，抱着掩身棒子，瞪着眼睛，支棱着耳朵，等着盯这场事儿。

等了半天不见异状，姜小沫寻思着："哪有什么狐獾子？多半是憋宝的吓唬我，想看看我有没有夜入二鬼庙拿天灵地宝的胆子。那他可是错翻眼皮了，小爷我三刀捅死阚二德子，一个人讨着饭走到口北，哪一天不是住破庙睡荒村？胆小活得到今天吗？行啊！已然过了三更，忍到五更天亮，我就该发财了！"想到此处，忍不住把自己见过的好吃好喝好玩的挨盘数了一遍，仿佛金山银山堆在眼前了。十几岁的半大小子，头天夜里还捆在二鬼庙的柱子上挨打，白天吃饭、洗澡、换衣裳，住进大车店，听窦占龙说怎么憋宝，又陪汤二膀子折腾了半宿，根本没得歇着，如今屁股一挨炕、后背一靠墙、心里边再一松弦儿，眼皮子比挂了铅坠都沉，自己还嘱咐自己说："闭眼歇一会儿行，可千万别睡着了！"那能管用吗？不知不觉就打上盹儿了，昏昏沉沉地听到有人问他："小兄弟，你怎么上我屋里来了？"

姜小沫睁不开眼，但他心里明白，似乎是住在此处的皮货贩子到了，不过听声音是从炕底下传出来的，一开口浑浊粗重，跟响过一阵闷雷似的。炕底下除了烟道火道就是沙子温土，全拿砖垒死了，这位爷怎么钻进去的？他恍恍惚惚地应了一句："我多有叨扰，只在此借住半宿，天一亮就走。"皮货贩子瓮声瓮气地说："你大可不必瞒我，我住在后院二十年了，出了什么事我能不知道吗？你是不是怕两个馍馈娃被对头抢了去，这才躲到我的屋里？且放宽心，就冲你穿着团龙褂子，我也得替你挡着，谁都进不来！"姜小沫听得直发蒙，只能顺口搭音："有劳有劳！"皮货贩子又说："只不过到了紧要关头，你得拿掩身棒子给我来一下，助一助我的威风。"姜小沫迷迷糊糊地说："站脚助威那还不容易！我混锅伙那阵子……"刚说到一半，忽然刮了一阵冷风，吹得他身上寒毛直竖，随即有个女人在门口厉声叫道："小叫花子，撒楞地把馈馈娃交出来！给我惹急眼了，可别怪老娘不客气！"

姜小沫一听怎么来了个女的？正不知如何应对，炕底下那个皮货贩子就开口了："甭在这儿拍桌子吓唬猫！这个小兄弟身穿团龙褂子，你动不了他，快走吧！"门口的女人骂道："水仙不开花——你装什么大瓣儿蒜！那件破褂子你看着打怵，我黑九娘可不在乎！"

屋里屋外这二位一搭腔，姜小沫心头一紧，门外那个黑九娘就是狐獾子，看来皮货贩子也不是什么善茬儿。只听皮货贩子又劝黑九娘："你可别错打了定盘星。他还拿着掩身棒子呢！就不怕他打你？"黑九娘狠狠啐道："啊呸！少跟我唠没用的嗑儿，讨饭乞丐打狗的破杆子，岂能吓得了胡家门地仙？"皮货贩子见黑九娘戗茬儿说话，不由得勃然大怒："你算狗屁地仙！无非是钻沙入穴之辈，替你们祖师爷守着一片坟地罢了。此乃口北，不是关东山，轮不到你来放刁，小心风大闪了你的口条！"

二位你有来言我有去语，一对一句越说越戗。姜小沫也从中听出了一点儿门道，有皮货贩子在屋里，黑九娘只敢在门口叫骂，吵吵半天了也没进来，显然是心虚气短，忌惮屋里这位的手段。那我也不能当缩头王八，叫个狐獾子把我瞧扁了呀！当即拉腔上韵，阴阳怪气地嚷嚷道："我说外边来的谁呀？半夜三更扰人清梦，你是卖大炕的窑姐儿不成？小爷我可不好这口儿，赶紧滚蛋！"

黑九娘跺着脚骂道："小王八犊子，嘴里放干净点儿，胡家门的仙姑岂容你亵渎？"姜小沫冷嘲热讽："嘿嘿嘿，热面汤你端上了？瘸脚面你绷上了？就算你是棵葱，谁拿你炝锅啊？就你还仙姑呢！不知哪个钻坟包的土獾子，让老狐狸收了房，生下你们这一窝杂种，还他妈有脸到处说，真不嫌寒碜，我都替你臊得慌！对了，刚才往柴火堆上撒尿的是不是你？我就纳了闷儿了，你个蹲着撒尿的，怎么能尿那么高呢？"

这番话一出口，连皮货贩子都不吭声了，太牙碜了没法接，想不到这小子岁数不大，满肚子坏水，专往别人的肺管子上戳。

门外的黑九娘更是怒不可遏，气得肝花五脏都翻了个儿。只见"咣当"一下门被撞开了，一个女人用的红肚兜，卷着一阵怪风冲了进来。姜小沫大骇，手忙脚乱地拿掩身棒子去打，却抡了一空，心说："坏了！掩身棒子打得了活鬼，也打得了死鬼，可打不了狐獾子。憋宝的这不是坑我吗？倘若黑九娘得了手，我就该变成獾子粪了。挺大个活人怎么死不行，让狐獾子填了肚子可太不露脸了！皮货贩子之前口口声声说要替我挡着，对头已经破门而入了，他怎么还躲在炕底下不出来呢？"情急之下，抡着掩身棒子紧敲土炕，忽听"咔嚓"一声响，从下边钻出个大蝎子，灰不溜秋，头似麦斗尾如钢鞭，挡在姜小沫身前，但是尾钩缩着，又被红肚兜压住了，只有招架之功，绝无还手之力。

姜小沫一看这可不是了局，冷不丁转上一个念头："合着憋宝的不是让我打狐獾子，我该打炕底下的大蝎子！"动念至此，手中掩身棒子立刻落了下去。大蝎子惊得骤然前蹿，尾尖高悬的毒钩一挑，刺破了红肚兜。随着一声怪叫，屋子里的油灯灭了，四下里寂然无声。

姜小沫也是眼前一黑，僵坐在当场动弹不得。直到天边吐了白芽儿，远处鸡鸣四起，他才稍稍回过神来，也不知半宿是梦是幻，摸了摸自己的胳膊腿还在，两个馍馍娃也仍摆在原处，不觉长出了一口大气。他赶紧从炕上蹿下来，跑去前院找窦占龙，不提如何担惊受怕，一脸得意地把两个馍馍娃往窦占龙面前一摆，嘴撇得跟瓢似的。

窦占龙没说话，出去转了一圈，在柴堆里找到一只死透了的狐獾子，挖个浅坑埋了，这才从头给姜小沫捋了一遍前因后果："可恨狐獾子纠缠不休，在一夜间生出这许多事端，反正我跟这窝狐獾子做下的扣是解不开了，也不在乎多这一个。干脆一不做二不休，借躲在车马店中的大蝎子将之除掉，免得再节外生枝。至于说蝎子是打哪儿来的呢？锁家门的恶丐大多擅养毒虫蛇蝎，当年那个老癞王身边也有一只大蝎子，他的癞疮发作之时，就拿蝎子尾钩蜇自己一下，为的是以毒攻毒，缓解花子疮的痛楚。蝎子活得久了，随着一代代穷王爷传下来，直至我在玉川楼下拿金碾子砸死老罗罗密，大蝎子才趁机逃脱。只是它未得敕令，离不开口北，不得已变做一个皮货贩子，躲在汤记大车店中。店里的上下人等以为皮货贩子包了房不住，殊不知蝎子钻缝，这么多年一直藏在炕底下，用来抵店钱的破皮袄，就是它一年蜕下来一次的蝎子皮。你身穿团龙褂子，它得拿你当主子。你一棒子打在它背上，如同一道敕令，打掉了缠住它的五鬼符，它替你蜇死了狐獾子，就不必继续留在口北了。只不过用了这一次，蝎子尾钩还不知几时再长出来。"

　　事到如今，取宝的一应之物均已齐备。窦占龙吩咐伙计端来酒食，让姜小沫吃饱喝足养精蓄锐，等到天黑之后，再趁乱去二鬼庙取宝。姜小沫闷着头睡了一整天，傍晚才起来，又吃了点儿东西，掌灯时分仍没见动静，等来等去已是二更前后，大街上早没人了。姜小沫正自心焦，忽听外边人喊马嘶乱成一片。

第六章　姜小沫憋宝 下

1

窦占龙料事如神，这一天是口北各个商号盘大账的日子，此时的财货最多。果然在当天夜里，城外的大军突然哗变。乱军一刀砍了统兵军官的脑袋，声称这狗官勾结八大皇商克扣军队粮饷。各营将士纷纷呼应，叫嚣着去找堡子里的八大皇商索要粮饷，点起火把杀奔城门，又担心守军不肯开门，经过二鬼庙时，高声招呼乞丐、流民："想发财的跟我们走，砸开商号，抢钱抢粮食！"二鬼庙四周的破砖窑里，住着成千上万个叫花子，庙里头也不下千八百人，大伙一听要去抢钱，心里都长草了。锁家门恶丐当中，至少一多半做过强盗，都恨不得趁火打劫，反正天塌下来有当兵的顶着，不抢白不抢，谁愿意成天要饭啊！

大罗罗密正对着金蜡烛看亮儿，忽听庙外来了乱兵，忙从供桌后绕出来，分开众人挤到门口，肥硕无比的身躯往山道上一拦，口中断喝一声："呀——哒！谁也不许去！我看哪一个敢动？"搁在以往，凭着他手中打遍了三十六个讨吃窑的掩身棒子，一众乞丐看见他就哆嗦，谁敢轻举妄动？此刻两手空空，如何镇得住那么多乞丐？他自己也觉得不对劲，手里头怎么没抓没挠的？而且没有了肩上搭的团龙褂子，底气似也不那么足了。成千上万的乞丐乱哄哄地往山下一冲，立时将大罗罗密挤倒在地，活活踩成了一个大肉饼！

数千乱军手举火把，裹挟着上万个乞丐杀到城门口，又有堡子里的乞丐跟着作乱，里应外合打开了城门。堡子里虽有驻军，却不敢接战，也拦不住这么多人，何况还有不少和乱兵串通一气的，纷纷扔下兵刃弃城而逃。乱军和乞丐不费吹灰之力冲入城中，挨家挨户地撞开商号大门索要钱物。有几位东家舍不得掏钱，或是钱不凑手，拿不出现成的银两，想要对付几句讨个活命，乱军不容分说，红着眼当场就杀人，然后有什么抢什么，比土匪下手还狠。

八大皇商财大气粗，各家都是墙高门重的深宅大院，如同一座座堡垒。前院临街的一面开门做买卖，一大家子人，连带管家仆从、丫鬟老妈子，全住在后宅。所谓树大招风，以往并不是没来过贼匪，各家也舍得花钱，雇了不少看家护院的武师，甚至备了火器。可是这一次不同以往，院墙再结实，挡不住成千上万的乱军，家里那几杆老枪够干什么用的？前边的刚打躺下，后边的又上来了，搭着人梯翻进去，看见人就杀，看见值钱的东西就抢，家中女眷但凡年轻或有点儿姿色的，全让乱军裹在被褥卷里扛走了。临走还得放把火，一时间火光四起，哀号惨呼之声不绝于耳。

皇商中财势最大的肖老板，听说堡子里来了大批的乱军，乞丐也造反了，心知守是守不住了，想跑也跑不了，可叹偌大个家业，竟要断送在自己手上了，实在愧对列祖列宗，一咬牙让店伙计打开大门。老头儿胡子头发全都白了，肚子比二十年前又大出去两圈，拄着拐棍站在院子当中，赔着笑脸迎接乱军："军爷辛苦，进来喝口茶，歇歇脚！"乱军折腾了小半宿，还真是又渴又累，他们仗着人多势众，不怕一个糟老头子耍花活，当即闯入院子，用刀指着肖老板："算你个老棺材瓤子识相，少抢你点儿！"肖老板命人端茶倒水，抬手往身后一指："我们家的财货全在库房里，各位尽管自取，甭跟我客气，能拿多少拿多少！"一众乱军喝足了水，争先恐后拥入库房。肖老板一使眼色，让店伙计在外面锁上库房大门，扯开嗓子怒骂："挨千刀的王八蛋，上阎王爷那儿抢去吧！"下令点火，将进去劫掠的乱军全烧死了。伙计们为了活命也把心放横了，纷纷点起火把、扫帚往库房里扔，众人拾柴之下火势骤长，霎时间哀号满室，阵阵焦煳之味直钻鼻孔。不过城里的乱军、乞丐太多了，这场火还没烧完，后面的乱军又冲了进来，乱刀砍死肖老板，将整个大院套子抢了个精光。

损失最小的一家是福茂魁。当年和窦占龙做生意收棒槌的姚掌柜，如今当上了大掌柜。城里刚一乱，他就派几个得力的伙计上了屋顶，备好开水和救火的水激子。等乱军围住福茂魁，他先命人以鸟铳示警，又拿水激子朝乱军喷射。这种水激子青铜打造，四尺多长，专门用来救火，水柱能喷出数丈远，从里面射出滚烫的开水，喷在脸上、手上得秃噜一层皮，谁也靠不了前。乱军无心恋战，在这一家耽搁久了，反让同伙占了先机，口北有钱的商号多得是，抢不了这家还有下一家，转头又去劫掠别的铺户了。

乱军和乞丐闹腾了一宿，直到天蒙蒙亮了才撤出去。平常有交情的弟兄，三个一群五个一伙，携带赃物分头逃遁。有的啸聚山林落草为寇，有的隐姓埋名远走他乡，也有胆儿大的，回老家买房置地娶媳妇儿，后半辈子吃喝不愁了。

正所谓"贼过留一半，军过全不留"，经过乱军以及恶丐的洗劫，口北城里的商号十不存一，到处残垣断壁，面目全非，东家、掌柜的、伙计、家眷死伤无数。老实巴交的百姓躲在屋里不敢露头，却有不少贪小便宜的地痞流氓，瞧见乱军跑光了，赶紧出来捡洋落儿。这时候躲了一宿的都统大人也发话了，点齐兵马到处巡查，凡是在街上捡东西的，一概抓起来。没过一个时辰，官兵抓了一百多人，一旦从身上搜出财物，就被视作乱军、流寇，当场枭首示众，稀里糊涂成了顶命鬼。官府又张贴布告：哄抢商号、捡到财物的，限三日内上交都统衙门，既往不咎，否则一经查实，即以乱匪定罪。很多胆小之人做贼心虚，送至衙门的财物堆积如山，都统大人又捞了一笔。

一张嘴难表两家事，回过头来再说那天夜里，城里城外乱成一锅粥，到处都在杀人放火，哭爹喊娘之声不绝于耳。蹲在车马店门口的几个恶丐一合计，城里都乱成这样了，咱还等什么？进去把人一杀，抢了镇帮三宝，回去跟大罗罗密交差领赏吧！当即冲进院子，撞开屋门，凶神恶煞般一拥而入，看见窦占龙和姜小沫坐在炕上，一个抽着烟袋锅子，一个嗑着瓜子，跟前的茶壶里香气扑鼻，二位有说有聊还挺滋润。几个恶丐气儿不打一处来，咒骂声中上前抢夺。姜小沫按着窦占龙说的，抡着掩身棒子便打。他混过锅伙，下手又黑又狠，加之恨透了锁家门的乞丐，憋着一肚子邪火，这一通乱棒专往脑袋上招呼。那几个恶丐见了掩身棒子，有如耗子见了猫，一个个心虚气短，躲也躲不开，避也避不过，被姜小沫三下五除二打趴在地。

窦占龙见时机到了，带姜小沫出了车马店。二人骑上黑驴，避开乱军和奔逃的百姓，顺着小路上了祭风台。在二鬼庙山门前下了驴，姜小沫瞅见被无数乞丐踩成了肉饼的大罗罗密，全身上下满是脚印子，瘪瘪塌塌的，流了满地的脓水。想到此人作威作福的情形，他恨不得再去踩上几脚出出气，怎奈连汤带水的太恶心了，刚冲大肉饼啐了口唾沫，却见窦占龙已将黑驴收入账本，迈步进了庙门。姜小沫还以为自己看错了，刚才还骑在屁股底下的黑驴怎么变成纸驴了？他使劲揉了揉眼，匆匆忙忙跟了上去。

俩人进得二鬼庙一看，之前的四个蜡烛头仍然亮着，照得整座大殿一片通明。那些个没随着乱军入城劫掠的乞丐，多是丐婆子及胆小怕事之辈，眼瞅着锁家门的大罗罗密让人踩扁了，城中又出了那么大的乱子，均已卷了金银细软四散而逃。整座二鬼庙里，从前到后连一个会喘气的也没有了。

姜小沫东瞧西看，千疮百孔的大殿中满目狼藉，讨饭的棍子、枣条、牛骨、破碗扔了一地，一件能换钱的东西也没瞅见，哪有什么堆积如山的财宝？

窦占龙让他别着急："统领锁家门的头一代老癞王，染了一身'花子疮'，有福不能享，有钱不能用，心中怨气冲天。他自己用不了，别人也不能用，将从各处搜刮来的财货，尽数收入了二鬼庙八宝金光洞，由庙中的二鬼替他守着。二鬼有名有号，一个叫'白木鸟王'，另一个叫'无皮相士'，身上各有一件异宝，白木鸟王的名为'八宝金光洞'，无皮相士的名为'撞宝石'。穷王爷的子孙后代坐镇祭风台，个个跟祖上一样贪得无厌，洞中的金银财宝只进不出，越积越多。外贼不仅打不开宝库，就连见也见不着。上一代的帮主老罗罗密死得突

103

然，如今执掌鞭杆子的大罗罗密又蠢又贪，连锁家门祖传的八宝金光洞在哪儿也不知道，更甭提进去了，所以才换了四个蜡烛头，妄想照出宝库的入口。然则不得其法，如同瞎子点灯他白费蜡。你穿上团龙褂子，一手拿掩身棒子，一手端破砂锅子，带着两个馍馍娃，按着我说的法子，尽可入内取宝。千万记住我的话，金条银锭一概别碰，你一个人两只手，抓得了几个、背得了多少？只拿无皮相士身上的撞宝石，那才是无价之宝，切不可妄动贪念，因小失大！"

姜小沫听窦占龙说了憋宝的法子，真乃匪夷所思。他打小就不是怕事的人，此刻也得给自己壮壮胆，嘴里念叨："开弓没有回头的箭。是福不是祸，是祸躲不过，只当在锅伙里抽了一支黑签。迈过这道坎儿，从今往后一马平川！迈不过去，那也是命里该着！"

窦占龙交代清楚如何取宝，指点姜小沫在怀中揣上一支火烛备用，穿了团龙褂子，扎紧裤腰带，左手端了破砂锅子，里头搁着两个馍馍娃，右手攥着掩身棒子，盘腿坐在供桌当中。他又取过四个蜡烛头，逐一摆在供桌四角，然后坐在一旁，一口接一口地嘬着烟袋锅子。憋宝的说一是一、说二是二，最忌虚言妄语。窦占龙之前告诉大罗罗密的没错，只不过话到嘴边留了半句。蜡烛头是能照宝，但是你得有憋宝的眼力才行。但见他瞪着一双夜猫子眼，借烛火辨明了二鬼庙中的宝气方位，叼着烟袋锅子不住喷云吐雾。

姜小沫让烟雾呛得连声咳嗽，眼都睁不开了，越睁不开越犯困，上下眼皮子打架，迷迷瞪瞪忍不住要打盹儿。恍惚中有如腾云驾雾一般，身不由己地往上升。他心里吃了一惊，猛然回过神来，见脚下踩着一根粗大的木梁，足有三尺多宽，似乎身在二鬼庙正殿的大梁之上，可是往上看不着顶，往下看不着地，好似悬于半空中，前后也看不到头。

他横下心来，爹着胆子往前走了几步，看到木梁当中卧着一只大黄猫，浑身上下没长半根杂毛，仅在头顶有个白斑，形似飞鸟。姜小沫长这么大，野猫野狗可见得多了，却从没见过这么大的猫，都快赶上老虎了！

这小子胆又大手又欠，惯于招猫逗狗，看此猫酣睡不起，他也不问青红皂白，将掩身棒子夹在胳肢窝底下，腾出一手就去扯大猫的胡须，怎知须毛如同尖刺，险些给他的手扎穿了。姜小沫一气之下又抬脚去踹，"哐"的一声，恰似踹在一口倒扣的大铜盆上，大黄猫仍是纹丝不动。姜小沫倒也不慌，按窦占龙交代的法子，拿掩身棒子在猫头上敲了三下，声如击磬，铜声冷然。

果如窦占龙所言，大黄猫缓缓睁开了一只眼，溜圆的眼珠子直冒绿光，与寻常的猫眼并无二致。紧接着一眼睁一眼闭，尾巴稍微摆了两下，仍是动也不动，好像根本没看见眼前这个大活人。姜小沫又拿掩身棒子敲打猫头，大猫才把另一只眼睁开。这个猫眼珠子可了不得，亮如金灯一般！

姜小沫只觉眼前一花，竟似被那道金光裹住，电光石火间坠入了一座灯火通明的石窟。他四下里一看，穿成串扎成捆的大小铜钱堆积如山，一箱箱的元宝没遮没拦，全敞着盖子，不是锁家门的宝库还能是哪儿？至此他恍然大悟，合着猫眼珠子就是"八宝金光洞"！

2

咱不能说姜小沫出身贫苦，虽然他爹娘只是江湖艺人，一辈子没发过大财，充其量只是小门小户，可也从没让他缺吃少穿。直到他一弹弓子打翻了马车，惹上了鱼锅伙的混混儿，为了三百两银子的赔偿，落得家破人亡，这才知道人命不如铜臭。又从天津城打着三岔板讨饭来到口北，一路上忍着饥寒，挨了多少打，受了多少气，不都是因为穷吗？此时落在八宝金光洞中，骤然见着那么多金银财宝，眼珠子差点儿没瞪出来，有心伸手去拿，却又寻思："憋宝的再三嘱咐我，不能贪小便宜吃大亏，我可跟人家满应满许了，如若犯了小粘了手，即使只拿上一枚铜钱，出去也得让憋宝的小看了我。"

姜小沫心高气傲不肯栽面儿，自己跟自己说："什么金银财宝，我当它们是钱就是钱，我不当它们是钱那就是土！"当下在宝库中转了一圈，来到尽头的石壁前，抡起掩身棒子敲打石壁，敲一下显出两扇大门，但是仅具轮廓，有如画上去的。再敲一下，当中裂开二指宽的一道缝子。敲过三下，只听得"轰隆"一声，石门双敞，往里一看，却不似门外这般金光耀眼，而是漆黑一团，深不可测，还刮出阵阵阴风，吹得他直打哆嗦。姜小沫一脚迈进去，立时陷身于黑暗之中，再伸手往来路上一摸，哪有什么石门，洞壁上连条缝儿也没有了。四下里黑咕隆咚的，不知何物"刷刷"作响，说风又不像风，听得人心里直发毛，又觉得灰尘弥漫，呛得他喘不上气。姜小沫掏出怀里的火烛摆在地上，又摸索着打着火镰，引燃火绒子，借着暗淡的光亮，看出自己置身在一处空荡荡的石室之中，两丈见方，高不见顶，到处积满了灰尘，顺着声响一看，纵然他胆大包天，也吓得跌坐在地——屋角立着一人，披头散发，面目模糊，眼窝子里没有眼珠子，仅是两个灰蒙蒙的窟窿，身形奇高，如同一具削去皮肉的骨头架子，穿着一件遮过脚面的破旧长袍，就跟杉篙上挑着个破伞盖似的，给阎王爷当差都嫌寒碜，正挥着一把大扫帚，慢吞吞地东划拉一下西划拉一下，不住地扫着墙上的积灰，但是扫掉多少落下多少，怎么也扫不完。

姜小沫看见拿着扫帚的这位，就知道是二鬼庙中的无皮相士了。白木鸟王只是屋梁上的一只大铜猫，而活骷髅般的无皮相士，却似地府中的恶鬼。他不由得暗暗心惊，正自犯着嘀咕，无皮相士已经拎着扫帚冲他来了，两个没眼珠子的灰窟窿，直勾勾地"盯"着破砂锅子中的馍馍娃。姜小沫在锅伙混过，宁让人打死，不让人吓死，从地上爬起来，攥紧手里的掩身棒子，心里头发着狠："我不管你是哪路的孤魂野鬼，你敢动我一下，别怪小爷我拿'活鬼躲不开、死鬼避不过'的掩身棒子招呼你！"

可那无皮相士只盯着馍馍娃发呆，两个鼻窟窿不住嗅着香气，哈喇子滴滴答答往下淌，却没有上前抢夺。姜小沫松了口气，想必是自己身上穿着团龙裉子，两个馍馍娃又放在锁家门的破砂锅子里，无皮相士才不敢轻举妄动。难怪窦占龙说凭着锁家门大罗罗密一身行头，勾取二鬼庙中的天灵地宝易如反掌。如此一来，姜小沫的胆子又大了，撇着嘴问道："哎哎哎，我说，别看了，就你脸上那两个瞎窟窿，看得见小爷砂锅子里装的是什么吗？"

本以为这个活骷髅不会说话，怎知无皮相士突然开口："好一对童男童女！"许是有年头儿没说过话了，这几个字一出口，简直是给"难听"抓了两把盐——齁难听齁难听的，粘齿黏牙、偏音倒字，好像往嗓子眼儿里掖了把锯末似的，一个字一个字地往耳朵里蹦，听得人后脖颈子的寒毛直竖。

牙碜归牙碜，姜小沫心里也有谱了，果如窦占龙所言，撞宝石在无皮相士身上，想让它拿出来，非得抓一对童男童女给它吃不可。憋宝的不造那个孽，怎奈"手里没把米，叫鸡都不来"，这才借着老汤家蒸馍馍娃的祖传手艺瞒天过海，看来真把有眼无珠的无皮相士蒙住了，赶紧顺着话头说道："行行行，有眼力，既然你这么有眼力，怎么还给人家扫屋子呢？"

无皮相士长叹一声，慢吞吞地说道："某与八宝金光洞洞主争斗多年，一招棋差，被它困在此处，扫掉墙壁上的灰尘，是为了找门出去。"姜小沫故作同情："我听明白了，你困在此地多年，吃没得吃，喝没得喝，见着一对童男童女，总算是可以充饥了。"无皮相士紧着点头，哈喇子甩了姜小沫一脸。姜小沫往后退了半步："我也挨过饿，那真不是滋味儿。怎奈咱俩素昧平生，过不着交情，这又是我抓来的童男童女，怎么能白给你吃呢？不如这么着，有闲钱儿你给我几个，没钱你给我点儿别的，有来有往这才叫买卖。咱是一回生二回熟，做成这一笔生意，今后常来常往，我隔三岔五就来看你，下次给你多带几个。"无皮相士一愣，低头往自己身上看了看，一个大子儿它也掏不出来，看来看去，只有手里的破扫帚，如若换了童男童女，往后拿什么扫灰呢？思忖良久，伸手指了指穿在身上的破袍子，那意思是用它换馍馍娃。给姜小沫气得，嘲讽道："这位爷，你别逗我行吗？大裤衩溜肩膀——哪儿也不挨哪儿。我可是穿着团龙褂子来的，能看上你这身'杂儿'吗？"

无皮相士无可奈何，迫不得已吐出一块石头，鹅蛋大小，色呈青灰，捧到姜小沫面前："你看看这个行吗？"姜小沫欲擒故纵，嗑着牙花子说："哎呀，一块破石头，如何抵得上一对童男童女？"紧跟着话锋一转："不过呢，我也瞧出来了，你真是拿不出别的东西了。得！'吃亏是福、便宜是当'，我看你这人能处，谁让我也是交朋友的人呢，跟你换了！"说着话伸手来抓。无皮相士却一缩手，阴森森地恫吓姜小沫："别动！我拿着撞宝石给你看看，你的童男童女归我！"

姜小沫气不过，争辩道："这叫什么买卖！我稀罕看你的破石头？怪我看走眼了，你还真不禁夸！"无皮相士说："此乃撞宝石，八宝金光洞洞主将我困在此地，就是想抢了这件天灵地宝，给你看上一看，已是你上辈子修来的福气！"姜小沫一摇脑袋："不行不行，那我太吃亏了，看几眼够干什么的？你的撞宝石给我，我多拿几个童男童女让你吃怎么样？"

双方交谈了几句，无皮相士的嘴皮子也利索多了，冷冰冰地说道："甭来这套，我善能识人，照面即知三世因果，故称'无皮相士'。虽然困在此处太久，连自己是谁都快忘了，但我还看得透你。你以为你穿着团龙褂子，就能冒充锁家门的鞭杆子吗？你那点儿小算盘可瞒不了我，破砂锅子里只装得下一对童男童女，再多半个也装不下，你上哪儿多拿几个？识相的把东西放下，听我一言相劝，憨宝的鬼话可不敢信啊！那个人身上埋的鳌宝，得自外道天魔，穿不了团龙褂子，拿不了破砂锅子，不敢进八宝金光洞，这才差派你来送死。他可不做亏本的买卖！你死了，他拿你顶他一条命，取走一魂一魄落个周全。你没死，必定贪图他的鳌宝，迟早有一天，你也得埋了鳌宝，到时候他的魂魄安在你身上，世上哪还有你？只怕到最后你连自己怎么死的都不知道！"

无皮相士一套"前知八百年、后知五百载"的话说出来，换二一个人准得听傻了，姜小沫可是江湖人家出来的孩子，打根儿上就不信相面算卦的，何况他和窦占龙之间有三魂七魄勾着，说是鬼迷心窍了也不为过，哪还听得进这番话？说道："你也不用跟我铺纲要簧，江

109

湖上这一套我全懂，掐着手指头给你算算，一样算得灵。咱们不提那个，只说眼下这桩买卖，我讨了价你还了价，这就有商量。我再说一口价你听听，童男童女给你一个，撞宝石你让我拿在手里仔细看看成不成？我长这么大还没摸过天灵地宝呢！"无皮相士没说行，也没说不行，直愣愣地戳着没动，似乎有点儿犹豫。姜小沫见它动了心，立刻找补道："此地没门没窗，比蛐蛐罐子还严实，我想跑也跑不了啊！不妨把撞宝石借给我，让我拿在手上沾一沾宝气，看完了再完璧归赵，你是绝对亏不了，我也没吃多大亏。"无皮相士思忖再三，这才捧着撞宝石，缓缓交在姜小沫手中。姜小沫抓了一个馍馍娃，使劲往无皮相士身后扔了出去。无皮相士手上的扫帚也不要了，如同十辈子没吃过饭的饿鬼，扑上去抱着馍馍娃大啃大嚼。姜小沫暗道一声："'雷打假孝子、财发狠心人'！你困在八宝金光洞中出不去，守着天灵地宝也用不上，小爷就不跟你客气了！"撞宝石往怀里一揣，转过身便跑，冲到刚才进来的石壁跟前，按着憋宝的法子，敲一下石门显形，敲两下开一道缝，敲三下石门双敞。进来他是一下下敲的，出去可顾不上了，抡着掩身棒子连敲三下，"轰隆"一声石门大开。姜小沫暗挑大指，心说"憋宝的法子真灵"，炝着蹦子蹿入堆满了财宝的石窟。这口气还没喘匀呢，忽觉身后一阵恶寒，转头往后一看，无皮相士竟跟着他出来了！

　　姜小沫没想到无皮相士吃得这么快，挺大一个馍馍娃，三口两口进了肚，真不嫌噎得慌啊！而且吃完了馍馍娃，他脸上竟然长出了一缕缕血肉，紧跟着身上破袍脱落，一条有骨无皮的大蛇，顶着个披头散发的骷髅，晃里晃荡地贴了上来。姜小沫吓得一蹦多高，惶急之下，抡起掩身棒子就打，却震得虎口发麻，跟打在生铁上一样。锁家门的掩身棒子活鬼避不开、死鬼躲不过，阴阳两条路上，谁见了谁哆嗦，怎奈铁蛇非人非鬼，乃一个镇风的灵物，掩身棒子打不了它。姜小沫猛然想起破砂锅子里还有一个馍馍娃，正该在此时扔出去，引开如影随形的铁蛇，方可逃出生天。闪念之间，他抓了馍馍娃就往外扔，怎知无皮相士脑子朽烂，一会儿明白，一会儿糊涂，甩着铁鞭似的蛇尾，突然一下子把馍馍娃打落在地，正掉在姜小沫跟前。它也紧跟着扑了过来。姜小沫只觉一阵恶风扑面，馍馍娃一转眼就让铁蛇吞了下去。他心说坏了，怪蛇跟得太紧，跑也跑不掉，打又打不了，眼看着铁骷髅头上丝丝缕缕的血肉上下蠕动，又长出来不少，一时间脑瓜顶都凉透了。可他到底混过锅伙，紧要关头，铆足了十二分的力气，全用在托着破砂锅的手上，照准了铁蛇血肉模糊的大脸，发着狠拍了上去。姜小沫打架一向手黑，加之锁家门的破砂锅子比寻常的大出三圈，又厚又沉，在官窑里烧得梆硬梆硬的，传了多少辈儿，饭嘎巴儿越沾越多，越沾越厚，比砌城墙的缸砖还结实，不偏不倚正砸在铁蛇脑门子上。怎料"哗啦"一下，破砂锅子反被撞了个粉碎。怪蛇周身铁骨，仅有头脸长着血肉，让这一下砸得也不轻，身子往后一缩，拧着尾巴"咻咻"怪叫。姜小沫趁机抢着掩身棒子朝自己头顶敲了三下，霎时间金光夺目，身子往下一坠，又落在了屋梁上。那只大铜猫兀自趴在原地，瞪着那只金光闪闪的大眼珠子！

姜小沫在八宝金光洞中一进一出，仿佛仅是瞬息间。本来他再拿掩身棒子敲一下猫头，让铜猫闭上眼就万事大吉了，可他惊魂未定，只恐怪蛇追出来，心里头一发慌，手上也没分寸了，这一棒子敲得太狠，给铜猫打急了，"嗷呜"一声吼叫，纵身上了屋顶。高处黑乎乎的什么也瞧不见，只有两只猫眼瞪得溜圆，如同两盏明灯，耳听得铜铁相击铿锵作响，积灰木屑纷纷落下。姜小沫暗叫一声："糟糕，铜猫的眼没闭上，让那条铁蛇跑出来了！"他心里头一慌，脚下立足不稳，一个没留神，从木梁上掉了下去。本以为自己大头朝下，准得把脑袋摔进腔子里，不定死得多难看呢，怎知"呼"地往下一坠，就觉得有人托了他一把，紧跟着双足落地，竟然毫发无伤。姜小沫再一睁眼，见窦占龙正瞪着一双夜猫子眼盯着自己。他懵懵懂懂，心里跟揣着个兔子似的上下乱蹦跶，想问个究竟，又不知从何问起，好在不负所托，带出了天灵地宝，也算对得起憋宝客了。当即掏出怀中的撞宝石，交在窦占龙手中。

窦占龙将撞宝石放入褡裢，他听头顶上"叮叮当当"的怪响骤然加剧，紧密的铜铁相击之声不绝于耳，似乎越斗越急，来不及再说什么，带着供桌上的四个蜡烛头，拽了姜小沫就走。便在此时，从高处落下一黑一黄两团旋风，夹带着砖瓦碎石，在二鬼庙大殿中左冲右突，翻翻滚滚缠斗不休。

3

窦占龙之前担心姜小沫不敢进洞取宝，也怕隔墙有耳，交代如何憋宝的时候，话到嘴边留了一多半。二鬼庙中是有天灵地宝，还不止一件，而是两个天灵、两个地宝。怎么区分天灵地宝呢？一言蔽之，"活天灵、死地宝"，天灵是活的，地宝是死的。憋宝争的是机缘，夺的是气数，二鬼庙中的两个天灵及一件地宝气数将尽，取走也没用了，所以他只让姜小沫去拿撞宝石。故老相传，白木鸟王和无皮相士乃锁家门供在庙中的二鬼。实则不然，祭风台设立于隋唐年间，二鬼本是台上两件镇风的"灵物"，一个是头顶白鸟的铜猫，另一个是无皮无鳞的铁蛇，年深岁久成了天灵，又各自炼出一件地宝。铜猫的一个眼珠子是"八宝金光洞"，铁蛇肚子里的是"撞宝石"。它们后来才受了锁家门的香火，替老癞王守着宝库。老话讲"同行是冤家"，二鬼谁看谁也不顺眼，都恨不得占了对方宝物，明争暗斗多年，始终不分高低。最后是铜猫使了诈，才将铁蛇困在八宝金光洞中。姜小沫一棒子打惊了铜猫不要紧，还把铁蛇带出了洞。两个冤家对头再次聚首，怎能不分个你死我活？

　　窦占龙心知是非之地不可久留，趁铜猫铁蛇激斗正酣，带着姜小沫疾步奔向殿门，忽然有堵又高又大的肉墙挡住了去路，但听一声断喝："你两个杀剐不尽的毬货，还往哪里走？"窦占龙和姜小沫定睛一看，来者竟是被人踩扁了的大罗罗密，居然还没死透，只是让群丐踩破了一身脓水，从上到下千疮百孔，大大小小的脓疮扁塌塌、黏答答，连皮带肉往下耷拉着，脸上本有一大一小两只阴阳眼，大的那个眼珠子让人踩爆了，汤汤水水挂在脸上，另一个小眼珠子瞪得老大，往外凸着，骂骂咧咧地伸着两只手来抓二人。

　　窦占龙躲得快，晃身形闪在一旁。姜小沫稍一打愣，身上的团龙褂子被大罗罗密死死扯住，忙打着千斤坠往后挣脱。两下里一较劲，"刺啦"一声扯破了团龙褂子，姜小沫摔了个四仰八叉。大罗罗密怒不可遏，嘴里头"呜噜呜噜"地骂不绝口，甩手扔掉破褂子，抬脚就往姜小沫的头上踩。他虽行动迟缓，但是身躯肥硕，大脚丫子比熊掌还厚实，势大力沉，这一脚踩下来，姜小沫哪还有命？窦占龙眼疾手快，趁对方仅有一只脚着地，一烟袋锅子戳在对方肋下。大罗罗密"哎哟"一声怪叫，晃晃荡荡地倒了下去，如同塌了一堵高墙，震得梁柱摇颤，泥尘齐下。

姜小沫缓过这口气，从地上一跃而起，抢开掩身棒子在大罗罗密身上乱打，直似打在一块囊脑上，脓水迸溅，臭不可闻。窦占龙刚才看见大罗罗密踩人这招，立时想到自己的三个结拜兄弟和朱二面子，遭锁家门恶丐围攻，死在口北玉川楼的惨状。前仇旧恨一齐涌上心头，他不由得"睁开眉下眼、咬碎口中牙"，指点姜小沫奔着大罗罗密的顶门要害下家伙，要一棒子结果了这个横行口北的花子头儿，却听脑后金风作响，急忙往旁躲闪。

说时迟，那时快，铜猫铁蛇化作的黄白二气卷地而来，"嗖"的一下撞入挡住门口的大罗罗密身上。恰在此时，姜小沫的掩身棒子也打到了，只听得"噌啷"一声响，这一棒子有如砸在了铜铁之上，当场折为两段。姜小沫的虎口也震裂了，鲜血顺着手心淌落。窦占龙看得出来，二鬼庙中镇风的铜猫铁蛇入了大罗罗密的窍。他应变奇快，不等大罗罗密挣扎起身，抬手抛出四个蜡烛头。狐狸坟的地火蜡烛奥妙无穷，只见四团蓝幽幽的鬼火转了几转，随即彻地烧来，拧成一个大火球，将大罗罗密罩在当中，顷刻间，烈焰腾空。

如若是血肉之躯，陷在火海之中，顷刻间就已化为灰烬。烈焰缠身的大罗罗密却似全然不觉，摇动浑身七十八个骨节，铜铁碰撞，哗哗乱响，直似庙会上的狮子滚绣球，扑跌翻腾，横冲直撞，追着窦占龙和姜小沫，走到哪儿烧到哪儿。供桌、香炉、炭火盆、屎尿桶子被撞得七颠八倒，大殿中的抱柱也是歪的歪、断的断，顶子上土坷垃、碎瓦片、烂木屑稀里哗啦往下掉。二鬼庙中浓烟滚滚，火苗子乱窜，连四面墙都烧着了，眼看就要屋塌地陷。

窦占龙见已无退路，掏出褡裢中的撞宝石，抡圆了砸在大罗罗密头顶。铁蛇身上的撞宝石本身没什么用，却可以砸出天灵地宝，只不过用一次小一圈，不到万不得已窦占龙也不会用它。耳轮中只听得金玉碎裂般的一声炸响，大罗罗密身上的一黄一黑二气被砸了出来，锈迹斑斑的铜猫铁蛇落在地上一动不动了。大罗罗密也一头栽倒，没了铜皮铁骨，他不过是一块臭肉，转瞬间烧成了又黑又臭的焦炭。窦占龙断了老罗罗密的根儿，深仇大恨得报，可是撞宝石不仅砸出铜猫铁蛇，还把地火蜡烛砸灭了。他跟同乐亭县城中的贼头儿、裁缝、当铺东家一样，以自身精气供养地火蜡烛。烛火一灭，他也直挺挺倒在地上，七窍流血而亡。

大殿中的残火渐渐熄灭，姜小沫看着气绝身亡的窦占龙，呆立在当场六神无主，脑袋里翻洋画似的一片接一片："自小是衣来伸手饭来张口，爹娘太爷捧在手心里过日子，直到一弹弓子打翻了马车闯下大祸，害得自己家破人亡，又为了报仇跑去锅伙当了个小混星子，三刀捅死阚二德子，一路讨着饭来至口北，迫于无奈在玩意儿场子里四处讹钱，又被锁家门的恶丐抓住，落在大罗罗密手上，险些当了顶命鬼。本以为有死无生了，竟得憋宝的奇人搭救，带着我夜入二鬼庙取宝，到头来却是人财两空。不过憋宝的窦占龙有言在先，他当年打下铁斑鸠，折损了一半的阳寿，死在二鬼庙也是命该如此。只须我取走他身上的鳖宝，他仍是命不该绝……"念及此处，姜小沫又低头看了看窦占龙的尸身，猛然想到了无皮相士的话："埋了鳖宝后患无穷，到时候我变成了憋宝的窦占龙，我自己又上哪儿去了？世上还有我姜小沫这一号吗？"

他心乱如麻，一连转了七八个念头，终究舍不得弃鳖宝于不顾，魔魔怔怔地捡了片碎碗碴子，剜出尸身上的鳖宝揣入怀中，又顺手拿了掉落在地的撞宝石，带上褡裢和烟袋锅子，在二鬼庙后山挖个浅坑，草草掩埋了窦占龙。他慌里慌张地正要走，却又寻思："如今掩身棒子折了、破砂锅子碎了，只剩一件扯破了的团龙褂子，补一补还能接着穿，万一撞上锁家门的恶丐就不怕了。"可是四下里趸摸了半天，褂子却怎么也找不着了，听憨宝的说团龙褂子能避水火，总不至于烧成了灰烬吧？姜小沫顾不上多想，趁着天还没亮，从祭风台后山下来，凄凄惶惶离了口北。

自此他一个人在江湖上东游西荡，没头鬼似的混了十年。窦占龙给他留下的褡裢里还有若干财物，换个人够用一辈子了。可真应了那句话——"命里注定九升九，走遍天下不满斗"。他从小到大，除了讹卖艺的，就没挣过钱，手上也没管过钱，只会胡花乱造，更架不住有出无进，眼看着褡裢中的银钱见底了，却仍四处漂泊，风梳头雨洗脸，饥一顿饱一顿的，始终找不到安身立命之处，也想不出该干什么。一时间思乡心切，他趁着胆子回了一趟天津卫，找人一打听才知道，前些年大老英勾结小老法，扛着洋枪，拽着洋炮，打破了大沽口，沿海河长驱直入。天津城外的陈家沟子商贾云集，鱼行、货栈、绸缎庄、钱铺、票号、典当行，一家挨着一家，全是真金白银的买卖，"叽里呱啦"满嘴鸟语的洋鬼子看着眼热，蓝眼珠子都瞪红了，见人就杀，见银子就抢，还放了一把大火。有道是"好汉护三村、好狗护三邻"，混混儿们最护"家门口子"，只不过充英雄论好汉的两大锅伙挡不住洋枪洋炮，众混混儿一多半死于乱军之中，二位大寨主也被洋炮轰成了肉渣子，其余的或走或逃，大多下落不明。后来洋人撤走了，陈家沟子鱼市逐渐恢复了以往的喧嚣，但是两大锅伙都没了，他当年惹下的人命官司也早已不了了之。

　　姜小沫一走十年，而今重归故土，真得说是一无亲二无故了，踏足于九河下梢两眼一抹黑，跟个外地人没什么两样。他心下烦闷，独自在河边溜达，但见不远处围着百十号人，一个五短身材的车轴汉子大声嚷嚷："都来瞧都来看，押一个赔俩了啊！一边生一边死了啊！赶紧下注了啊！"姜小沫见过街边开局下注的，无非是"一边赢一边输"，何至于"一边生一边死"呢？那得是多大的赌局，连命都不要了？他心下好奇，走到近处闪目观瞧，只见当中戳着一人，长得黑不溜秋，穿一件补丁摞补丁的空管子破棉袄，大脑袋歪脖子，胡子拉碴，直眉瞪眼一脸傻气，两臂拄着双拐，正是当年给秉合鱼锅伙充过人肉回帖，从而落了残的那位傻哥哥！

　　车轴汉子见人聚得差不多了，用干树枝子在地上画了两个圈，一个圈里写上"生"，一个圈里写上"死"，然后指着河对岸，告诉傻哥哥说："瞧见没有？那边有一屉热包子，水馅儿的一个肉丸，一咬一嘴油，白吃不要钱！"姜小沫顺着往河那边一看，果然有个伙计模样的人，端着一笼屉呼呼冒热气的包子。围观众人吆五喝六，抢着掏钱下注，有的押生，有的押死。傻哥哥眼珠子外凸，有如闻见了包子的香味，含混不清地大喊："吃包子喽！吃包子喽！"叫嚷声中，架着双拐"腾腾腾"上了冰面。他平地走道都不利索，何况在冰面上，一踏上脚去，便摇摇晃晃直打滑。一众下注的闲人紧着哄架秧子，不住口地喝彩，催着傻子往前走。民间有谚"三月三、九月九，神仙不敢河上走"。此时节乍暖还寒，小风刮得飕飕的，河道上的冰层早从横茬儿变成了竖茬儿，有的地方还汪着水，眼瞅快要开河化冻了，哪里走得了人？傻哥哥急着过河吃包子，双拐戳得冰层咔咔开裂，他却全然不顾，兴冲冲走出几步，"扑通"一声掉入冰窟窿，眨眼就看不见脑瓜顶了。再看那伙赌棍，押死的哈哈大笑，催促设局的给钱，押生的跺脚叹气，心疼兜里的银钱打了水漂儿，可没人在乎傻哥哥的命没了。

姜小沫这才明白，他小时候见过这么玩的，他们称之为"押九"，是个缺德带冒烟儿的买卖。宝局子单拣一年之中刚入九或快出九的几天，大河上的冰层要么还没冻结实、要么快化冻的时候，召集赌徒在河边押宝下注，胡乱找个缺心眼儿的傻子过河，赌他会不会掉到河里。年复一年，落水淹死的傻子不计其数，官府一向对此举置之不理，眼瞅着是傻子自己上的冰，谁也没推、谁也没拽。别人视若无睹，姜小沫可看不下去了，脚踏故土眼望生人，好不容易碰上一个熟脸儿，岂能眼睁睁看着傻子淹死？他手疾眼快，三步并作两步蹿到冰窟窿旁边救人。仗着傻哥哥命大，掉进冰窟窿还没沉底，伸着两只手乱扑腾。姜小沫使尽浑身力气，把他拽了上来。傻哥哥落汤鸡一般趴在冰面上，冻得嘴唇发紫，浑身上下直打哆嗦，对着姜小沫左瞧右看，突然两眼放光，大叫："小沫儿，小沫儿！"姜小沫见傻子居然认得出自己，心里头一阵热乎，十来年看尽了江湖险恶，只有傻哥哥还拿自己当兄弟！

傻哥哥当年耍了一把死签儿，两柄攮子扎透了腿掖子，没动骨也伤了筋，磕膝盖吃不住劲，废了他两条腿，而今双拐掉入冰窟窿沉了底，路也走不了了。姜小沫扶着傻哥哥，一瘸一拐来到傻子的"住处"。天津城东北角有一片开洼野地，以前是条枯水的河道，外来灾民逃难至此，凑合着搭个破屋子，比窝棚稍微结实点儿，四根木头桩子插到地里，几根横木当房梁，秫秸秆扎成把子，加几块木板条绑结实，挡住四周和屋顶，里外抹上黄泥，装上捡来的木头门窗，逃难的一家子老小住进去。待到灾情过去，有的就回老家了，空出不少东倒西歪的破屋子，傻哥哥占了其中一个，权当容身之所。天寒八面漏风，天热蚊叮虫咬，耗子满地跑，屎壳郎到处爬，说话不能张大嘴，否则准得吃苍蝇，站在屋子里不敢打喷嚏，唯恐响动太大，震塌了房顶子，简直不是人住的地方。二人进了屋，点上劈柴，烤干湿衣服，再看傻哥哥那身棉袄棉裤，一捅一个窟窿眼儿，一抖一条大口子，已然糟透了。姜小沫出去一趟，找卖估衣的买了身囵囵裤褂，又取了一副拐，捎上几斤大饼熏肉，回来给傻哥哥换上衣服，吃了顿饱饭，他自己也有了落脚的地方。哥儿俩白天到处闲逛，夜里在破屋中睡觉。

　　天津卫地面繁荣，三教九流五行八作，干什么的都有。城里城外的杂耍场子上百戏杂陈，有的是热闹可瞧。卖小吃的更是多如牛毛，也没什么上档次的，全是又便宜又解饿的吃食，仨大子儿一碟的蛋炒饼、俩大子儿一碗的素卤面，甚至有专卖折箩瞪眼食儿的，一个大子儿捞上一马勺，有什么算什么，运气好的赶上一块五花肉、半个四喜丸子，那算开斋了。姜小沫当年带走了窦占龙的褡裢，但是没敢埋鳖宝，拿着撞宝石也用不上。他和傻哥哥又没个营生，嘴却一个比一个馋，能吃好的绝不吃次的，整天胡吃海塞不重样，只有出钱的道，没有进钱的道。一转眼，姜小沫身上的钱见底了，他又不会干别的，想起当年刚到口北之时走投无路，为了有口饭吃，天天跑去杂耍场子给卖艺的捣乱。老话说"隔行如隔山，换行穷三年"，姜小沫的爹娘都是江湖艺人，他在娘胎里就听书看戏，最熟这路买卖，索性故技重施——去书场子"端大碗"，说白了还是给说书先生择毛儿，讹钱敲竹杠。

第七章 姜小沫开逛 上

1

在那个年月，九河下梢说书的地方可太多了，其中也分个三六九等。头一等在茶楼里，前来喝茶的多是文人墨客、绅商富户，也有跑和儿、拉房纤儿的、倒腾古玩字画的，有一半是为了谈买卖聊事儿、应酬主顾，不全是奔着听书来的，听书也不用掏钱，仅付茶资即可。台上的说书先生就是个摆设，提前跟茶楼讲好价码，按天拿份，旱涝保收，不过玩意儿必须出众，说得四平八稳，和风细雨，不能一惊一炸的，且须相貌文雅，用他们的行话说，这叫长得"压点"。如果能耐不行，人又磕碜，说话再不中听，把喝茶的都给气跑了，人家茶楼也不可能请你。

二等说书的占据书茶馆，也叫书场子，条件比茶楼略低，需要通

120

过说书招揽客人。请来的先生能耐都不俗，虽不敢说字字珠玑，那也得是口若悬河，念个赞赋、拉个纲鉴，什么叫唐诗宋词，怎么是两汉文章，张嘴就得来，京评梆曲说唱就能唱，甚至还练过三招两式的，能比画长拳短打，那才称得上文武双全。来此听书的书座，相当一部分是本地最爱听书、听书听得最入迷最上瘾的，掏几个茶水钱，坐住了一听一下午，先生说得好是真捧，说得不好也真往死里撅，起哄架秧子、飞茶壶扔茶碗，赏个大嘴巴你也得笑脸相迎。书场子里的说书先生，论能耐可能比茶楼里的先生差着一截，但是玩意儿必须扎实，以传统书目为主，扣子拴得瓷实，手中醒木一拍，天一样大、火一样急的事你也走不了。说书先生挣多少钱尚在其次，能在天津卫的书场子立住脚、响了万儿，今后去到任何地方都挣得了大钱。

三一等的在书棚子里说，通常是腾出几间当街的民宅，或是开在水铺旁边，找块空地高搭长棚，门口挂块木头牌儿，写着当天的评书回目，以及说书先生的名号。里边摆放几排白茬儿的桌椅板凳，冬天点着炭火盆取暖，夏天挂着艾草驱赶蚊虫，备有五香葵花子、沙窝的萝卜、大碗儿的酽茶，茶水卖得很便宜，主顾也可以只听书不喝茶。棚中没有三尺书台，平地放一张桌子，桌角搁一个粗瓷大碗，用于说到扣儿上打钱。说书先生坐在桌子后头，也没那么多伙计伺候，开书场子的连倒茶带收钱，一个人全包了。打钱的时候，听书的至少掏三个铜子儿，多给不限，却不能少给，给一个两个您趁早省了，那是打发要饭的。长棚再简陋，那也有一个顶子四面围挡，你进来寒碜人不行。书棚中的伙计也都没长好嘴，夹枪带棒来上几句酽儿咕话，不掏钱的明天就没脸来了。听书的坐满了不过六七十人，一多半听众是赶车的把式、脚行的苦力、商号的伙计、摆摊的小贩，五行八作干什么的都有，平时忙于生计，挣钱养家糊口，但该玩儿还得玩儿，该乐还得乐，少不了听评书看杂耍、搓大澡逛窑子。有时生意不好，也得来听书，掏上几个大子儿，再买上一碗茶水，对付一下午。

　　戳在大道边儿小道沿儿，撂地画锅说野书的为最末等。说书的大多是七路、九路角儿，很少说成本大套的东西，全是片子活，今天说一段儿赚了钱，明天许就换地方了。说的内容千奇百怪，越悬乎越不怕悬乎，越牙碜越不嫌牙碜，只要能够挣下钱来，什么碍口的都敢往外说，哪管什么洒汤漏水、崩瓜掉字儿。也不忌荤素、不分脏净，更不在乎能不能圆得上，只求说着痛快、听着过瘾。前三种听书的地方，偶尔还能看见个把女眷，说野书的地方绝对没有，听这路玩意儿的全是糙老爷们儿。听的糙说的更糙，即便来了一个半个妇女，说书的也得给她轰走："大嫂子二婶子，我待会儿可不说人话了，您受累挪挪脚儿，另换一家吧！"不过其中也有不少能人，因为明地卖艺那是平地抠饼、对面拿贼，围着听书的人们，十之八九没打算掏钱，去不起茶馆书场子，才在路边听野书解闷儿，你说的东西再不"抓魂儿"，那不擎等着喝西北风吗？

　　姜小沫对江湖上卖艺的规矩了如指掌：一不能去茶楼，没势力的开不了茶楼，他穷光棍一条，不必在太岁头上动土，天津卫讲话，不能"找鬐"；二不能去书棚子，那些地方人头儿太杂，有的是"戈挠"生意的滚地龙、坐地虎，捡人家吃剩下的也没意思；三不能去路边，路边说野书的太穷，唾沫横飞说上一整天，挣的钱买不了半斤棒子面儿，个个温饱难求，讹不出什么油水。他姜小沫"端大碗"，必然是去开在茶馆中的书场子，先生正经说书、书座儿正经听书、每天的茶钱不算多可也不算少。远的不说，天津城东北角书场子就不少，有名的"卿和、福来、乐友、彤福、宝升"，不下七八家。行走江湖的说书先生在此打擂，有文有武，有温有暴，比着施展看家本领。想在书场子说书，该拜的码头都得拜到了，该交的钱分文也不能少，所以不怕别人来找麻烦。何况天津卫"地皮硬"，不是听书的舍不得掏钱，而是能耐不行的要不下钱来，没两下子的说书先生根本不敢登台。姜小沫带着傻哥哥，先在各家书场子门口转了一通，踩踩道儿，他是"听胜不听败"，哪个场子人多去哪个场子，因为听书的人多，说书先生挣得才多。

这天上午，姜小沫把身上最后几个钱拿出来，跟傻哥哥吃了一顿三皮两馅的牛肉饼。小贩做买卖挺实在，舍得加香油和面，肉馅抹了足够半寸厚，放在铛子里煎得焦黄酥脆，咬在嘴里"咔嚓咔嚓"的。俩人吃得满嘴流油，不住打着饱嗝。姜小沫叼着炕笤帚苗当牙签，袒胸露怀，趿拉着鞋，手拿一个掉了瓷、裂了口的空碗，傻哥哥挂着双拐，"呱嗒呱嗒"地跟在他身后，大摇大摆来到乐友书场子。门口水牌子上写着大字——"特聘廖春庭演说《响马传》，白天开书，风雨无阻"。书场子说书，通常是一天两场，吃过晌午饭开一场，称为"白天"，也叫"正地"，晚饭之后再开一场，称为"灯晚儿"，也有在正午饭时加演的，称为"说早儿"。天津卫最叫座的传统书目，一个是《响马传》，前有"开隋九老"，后有"四猛四绝十三杰"，给英雄好汉排了名次；再一个是《水浒传》，专讲杀人放火、替天行道，都符合天津卫码头脚行、混混儿锅伙的风气。廖春庭成名已久，姜小沫也曾有所耳闻。

二人一前一后进到书场子里，台上说书的是个小伙子，十七八岁，身子板单薄得跟鳎目鱼似的，眉清目秀、齿白唇红，长得挺端正，估计是廖春庭的徒弟，正角儿不会这么早登台。此时算上姜小沫和傻哥哥，听书的不过五六个人。小徒弟说的是《精忠传》，可能没上过几次台，师父抻练得也还不够，坐在书案后头眼神发虚，飘来飘去地不敢往台底下看，两只手也不知道往哪儿搁，一会儿摸摸扇子、一会儿动动手绢、拿起茶壶想喝又觉得不是时候……说得倒是挺卖力气，嘴皮子也利索，倒仓也倒得不错，细声细调的小公鸡嗓儿，夯头也挺高，从岳飞到相州考武举开的书，再到进京考武状元、周三畏赠宝剑、枪挑小梁王、大闹武科场、宗泽放走岳鹏举……竹筒倒豆子似的，一口气讲了一个多时辰，光跑梁子了，说得自己脑门子直冒汗。赶到褃节儿上，觉得该拍醒木了，可是偷眼一看底下这几位书座儿，嗑瓜子的、喝茶的、打盹儿的、聊闲天儿的，根本没人听书。小学徒拿着醒木悬在半空，拍也不是，不拍也不是，额头上全是汗珠子。傻哥哥不耐烦，拿拐杖往地上哐哐乱戳，紧着叫倒好儿。姜小沫也在底下起哄："嘿——好啊！小先生真舍得给书听，换了别人这段书得说半个月，你可倒好，洋座钟上满弦了，赶着投胎去是吗？"小徒弟羞得满脸通红，醒木也没敢拍，收拾收拾东西作揖下台。反正是白饶的，听书的用不着掏钱。

学徒的前脚一走，书场子便开始进人了。其实很多人打刚才就来了，撩门帘子往里一看是垫场书，人家先不进屋，在外边抽袋子烟凉快着，单等着廖春庭上台。这才是常听书的、会听书的。

过不多时，台底下已然坐得满坑满谷，再往前面看，走上来一位说书先生：五十多岁，身穿一件青布棉袍，又高又胖，面如白玉，稳稳当当往桌子后面一坐，不紧不慢地掏出手巾放在桌上，叠得四四方方，摆到称手的位置，搁好了扇子、醒木，跟前排几位熟悉的书座儿拱拱手，"张爷""李爷"打着招呼，闲唠两句家常，随即左手执扇，右手拿起醒木，在空中稍稍一顿，继而往书案上一拍，开口念道："凤凰落毛不如鸡，君子失势把头低，人穷沿街去要饭，虎落平阳——"说到此话音一顿，"啪"的一声再拍醒木，拖着长腔接道："——遭犬欺！"江湖上管说书的叫"团柴的"，又叫"使短家伙的"，短家伙指的就是这块醒木，一寸长半寸宽，顶上四周抹边，数齐了共计十面，刨去压在桌上的那一面，还有九个面，故此也叫"九方"，出徒之时由师父送这么一块，上边刻着自己的艺名。东西不大，却是说书先生的胆，缺了它在台上张不开嘴，可也得会使，摔的得是地方，摔轻了不行，摔重了也不行，心里没底的绝对摔不好。扇子也有讲究，说书的跟说相声的不一样，相声里的扇子常常用来"打哏"，演不了三五场就打烂了，所以从不用好的。说书的扇子是做比成样的，用得也爱惜，通常选用"湘妃""梅鹿""蝴蝶斑"之类的上等料做扇骨，用得久了包浆挂瓷，看着油亮油亮的，也是个彰显身份的物件。但有一点跟说相声的一样，都得用白纸面，不像戏台上的扇子，洒金涂墨正面写反面画，那样拿起来一扇把听书的眼神都带走了，一分心就听不下去书了。这位先生登台压点，手里的家伙使得恰到好处，而且声洪语亮，吐字清晰，一段定场诗说得不疾不徐、顿挫分明，劲头恰到好处，立刻抓住了听众的耳朵。台下书座儿叫了几声好，旋即鸦雀无声，等着先生开书。

江湖艺人讲的是"上京下卫"，京指北京城，卫指天津卫。说书先生也是如此，出了徒先给师父垫场，能够独当一面了再出去"开穴"，跑遍了外埠码头，自认为本事到家了，才敢来九河下梢登台献艺。能够在书场子说书，而且叫得响、站得住脚的，肯定有"把杆的活儿"。

台上这位先生，大名廖春庭，人送绰号"活叔宝"，最擅长说"黄脸儿"，也就是《隋唐》，又叫《响马传》。他来天津卫说书整整一年，本领当真不俗，暴如虎啸山林，温如凤鸣枝头，不仅留得住座儿，也叫响了万儿，各家书场子争相邀约，他走到哪儿，书迷们跟到哪儿。刚来乐友书场不久，正说到"秦琼卖马"："话说山东济南府历城县马快班头秦琼秦叔宝，头年八月十六，到山西潞州天堂县送一份公事。怎奈蔡太爷不在家，叔宝回到下处，等了二十多天，盘缠花没了，付不起店钱，迫不得已，典押了随身的兵器熟铜双锏，又去卖黄骠战马。经一砍柴老者引荐，说天堂县城南八里有个二贤庄，庄主单雄信，排行第二，人称单二员外，生得面如蓝靛，发似朱砂，使一杆金钉枣阳槊，有万夫不当之勇，乃大隋九省绿林总瓢把子，专做没本钱的营生，常买好马送与朋友……"说书说的是人情世故，这段"秦琼卖马"，说的正是秦琼走背字儿的时候。秦二爷那是什么人物？马踏黄河两岸，铜打三州六府，孝母赛专诸，交友似孟尝，天下兵马大元帅，大隋朝十三人杰，这么大的英雄好汉，只因付不出店饭账，一文钱难倒英雄汉，落得当铜卖马，都快愁死了！书说至此，廖春庭来了几句"外插花"，讲古比今，说起自己当初到奉天府跑码头，天冷得了风寒，病了一个多月。吃张口饭的人当天挣当天花，手里存不住钱，一旦上不了买卖，甭说瞧病抓药了，温饱都是问题，全靠同行同业的"老合"们帮衬着熬过这一关，若非如此，准得落个抛尸在外、客死他乡的下场。底下一众书座儿嗟叹连连，一是听评书掉泪——替古人担忧；二是想到了自己，谁没遇上过马高镫短、为难走窄的时候？

廖春庭说书的确有独到之处，关子巧、噱头多、情节紧密，头绪纷繁，他却井然不乱，手眼身步神，一配一搭，说得灵动、表得利落，再加上穿插点缀随手抓哏，书座儿们听得着迷，瓜子顾不上嗑了，茶水顾不上喝了，连开书场子的都忘了沏茶倒水。姜小沫听得更仔细，他憋着从里头择毛儿啊！怎奈人家这段书，语句齐整、说表细腻、条理详明、丝丝入扣，拿内行话讲，这叫"关门落锁，滴水不漏"！他一寸寸量着听，愣是挑不出错来。

2

一场书说到紧要关节，照例停下来托杵——找书座儿敛钱，也让先生喝口水、喘口气。此时的书场子座无虚席，说书的桌子前边都蹲了十几位，两墙底下也站满了，围在外面的人比棚子里的还多，争着往里面挤，里面的人想走也出不去。开书场子的来到桌前，拿起一个大海碗，不许托着碗、手心朝上——那成要饭的了，用三根手指掐住碗边，在书座儿间来回走动，嘴里道着"辛苦"、承着"破费"。书座儿可以不给钱，不过碗伸到眼前，你一个大子儿不掏，脸面上确实不好看。有几位天天来捧场的老书座儿，特意多掏几个，朝碗里一撂，叮当作响，开书场子的脸上堆笑，道一声谢，故意喊出来——"孟三爷，二十枚！""汪七爷，三十枚！"那两位脸上有光，说书先生也有面子。托完了杵，再把大碗里的钱倒入桌上的笸箩，得让说书先生看在眼里，心知肚明，免得疑心开书场子的背后昧钱。另外还有一层意思——笸箩里有多少钱，是书座儿对你这场书的评价：收的多，接下来要格外卖力气；收的少，下半场入点儿神，该使活的地方使上活，别让人喝倒彩，砸了饭碗。也有那脾气大的先生，见笸箩里连个底儿都没满，赌着气再往下说，免不了稀汤寡水，甚至拐弯抹角甩上几句闲话，前提是你得真有能耐，让听书的自觉理亏下次多给。没能耐的可不敢这么干，看钱少兜着圈子骂人，听书的能把书案子给你掀了。评书界的行规是茶水瓜子儿的进项全归书场子，说书打下来的钱三七劈份儿，挣十个大子儿，说书先生要七个，开书场子的分三个，散完场双方当面拆账。当然这也得看说书先生的能耐高低，能耐不行的四六、五五、倒三七……怎么分账的都有。

"活叔宝"廖春庭朝笸箩里瞟了一眼，瞅见铜钱冒尖儿了，脸上不动声色，心里头挺高兴，拿起醒木轻轻一拍，说起了下半场书。直讲到"赤发灵官单雄信和秦琼因买马卖马相识，两人一见如故，结为八拜之交。秦琼在二贤庄过罢了残年，又过灯节，这才辞别雄信，要回转山东。雄信不舍，摆酒饯行——"说书先生顿了一下，自觉这一段书过于平缓，拿眼睛扫了扫在场的书座儿，使了一段贯口活："列位，单二员外身为九省绿林总瓢把子，他摆酒设宴送别秦琼，那排场小得了吗？咱不说别的，单这桌子菜也了不得。什么叫南北大菜，怎么是满汉全席，对不住您了，那个年头没有这些，有什么呢？一道菜，鹌鹑腿，盘里鹌鹑三十三；二道菜，炒鸡舌，只用芦花鸡的舌头尖；三道菜，飞凤髓，锦鸡骨髓细如脂；四道菜，盐煎肉，上等的羔羊油滋滋；五道菜，烧鱼须，鲶鱼胡子滑里鲜；六道菜，扒驼掌，皇家八珍入民间；七道菜，烩豌豆，恰似碧珠落玉盘；八道菜，豆芽菜，这一盘豆芽不简单，根根都是四味全，一半甜、一半咸、一半辣、一半酸……"这段活儿讲究什么？不在于词儿熟不熟、说得快不快，讲究的是抑扬顿挫、有张有弛，听的是个气口，比如一口气说了四道菜，说不完不能换气，气力不够怎么办？得会"偷气"，让听书的听不出来换气，这才见功夫。廖春庭这一段贯口使下来，气口全在点儿上，字字入耳，快而不乱，真可谓平地起波澜，台下书座儿掌声雷动，叫好喝彩的此起彼伏。

廖春庭"要下尖儿"了，觉得自己没白费力气，嘴角露出一丝笑意，接着往下讲："秦琼酒足饭饱，已是午时，辞别雄信，上马回转山东。他胯下这匹黄骠马，先前跟着秦琼可没少遭罪，食水不到、草料不足，瘦得跟马灯似的，这阵子在二贤庄被伺候得膘肥体壮，一口气跑出七八十里路。行至日落西山，到得一处镇甸，名为皂角林。叔宝住进吴家老店，店小二牵马取褥套，引着秦琼进了上房屋，安顿已毕，出来告诉店主吴广，说秦琼马上的鞍镫黄澄澄，好似金子，褥套挺沉，估摸带了不少值钱的东西，又有两根熟铜铜，近日镇上屡屡失盗，此人莫非是响马贼寇？店主吴广疑心，亲自来到上房屋，从门缝往里观瞧，恰好叔宝收拾铺盖，用手一提褥套，掉出几块砖，灯光下照得雪亮，都是银砖！吴广大惊，连忙退回来，骑上毛驴去天堂县县衙门报官。一个时辰不到，带回来二三十个捕快……"说到此处，天色将晚，廖先生甩了个扣子："列位明公，这一众捕快各持单刀、铁尺、锁链，气势汹汹来到吴家老店，这才引出皂角林误伤人命，秦叔宝大闹北平擂，后花园传枪递锏，几番热闹回目。欲知后事如何，且留下回分解！"

评书听的是扣儿，说书的要想多挣钱，书里的扣儿得引出"大枪子"来，秦叔宝误伤人命，充军发配到北平府，与表弟罗成相认，全是比较热闹的回目，廖春庭把扣子拴在此处，吊足了书座儿的胃口。许多人余兴未尽，喊着："廖先生，再来一段！"廖春庭站起身，抱拳拱手："老几位老几位，时候不早了，您也该回家吃饭去了，咱明天见吧！"书座儿们方才依依不舍地散去。开书场子的忙着扫地、摆板凳。廖春庭正要收拾桌上的东西，姜小沫抢步上前，把自带的空碗往桌上一放，冲着廖春庭一抱拳："先生留步，在下有一事不明，得跟您请教请教。"

按照江湖上的规矩，说书先生编得不圆，叫人抓了话把子，同行或听书的可以出来端大碗，不论说书先生这一场书挣了多少钱，都得任由对方拿走，额外还得再给一份酬谢。可有一节，来人必须把缘由说清楚，得让说书先生心服口服，他的钱才能归你，说不上来则是赔钱挨打任由发落。

廖春庭久走江湖，这套《响马传》千锤百炼、精雕细琢，说得滚瓜烂熟，掐段落、按驳口、系扣子，无不严丝合缝。见得有人捣乱，他一不慌二不忙，双手一拱，泰然自若地问道："有何赐教？"姜小沫还个礼："您刚才说了，二贤庄在天堂县城南八里，没错吧？"廖春庭点头道："没错。"姜小沫又问："秦叔宝吃饱喝足，骑着黄骠宝马，从二贤庄出来快马加鞭，跑了七八十里路，傍晚时分来到皂角林，对吗？"廖春庭哼了一声："那又如何？"姜小沫再问："店主吴广骑毛驴去天堂县报官，一个时辰不到引来了捕快，也是您说的？"廖春庭有点儿不耐烦了："是我说的！你到底想问什么？"姜小沫撇嘴一笑："二贤庄在天堂县城南八里，到皂角林却有七八十里，那么从皂角林到天堂县，往少了说，得有七十里地，往多了说，那该是九十余里，骑着驴一来一往，为什么只用一个时辰？先生您教教我吧！"廖春庭登时一愣，支吾道："这个……"他毕竟久走江湖，吃的又是这碗饭，所谓"里趴外不趴"，说错了也能拿话往回找补，稍一打愣，便有了说词："那是理所当然啊！您想想，秦琼是外来的，从山东到山西，人生地不熟，老话说问路不行礼，多走三十里，这可不新鲜。他走的是官道，又没问路，所以绕远了。开客栈的是本地人，可以走小路抄近道。咱说书讲究有详有略，不能连这么个细枝末节也给您交代到了，犄角旮旯得留给您自己琢磨，越琢磨越有味儿……"姜小沫一点头："行，响水不开，开水不响，倒是我鸡蛋里挑骨头了，这一篇咱翻过去不提了，我还想再跟您讨教讨教。"

这二位站在台口你有来言我有去语，傻哥哥跟廖春庭那个小徒弟在边上，看看这个瞅瞅那个，听得似懂非懂。书场掌柜的、小伙计觉得苗头不对，也凑了上来。廖春庭暗觉不妙："看此人岁数不大，择毛儿倒挺准，我自己说了这么多年都没留意过，万幸是搪塞过去了。不知他还有什么幺蛾子，可是说什么也不能让他得逞。不在钱多钱少，丢不起这个面子！"他心里头直打鼓，脸上却故作镇定："你还要问什么？"姜小沫嬉皮笑脸地说："您刚才那段贯口使得不赖，够见功夫的。只不过我有一点听不明白，一寸来长的豆芽菜，根根都是四个味儿，一半酸、一半辣、一半咸、一半甜，按我所想，两个一半是一个，它怎么出来的四个一半呢？这个犄角旮旯我实在琢磨不透，还望您给我点拨点拨！"廖春庭略一沉吟，依旧对答如流："这也没毛病，八里二贤庄的厨子厉害啊，那一盘豆芽菜不一般，你吃到嘴里，那是酸中带辣，再咂摸咂摸嘴，又有一番甜中带咸的回味，真可以说是根根入味儿，它是这么个四个一半。要不然呢？区区一盘炒豆芽菜，又不是龙肝凤胆，配得上招待秦二爷吗？如果说仅仅为了摆在酒席宴上凑数，单二员外岂不是太小气了？可不瞒你说，那一大桌子菜，最厉害的就是这盘豆芽菜！"一番话说完，廖春庭面露得意之色，对自己随机应变这两下子颇为满意。

姜小沫一呲牙花子，心说："廖春庭啊廖春庭，真有你个老小子的，也太能对付了！只不过你哄得了别人，可哄不了我姜小沫！"当下又一点头，说道："得了，我信您说的，可还有一处我没听明白！"事到如今廖春庭也豁出去了，赌着气说道："你随便问，还有哪一节听不明白？"姜小沫嘿嘿一笑："豆芽菜前头还有一道菜，叫什么……烩豌豆？"廖春庭嘴角子微微一翘："没错，豌豆可不是四个味儿了！"姜小沫摆手道："您别着急啊，容我问完了，秦二爷在二贤庄住到过了灯节，应该还没出正月，是不是？"廖春庭点了点头："是又如何？"姜小沫嬉皮笑脸地说："那行了，众所皆知，豌豆初夏开花，盛夏结豆，正月里天寒地冻，从哪儿来的豌豆呢？"

廖春庭心中暗骂："我他妈上辈子踹了多少绝户坟？怎么碰上这么一个佞丧种啊！"脑门子当时就见了虚汗，嘴上却不肯认栽："那也没错啊！人家府上备着晒干的豌豆，用时再拿水发了，那还不行吗？"姜小沫心中窃喜："放着活路你不走，自己就往死道上钻吧，小爷我单等你这句呢！"当下又一抱拳道："先生圣明，可这晒干的豌豆，再怎么泡水它也是黄的，那么敢问您那句'恰似碧珠落玉盘'是怎么来的呢？黄豌豆能叫'碧珠'吗？您要说那是金豆子，我也就不问了。"廖春庭这一次是真没话说了，两只眼瞪得溜圆，吭哧瘪肚了老半天："这个……那个……他他……他老先生都是这么教的……"姜小沫得理不饶人："廖先生，咱甭提这个那个的，评书评书，说的是书，评的是理，说书的怎么能不讲理呢？传艺的老先生教错了，您也跟着错？您还有理了？您掺汤兑水滚大梁不要紧，前翻后赶扒门槛也不要紧，那顶多是能耐不够把书说塌了，却不能胡说八道，哄弄天津卫的老少爷们儿！"傻哥哥也听出门道儿了，指着廖春庭哈哈傻笑：

"哄弄人！哄弄人！"

廖春庭脸憋得跟紫茄子皮一样，恨不能找个地缝儿钻进去。这段书他说了半辈子，没想到栽在一盘子豌豆上了，要不怎么说在天津卫吃张口饭不容易呢？当场双手抱拳，给姜小沫作了个揖："您给我长能耐了。咱按规矩办，今天挣的钱全归您，我再额外给您拿上一吊。瓜子儿不饱是人心，多多少少就这些了。您收着！"说完吩咐小徒弟去后台拿钱。小徒弟是真舍不得，这得换多少肉包子吃呀！攥在手里舍不得撒开。姜小沫也不跟他客气，伸手抓过来往身上一背，又卷了书案上的钱，带着傻哥哥扬长而去。

那么说廖春庭恨他吗？不恨，为什么呢？说到底姜小沫还是给他留了面子，等听书的走光了才过来择毛儿，如若当着众人的面给他问住了，赔钱事小，今后还怎么在九河下梢说书卖艺？何况古人说"一字为师"，自己看不出自己的毛病在哪儿，别人戳破这层窗户纸，是给你指点迷津，督促着让你长能耐，你不该感谢人家吗？这就是明白人！

打从这儿起，姜小沫跟傻哥哥有活儿干了，在天津卫城里城外东游西逛，专去各个书场子，挑说书先生的漏子，端大碗敲竹杠。并非他本事大，而是说书的传艺，无论《三国》《列国》《东西汉》，还是《盗马金枪》《明英烈》《包公案》，向来没有完整的台本，师父教徒弟也不可能一口口地喂。先给师父当跟包，捧着大褂儿、托着茶壶，走到哪儿伺候到哪儿。师父台上说，自己在台侧听，能记多少记多少，火候差不多了，师父会给他传几套赞儿，念叨一个书梁子，讲讲怎么拴扣儿，其余的全靠徒弟台上台下自己揣摩。哪怕是同一套书、同一段场景，换了不同的先生，说的都不一样。比如隋唐中的二贤庄，有的先生说在城南八里，有的先生说在城西十五里，甚至人名绰号都有分别，各人有各人的路数，只要能够自圆其说，怎么讲都不算错，即兴发挥的外插花更多，只有这样才留得住座儿，否则再出彩的一套书，听一遍听两遍，也没人再听第三遍了。正因为词儿不固定，一多半内容是临场发挥，话赶话随口一说，很容易让人逮住漏子。姜小沫脑瓜子活泛，打小被他爹娘还有那些来家里串门的叔叔大爷熏出来了，一脚门里一脚门外，相当于半个内行。你让他上台说书唱曲，兴许还欠点儿火候儿，"逮个漏、择个毛"可是易如反掌，这叫"贼吃贼，吃得肥；相吃相，吃得胖"。

书场子里龙蛇混杂，欺行霸市的从来不少，动不动打混架，掀桌子飞板凳，吓得书座儿四散奔逃。但是白道上有官府管辖，黑道上有帮派势力约束，纵有一些冲突，也不至于闹得太过。姜小沫和傻哥哥却不一样，仗着江湖规矩，讹钱讹得名正言顺，谁都拿他们没辙。不到两个月，各个书场子里的说书先生全成了惊弓之鸟，一看见姜小沫在台下，心里头就打鼓，越嘀咕越出错，费了半天唾沫，钱都给别人挣了。也有的书场子不服，找来几个地痞收拾姜小沫。姜小沫打小就是个坏杂柴儿，难死老木匠都旋不出来这么个玩意儿，闯荡江湖十年，油盐不进、软硬不吃；傻哥哥虽然腿残了，动上手可也不含糊，拐杖抡起来当棒子使。讲打讲闹，他们俩一个顶八个，又都混过锅伙，寻常的地痞无赖，哪里是他们的对手？这二位一奸一傻、一文一武，靠着这身"能耐"，游走于各大书场子之间，多了能讹上一吊两吊，少了也得有个百八十文，到月头儿一算，比三位说书先生加起来挣得还多，成天的胡吃海喝、招摇过市，又自在又舒坦，给个县太爷都不换！

清明前后，天气渐暖，姜小沫和傻哥哥又进了一家书场子。台上先生说的是《明英烈》，行内叫"明册子"，又叫"使大枪杆儿"，正说到热闹回目——怀远安宁黑太岁常遇春，马踏贡院墙，大闹武科场。这位先生五十来岁，瘦小干枯，二目炯炯，留着两撇黑胡，喉咙沙哑，定场诗念得字正腔圆，开了书却是一嘴的天津话。说评书的行走江湖，什么地方的书场子能挣钱去什么地方，响了万儿便多留一段时日，若是开闸走水不上座儿，那就得辞了买卖另觅他处。不过也有守家在地的，从小在茶楼、书场子里泡大，觉得听书不过瘾了，索性自己下海，兴许没得过正经传授，功底稍逊一筹，但对当地书座儿的喜好一清二楚，平常怎么说话，上了台怎么说书，穿插着讲上几段街头巷尾的传闻实事，笑论风云、坐谈今古，老百姓听着亲切，愿意给这样的先生掏钱捧场，因此这些先生不必背井离乡也可以挣钱糊口。《明英烈》是一部袍带书，多半是跨马抡刀、摆阵攻城的故事。正讲到常遇春单手力托千斤闸，另一只手挥动虎头錾金枪拨打雕翎，说书先生有心站起来比画几手刀枪架儿，知道准能赢下"疙瘩杵"，听书的会格外多打钱。他本来坐在椅子上，往起这么一站，刚往前一探身，正瞧见坐在后排的姜小沫和傻哥哥。眼下在天津卫书场子里说书的先生，可没有不认识这二位的。这位先生一下子就"顶瓜"了，心里暗道一声"不妙"，刀枪架儿没使全，还险些闪了老腰。故作镇定坐下来，喘了口大气，拿手帕擦了擦汗。再一开口，那真是"卖煎饼馃子的翻车——全乱套了"！一段"力托千斤闸"翻来覆去说了三四遍，在评书行里这叫"倒粪"，前言搭不上后语，车轱辘话没完没了。其实他自己也想说下文书，但是拿眼角余光往台下一扫，就感觉姜小沫冲着他一脸坏笑，心知今天算是白忙活了，挣的几个钱怕还不够打发这二位祖宗的，一时心乱如麻，口中拌蒜，能不忘词儿吗？甭说姜小沫，在场的书座儿有一个算一个，全都不乐意了，有的起哄叫倒好儿，也有转身走人的。听到散场，姜小沫上去端大碗，那还用费劲吗？张嘴施牙，三言两语给说书先生问得哑口无言。无可奈何之下，说书的扭头招呼了一声："丁爷，您快出来给评评理吧！"

话音未落，但见布帘子一挑，打后台出来一位，晃着膀子满嘴酒气，边走边嚷嚷："端大碗你也不看看地方，哪怕你是个钻天猴儿，丁爷不给你点火，你也上不了天！"姜小沫循声一望，来人长得五大三粗，这天也不算热，却敞着小褂衣襟，露出刺在胸前没涂黑脸儿的钟馗，不是旁人，竟是他爹姜十五的把兄弟——专管闲事的丁大头！两人一别十年，姜小沫长大了，但眉眼、脸盘没怎么变，那个不服不忿的劲头子跟小时候一样。丁大头也认得出他，当时酒醒了一半："这话儿怎么说的，咱爷儿俩差点儿打起来！大水冲了龙王庙——一家人不认一家人了，走走走，喝酒去！"故人相见，姜小沫也顾不上端大碗了，拽着傻哥哥，爷儿仨一同奔了小酒馆。

酒过三巡，菜过五味，爷儿俩各自把这十年的过往简略交代了一番。丁大头对姜小沫说："在书场子讲《明英烈》那位先生，跟我可是老相识了，跟你爹也有过交情，这阵子总有人在书场子捣乱，他也是迫于无奈，这才想起了你丁大叔，特地请我来看场子，一天二十个大子儿。钱多钱少搁一边，我这忙忙叨叨的，不乐意来啊！可架不住他软磨硬泡好话说尽，又都是街面儿上的朋友，我磨不开面子，过来替他盯两天，没想到碰上你了！我说小子，咱办事儿之前不得先摸摸良心吗？你爹你娘当年也是跑江湖的，走南闯北也没少挨欺负，我可不能让你端大碗欺负艺人，挣这个钱太缺德。何况你再这么折腾下去，说评书的都不敢来天津卫了，书场子全得关张，你让老的少的上什么地方解闷儿去？"姜小沫脸上一红："您说的理儿我全明白，可谁叫我任嘛儿不会，没有吃饭的能耐呢！端大碗的买卖来钱容易不是吗？"丁大头一拍桌子："我的老贤侄，可别怪我挑你的理儿，我跟你爹一个头磕在地上，我看着你长大的，你就跟我亲儿子一样，你在天津卫吃不上饭了，怎么不找我呢？说什么也不能再去端大碗了，你住我家去，今后跟着我混！"又对傻哥哥说道："你是小沫的兄弟，就是我丁大头的侄儿，我管你们哥儿俩吃喝！"姜小沫不想驳丁大头的面子，他也不能驳，想当初他们家遭逢危难，三亲四故全断了道儿，多亏有丁大头帮衬着，他爹娘才不致扔在乱死坑喂了野狗，姜小沫再混也分得清谁远谁近，于是带着傻哥哥，跟丁大头回了家。

丁大头这辈子一事无成，文不能测字、武不会卖拳，任什么手艺没有，还舍不得出力气，只会到处胡混，家里头盆朝天碗朝地，窝头眼大饽饽小，干饭稀稀饭少，自己尚且过得饥一顿饱一顿的，拿什么养着姜小沫和傻哥哥？他倒有个计较，这阵子他正跟着一个棚头儿混事由，干什么呢？旧时每年入夏之前，有钱的大户人家就在院子里搭天棚遮光乘凉，这个活儿得找架子把式来干。丁大头岁数大，身子胖，登梯爬高上去得把竹竿压折了，顶多给人打打下手，不过他能吹，给棚头儿白话得晕头转向，对他言听计从。转天晌午，丁大头引着姜小沫和傻哥哥来搭天棚。棚头儿一看，姜小沫利利索索、有模有样，可是傻哥哥长得驴球马蛋的，不仅腿脚不灵便，脑子也不好使，他能干得了什么？丁大头紧着找补："傻有傻的好处，实心眼儿，认死理儿，咱让他在底下给看着这些竹竿儿、芦席、家伙什儿，您不放话，谁也别想拿走，咱丢不了东西啊！何况他还不拿工钱，豆腐坊的盐面儿——

白饶的!"自此之后,他们爷儿仨白天跟着工头儿搭天棚,晚上去丁大头家睡觉。当时刚过端午,正是最忙的时候,深宅大院墙高丈八,真有艺高胆大的架子把式,上房不用梯子,两手抠着墙角,双脚往下蹬,"噌噌"几下直蹿墙头,还可以走单梁,往返于屋脊墙头之上如履平地。姜小沫身手便捷,不出三天即可独当一面了。入伏之前,该干的活儿都干得差不多了,棚头儿也养不起那么多白吃白喝的闲人,只得先散伙,等到秋凉拆棚的时候再招呼他们。

爷儿仨挣的钱有数,加之胡吃海喝惯了,不懂怎么省着过,挣一个敢花俩,一旦没活儿可干,自然又是三天两头地揭不开锅。姜小沫暗自合计,无论端大碗还是搭天棚,都不是长久之计,活人不能让尿憋死。他脑子里有转轴儿,思来想去又转上一个念头,陈家沟子鱼市上没了锅伙,买卖可不见少,守着偌大一个鱼市受穷挨饿,那不是放着河水不洗船吗?

姜小沫不瞒丁大头,直说了打算折腾一把,占了陈家沟子鱼市。丁大头把脑袋摇得跟拨浪鼓一样:"不行不行!哪有那么便宜的买卖?你不想想,四合、秉合两个鱼锅伙散架了,为什么没人去抢呢?因为各大锅伙全盯着呢!是人不是人的,都在打陈家沟子鱼市的主意。你光棍一条,没半点儿势力,怎么吃得下这么一大块肥肉?"姜小沫问丁大头:"那就没辙了吗?"丁大头也是半个混混儿,低着头想了想,对姜小沫说:"上山问樵、下水问渔,想在天津卫戳个儿,没人托着可不成。我给你引荐一位,天津卫四十八家水会总把头——姓顾名赞,字子谦,大排行第三,人称顾三爷,那可是青龙帮的元老!我在他老人家手底下当过救火的武善,没少卖力气。如果顾三爷能给你当后戳,谁还敢小觑了你?"

3

正所谓"人的名、树的影"，河东水西关上关下，哪有人没听说过顾三爷的名号？他在家跺一跺脚，四面城都跟着打战，咳嗽这么一声，鼓楼都往下掉瓦片子，那绝对是天津卫有头有脸的大人物！别看水会是民间自办的救火会，可就连县太爷也得给顾三爷面子。因为水会属于"玩儿会"，由民间自发组织，官府不拨饷钱，其中有一多半是耍耍巴巴的混星子，平日里各混各的事由，一旦有了火情，立刻聚拢了灭火。而天津卫人烟稠密，城里城外的商户民宅、寺庙道观、盐坨码头，无论什么地方起了大火，都要指望水会，纵然是火烧眉毛急上房，也得等顾三爷发话，水会的武善们才肯出手相助，这叫"家有千口，主事一人"。到了着火的地方，首先打场子，有一个人敲着铜锣来回跑，划出一个圈子，围观者不得近前。如若火势太大，还得扒火道，拆除邻近的房舍，以防火势蔓延，同时开始救火、搬运财物。扑灭了火头，失火的主家必然要给水会拿一份"点心钱"。当然这个钱不是真让你买点心吃，说白了那是一份心意，一来犒劳救火的弟兄们，二来救火用的水车子、水激子、水筲、挠钩之类的器械，损毁了也得修补，或者添置新的，总不能让人家水会自己往里搭钱。这个点心钱谁家也不敢少给，否则下次再着火，你可别怪水会袖手旁观。顾三爷不仅是天津卫四十八家水会的会首，领过朝廷的"五品功牌"，顶戴荣身，上堂不跪，县太爷也得给足了他老人家面子，并且还是个袍带混混儿，在青龙帮收下八大弟子，全是天津卫响当当的人物字号，徒子徒孙更是不计其数。四门两角、运河两岸混事由的，哪个锅伙和哪个脚行有了过节儿，互不相让僵住了，都得请他这样德高望重的袍带混混儿出来说和。

姜小沫没敢抱多大指望，顾三爷是什么人物？自己一个没开过逛的小混星子，要名没名、要号没号，怎么入得了顾三爷的法眼？想不到顾三爷还真买了丁大头一个面子，让他带姜小沫到家中说话。

老天津卫讲礼讲面儿，甭管有钱没钱，上人家串门子不能空着手去。爷儿俩在路上买了几斤贴着红纸签的小八件当见面礼。来到城隍庙街往北一拐，老远就看见一处院落，门楼子上高悬金字大匾，刻着四个大字"守望相助"，这是水会的规矩，消灾弭难，义不容辞，侧面挂一块木牌，写着"卫安水会"。总会头的住处在水会对过儿，坐西朝东一个小院，正门不大，两个石头礅子磨得光润如玉，托起雕饰花纹的木门。院子门敞着，顾三爷穿一身暗青色夏布小褂，脚蹬靸鞋，手拿一杆烟袋锅子，正站在院当中看景儿。丁大头一改以往的大大咧咧，不敢贸然迈步进去，立在门口毕恭毕敬叫了一声"三爷"。

顾三爷抬头往门口一看，笑么滋地招呼二人进来。姜小沫环视左右，小院儿收拾得挺别致，花盆、鱼缸、爬山虎一样不少，靠墙还有一架葡萄。他又偷撩眼皮瞅了一眼顾三爷，这个老爷子身形干瘦，额头上皱纹密布，下颏几缕焦黄的山羊胡子，一双眼皂白分明、炯炯有神。顾三爷从丁大头口中得知，姜小沫父母双亡，在秉合鱼锅伙入的伙，两大锅伙争斗之际，三刀捅死了阚二德子，又在外闯荡过几年，无牵无挂的一条光棍，正是天不怕地不怕的岁数，老虎屁股都敢摸几下。顾三爷在街面上混了一辈子，什么人没见过，什么事儿没经过？

当时就想好了，由于四合、秉合两个锅伙土崩瓦解，打破了之前的格局，各方势力蠢蠢欲动，都有心独霸陈家沟子，可是投鼠忌器，谁也没有十足的把握出头。顾三爷手下的不少弟兄在陈家沟子鱼锅伙混过，深知这是一块肥肉，所以他也盯着这个地盘。不过他一把年纪，再为了争地盘抛头露脸，不免有失身份，寻思着不如让姜小沫在明处折腾，他在暗处踢脚，先下手为强，一举拿下陈家沟子！等到生米煮成熟饭，城里的四大锅伙再想插一杠子也来不及了。

顾三爷老谋深算，不知姜小沫到底是不是这块料，这才邀至家中叙谈。宾主寒暄已毕，顾三爷将二人引到葡萄架下边的石桌跟前，自己坐在迎面的藤椅上，让丁大头和姜小沫一人搬了一张机凳坐定。老爷子身份显赫，说话却没有半点儿架子："大头啊，你们爷儿俩还没吃吧？正好，我这儿也是家常便饭，咱简单吃一口。"说着话有人端上来一大一小两个炭炉，大的这个二尺多长、一尺多宽，炉子里烧的是透红透红的梨木炭，带着股淡淡的香气，两边插有铁撑子，上架一条鲜羊腿；另一个小炭炉是圆的，里边也蓄满了炭，上边坐着个锃明瓦亮的铜壶，抓上一把茶叶，灌满了清水慢慢煮着。顾三爷伸手指了指羊腿："这是我一个小徒孙，专门去马四把儿羊肉铺子买来的，他们家只卖宁夏的羊，一早才杀的。"说完拿小刀从羊腿上旋下一块肉，捏到姜小沫跟前，眯缝着眼说："小子，你瞧瞧鲜亮不鲜亮？"姜小沫可不傻，心知这是顾三爷试探自己，立刻接过那块滴着血的羊肉，放到嘴里就嚼，三口两口咽了下去，抬手一抹嘴头子，抱拳道："谢三爷赏肉！"顾三爷笑了："你看这孩子，肉不得烤熟了吃吗？"丁大头也看出来了，赔着笑脸说："三爷，您别笑话，这个孩子打小嘴就急。"顾三爷摆了摆手，拿过烟袋锅子，装满了烟叶，又对姜小沫说："你别急啊，等我先抽口烟，抽完了烟咱再烤肉。"姜小沫愣了一下，随即明白了顾三爷的意思，伸手从炭炉里抓出一块通红的火炭，手指皮肉"嗤嗤"冒烟，他却恍如不觉，捏着火炭给顾三爷点烟。顾三爷不动声色，拿着烟袋嘬一口吹一口，不紧不慢的，等烟叶子都烧匀了，才伸出二指轻轻点了点姜小沫的手背。姜小沫如若把炭块扔回去，那也算丢人，只见他面不改色，刚才怎么拿出来的，又怎么稳稳当当放回去。顾三爷如同没看见，"吧嗒吧嗒"抽着烟，有一句没一句地跟丁大头扯闲篇儿。等他过足了烟瘾，炭炉子上的羊腿也已烤得滋滋冒油了，香气飘满了整个院子。顾三爷磕净了烟灰，把烟袋锅子往桌上一撂，招呼二人开吃。吃烤羊腿用不着碗筷，各拿一把小刀，片下肉来在料碟儿里一抹，配上"义聚永烧锅"的五加皮药酒，再没这么得味的吃喝了。羊肉这东西倒饱，顾三爷毕竟上了年岁，不敢多吃，看着丁大头和姜小沫大口吃肉、大碗喝酒。待到一条羊腿吃得差不多了，他忽然说："人上了岁数，这脑子就是不灵，光准备酒肉了，也没说弄几个凉菜，羊肉再好吃多了也腻，咱只能喝茶解腻了。"说罢抬眼看了看小炭炉上的铜壶，壶中的茶水早已煮沸了，热气冲得壶盖"啪嗒啪嗒"直跳。姜小沫闻听顾三爷所言，扭着头瞅了瞅，但见炉子上的铜壶跟酒坛子大小相仿，嘴长肚圆，壶盖两边各有一个小铜环，却不见提壶的铜梁，没有能下手的地方。他心知肚明，倘若让顾三爷抻练短了，哪还轮得到他去陈家沟子鱼市开逛？当下把心一横："三爷，小沫给您斟茶。"话到手到，双掌直奔铜壶而去，只听得"滋啦"一声响，掌心立时冒上烟儿了。姜小沫暗咬牙关，捧着壶给顾三爷倒水，茶满七分，仍将铜壶端端正正摆到炭炉上，再瞅铜壶两侧，均粘着一层焦煳的皮肉，旁边的丁大头看得直咧嘴。顾三爷冲姜小沫一挑大拇指，端过茶杯吹了吹热气，作势喝了一口。姜小沫见时机已到，当场深施一礼："三爷，小的我有心拿下陈家沟子鱼市，重挑秉合鱼锅伙的旗号，还望您老成全！"

顾三爷从椅子上站起身，背着手在小院里转了三圈，然后对姜小沫点了点头："只要你有这把骨头，天津卫不差你一口饭吃！陈家沟子那块地盘，迟早得有人出头，你放心折腾去，天塌了，我给你托着！"这可是青龙帮的袍带混混儿，一口唾沫比一根铁钉还硬，有他这句话顶着，姜小沫如同吃下一粒定心丸，赶忙跪倒在地："三爷在上，受小沫一拜！"顾三爷哈哈大笑，伸手扶住，又问了一句："你想把秉合鱼锅伙立起个儿来，那就得收拾大寨、召集弟兄，这个年头离开钱寸步难行，你手里有银子吗？"姜小沫窘迫地摇了摇头，他这阵子混得，兜里比脸还干净。顾三爷从屋里取出二百两银子递给他："拿着用去！干饭茄子泥——嘛话也甭提！"姜小沫稍一犹豫，随即打定主意，既然求到顾三爷门上了，索性人情欠到底，接过银子再次下拜："往后顾三爷有用得着我的地方，小沫我肝脑涂地，万死不辞！"

姜小沫吃下这个定心丸，拜别顾三爷，回去重整秉合鱼锅伙大寨。当年那个院子早荒废了，他雇来几个帮闲的，从里到外归置了一遍，修补土炕、门窗，垒设炉灶，架上一口大锅，又召集了几十号混混儿，大多是以前在秉合鱼锅伙混饭吃的弟兄，仍挑着当年的字号，告诉众人他要在鱼市上卖一把，不用你们盯事儿，在一旁站脚助威捧个人场即可，把持了陈家沟子鱼市，咱兄弟吃香的喝辣的。傻哥哥急不可待，歪着脖子瞪着眼对姜小沫说："有有有……个屁股不愁挨打，你瞧我的，这把死签儿我我……我拿了！"姜小沫摆摆手："不劳烦哥哥，你们先看我的，明儿个咱去蹚蹚街面，给卖鱼的立立规矩，从今往后，陈家沟子鱼市得有咱一份儿！"众混混儿早想去陈家沟子争行夺市了，苦于没有真正豪横的人，谁也不敢挑这个头，而今有人乐意装大的充熟的，棍棒砖头、滚钉板、下油锅，白的进去红的出来，均由他姜小沫接着，他们只跟在后头"挑架"，煽阴风点邪火，那有什么不行的？何况还有顾三爷在后边托着，备不住真能成事，万一干不成，大不了一拍两散。一众混混儿立时来了脾气，撸胳膊挽袖子跃跃欲试。

想当混混儿必先开逛，打扮成混混儿的样子，摆出混混儿的架势，一条街从头逛到尾，再从尾逛到头。倒不是闲逛，要故意挑事、招灾惹祸，借机扬名立万儿。如果说走背字儿，好死不死撞上一个老混混儿，给这小王八蛋一通臭卷，横挑鼻子竖挑眼，喷出来的唾沫星子足够给他洗脸的，话茬子一旦跟不上，就得把花鞋扒下来，灰头土脸地回去，闷着头修炼个一年半载，接茬儿再逛一遍，什么时候得到了"前辈"的认可，什么时候才算正式出道，往后混混儿们彼此聊天的时候，皆以何年何月开的逛来排辈分高低，此乃天津卫混混儿的规矩。

姜小沫打十三四就混锅伙，对这套玩意儿熟门熟路。等到锅伙里安排得差不多了，他又揣着银子去了趟北大关估衣铺，给自己置办了一身行头：上身青布长褂，敞着怀，挽起袖口，里边是雪白的对襟小褂，底下一条黑布缅裆裤，系上大红的丝绦，小腿扎着蓝布腿带子，脚蹬一双红缎子面绣花鞋，鞋口上用红绒线绷着流苏，只有寿衣铺才卖这样的绣花鞋。混混儿百无禁忌，怎么惹眼怎么打扮，不在乎穿寿鞋，也为了让众人看看，有胆量出来踩街开逛，他就不在乎生死，阎王老子也拿他没辙！然后找了一家剃头铺，把前额的"月亮门"剃得锃光瓦亮，苍蝇落上去都得劈叉。又往发辫里续上几绺假发，编成又黑又粗的辫联子，一辫子眼儿中插一朵茉莉花，绕过脖子搭在胸前。额头上边贴一块太阳膏，右手里揉着一对铁胆，左手托空鸟笼子，俩肩膀一边高一边低，走路左摇右摆，一步一趔趄，见了人撇舌咧嘴、横眉立目，眼神儿里透着一股子凶狠。如此这般，从头上到脚下，连带着手里的零碎儿，一件不少的全置办齐了，这才要去陈家沟子平地抠饼、白手拿鱼！

第八章　姜小沫开逛 中

1

　　民谚有云"潮涨一尺、鱼满一舱"。渤海湾天不亮时涨潮，下海的渔民驾着小船，找准了鱼群的位置两两结对，共扯一张围网。船头有人敲打铜锣，高声吆喝着"一网打两船"，以此惊扰鱼群，赶入网内，随后两艘渔船并拢收网。海货得吃个鲜亮，鱼虾满舱的船只片刻也不耽搁，乘着海潮逆流而上，行至陈家沟子靠岸，卸下各种鱼虾，离着老远就能闻见刺鼻的鱼腥味儿。渤海湾的渔期从开春到小雪，以初夏前后的海货最多最肥，前来进货的鱼贩子推车挑担、提篮背筐，跟鱼铺掌柜的讨价还价，小伙计们有的称鱼、有的装车、有的抬筐，一个个忙得抬不起头，身上脸上沾满了鱼鳞也顾不上擦。姜小沫一早起来，热大饼卷着脆馃子吃得饱饱的，一大碗豆浆端起来一饮而尽，周身上下穿戴齐整，阴沉着一张脸，带着傻哥哥及一众混混儿，旁若无人地来到鱼市。打远一瞧车如流水、马若游龙，摩肩接踵、人头攒动，正是踩街开逛的良机。

众人在街口头一家海货店门前站住脚步，按规矩先礼后兵，姜小沫高叫一声："老掌柜，您老发财！"这个掌柜的得有五十多岁了，正低着头盘账，眼前突然冒出一伙脸上挂相的混混儿，自知惹不起，赶紧抱拳拱手："哎哟！这位爷，托您的福，还过得去，您有……有什么吩咐？"姜小沫眉毛一挑："您客气了，吩咐不敢当，混锅伙的穷弟兄饿肚子了，想在鱼市上谋口吃食。打从明儿个起，过秤收鱼的活儿我们包了，肯定给您个合适的价码。您家买卖不小，剔剔牙缝儿，给穷哥们儿留口吃食，您看行吗？"凡是在天津卫干鱼行的买卖，哪有没跟混混儿打过交道的？早已见怪不怪了。近几年陈家沟子清静了一阵子，不过大伙心知肚明，混混儿锅伙抄手拿佣那是迟早的事儿，官府都管不了，买卖人又讲究和气生财，没必要自找麻烦。鱼铺掌柜的马上点头哈腰地应承："那敢情好，我是求之不得啊！可容我多嘴问您老一句，您是单管我们一家，还是说别的鱼铺您也包了？"掌柜的久在鱼市混迹，也算见过些个风浪，几句话中暗藏挑衅之意——如若你把整个鱼市全包了，那是你真有本事，可要是单管我这一家，无异于恃强凌弱，够不上耍光棍的！姜小沫当然听得出来，梗着脖子说道："单指您一家鱼铺，可养不了整整一个锅伙的兄弟！"海货店掌柜的赔笑点头："明白了，明白了，我听您安排。"姜小沫点点头："您老橛儿亮，咱弟兄也不能白了您，今后再有不守规矩的找麻烦，您让他冲我来，我这百十来斤卖给他了！"掌柜的忙说："那是那是，以后全凭您和众位兄弟照顾了！敢问这位爷怎么称呼，是哪个锅伙的？"

姜小沫高扬着脸抱了抱拳："犬马尚分毛色，为人岂无名姓？在下秉合鱼锅伙头把儿——姜小沫！"掌柜的也一抱拳："得嘞姜爷，今后咱常来常往了！"姜小沫几句话谈妥一家海货店，其余的混混儿们脸上乐开了花，以为今天兵不血刃，就能平蹚陈家沟子。

姜小沫带着兄弟们挨家挨户地拜访，各个鱼铺海货店的掌柜唯唯诺诺，没有一个不应允的。因为由锅伙来开秤定价，会让整个鱼市的价码一样，同行之间用不着再钩心斗角恶意压价了。虽然说得白给锅伙拿一份钱，倒也落个省心，里外里吃不了多少亏，还免去了若干麻烦。

可也有不认头的。陈家沟子最大的一家鱼铺，门口竹竿子上挑着块木头牌，刻成一条鲤鱼模样，迤逦歪斜地写着"孙记海货"四个字。一溜三间门面，九个亲兄弟当老板，人称"孙家九虎"，一个比一个混蛋。他们家原本是潮白河边的渔民，三年前来陈家沟子开的鱼铺，仗着人多欺行霸市，谁家来跟他们理论，轻则掀摊子、踹鱼篓，重则大打出手，打得你头破血流。别的买卖家敢怒不敢言。刚才姜小沫带人挨家挨户接管鱼市，就有人等着看他们怎么过孙家九虎这一关，取西经迟早得过火焰山，这一场热闹小不了！

在一众混混儿的前呼后拥之下，姜小沫逛到孙家鱼铺门前，歪脖儿斜瞪眼，仍是那套说辞，嘴角冒白沫讲完了，等着他的却是九张狰狞的丑脸，一个个五官挪位、七窍冒火，太阳穴全凸出来了。

为首的老大孙双福站在门口，一只脚蹬在一条板凳上，裤管挽过膝盖，露出密密匝匝的腿毛，还有小腿肚子上疙疙瘩瘩的腱子肉，手里攥着一把一尺多长的杀鱼刀，刀尖朝下挂着鱼案子，恶狠狠地盯着姜小沫说："大河里冒泡儿——放你妈的王八屁！凭你这么一块缺德料，也敢在陈家沟子鱼市切锅拿秤？来来来，你先把我们哥儿几个撂躺下！"

姜小沫他们一早来到鱼市，从头到尾没听见半个"不"字，原本还有点儿心虚肝颤的几个小混星子，此时已然找不着北了。一听孙老大不含糊，明摆着要豁雷捣撇子，跟混混儿们拼个鱼死网破，没等姜小沫发话，身后一个不起眼儿的小混混儿抢步上前，一脚踹翻了鱼案子。孙老大手里的刀尖一打滑，险些扎自己腿上。老孙家那哥儿几个立马不干了，各自抄鱼刀、斧头、挠钩、秤砣，拉开架势要拼命。

眼看着"上山虎碰见下山虎、云中龙遇上雾中龙"，立时聚拢了不少围观的人。正所谓"鹬蚌相争，渔翁得利"，在看热闹的眼中，无论是锅伙混混儿，还是孙家九虎，没他妈一个好东西，人脑子打出狗脑子来才解气！

正在剑拔弩张的当口，带头挑事的姜小沫却拦住了一众混混儿，他冲孙家哥儿几个拱了拱手："老几位，今儿个的面子你不买，明儿个我还来，卖给你百十来斤肉，你可扛到底，咱明天见！"说完冲身后的混混儿们一挥手，扭头走了。孙家九虎以为把混混儿吓跑了，也没不依不饶，又接着忙活自家的生意去了。周围看热闹的纷纷摇头叹气："这叫什么事儿？怎么跑了呢？没劲没劲，就这两下子还想把持鱼市？"混混儿们在众人的奚落声中垂头丧气地往回走，傻哥哥梗着歪脖子问姜小沫："咱就这么完了？"姜小沫胸有成竹："大伙稳当住了，明天见分晓。"

那么说姜小沫真让孙家九虎吓尿了吗？当然不是，他只不过使了一招缓兵之计。今天鱼市上这么多人瞅着，哪一个鼻子底下没长着嘴？一旦把消息散出去，明天来看热闹的人会更多，到时候当着众人的面杀一儆百，自己扬名不说，还得往死里栽这孙家九虎，给他们来个一次管够！

翌日早上，天刚蒙蒙亮，姜小沫穿上那身行头，拎着一把铁锨，来到院子里，招呼一声，让大伙都出来。混混儿们迤逦歪斜地往外走，在姜小沫身边围成一圈。姜小沫问众人："各位兄弟，今儿个是什么日子？"众混混儿面面相觑，他们混一时是一时，吃饱了饭等天黑，谁管它是初一还是十五？姜小沫拍着胸口说："今儿个是咱秉合鱼锅伙重打鼓另开张的大日子！万事开头难，头三脚由我姜小沫去踢。踢不响，我抱着脑袋滚出天津卫；踢响了，今后有陈家沟子鱼市一天，就有咱哥们儿一挂钱拿着！"有的混混儿一听这话，登时血往上涌，昨天多少有点儿丢人现眼，今天说什么也得找补回来，立马要进屋抄家伙，姜小沫给拦住了："用不着哥儿几个伸手，大伙在一旁助威就行，到赸节儿上受累叫个好，给我提口气！"他这几句话撂地砸坑，铁锨往肩膀头上一扛，迈步出寨子大门。傻哥哥以及众兄弟跟在姜小沫身后，骂骂咧咧直奔鱼市。

一早上起来，正是陈家沟子最热闹的时候，河面上桅杆林立，渔船一艘挨着一艘，渔民们顺着跳板一筐筐往下抬海货，街市上人声鼎沸，一派繁忙景象。混混儿们进了鱼市横冲直撞，惊得人们纷纷往两边躲，同时也七嘴八舌地议论开了："二哥，这帮人要干嘛呀？打哪儿来的？这是跟谁呀？""哎哟！这不就昨天那几位吗？来者不善，善者不来啊！你看这阵势，准是去老孙家闹砸儿！""好嘛，这热闹咱可得瞧瞧，今儿个没白来，赶上这拨了！""哎哎哎，我说咱可得留神啊，看个热闹再把脑袋开了瓢儿，那多不值当的。""那咱不去了？""不去？那比脑袋开瓢儿还难受呢！走走走，跟着他们！"

一伙人风风火火杀到老孙家鱼铺门前，别看混混儿不多，跟来看热闹的可不少，犹如乌云压境，围得风雨不透、水泄不通，都快挤成虾酱了。

姜小沫有备而来，孙家九虎也没闲着，混混儿们刚进鱼市，他们就听着信儿了，一个个手持棍棒，抖擞精神守在门口。老二孙双禄，外号"二王八"，挺身出来应对，圆睁一对绿豆眼，指着姜小沫的鼻子厉声喝骂："你他妈活腻了！昨天放你一马，今天还敢来送死？"姜小沫不急不躁："你说对了，姜爷就是送死来的。"当即扔下铁锹，又着腰扫了一眼孙家九虎，从容不迫地说道："今天我这百十来斤撂给你们老孙家了，如若你们当场打死我，受累挖个坑埋了我，要么拿刀剁巴剁巴，扔在案板子上卖肉，给过来过往的各位尝个鲜。"随后给在场众人作了个罗圈揖，顺着大街躺在老孙家鱼铺门前讨打。混混儿挨打不能乱躺，得按规矩来，他跟哪家较劲，就横躺在他家买卖字号的大门口，谁也别出、谁也别进，这叫"拦门躺"，为的是告诉别人——您有天大的事，暂且在边上候着，要不然从这位爷的身上跨过去！要真跨那您可就惹祸了，您这腿只要在他身上一迈，那等于让他受了胯下之辱，这位也就放过买卖家，跟您来了。

姜小沫侧身躺在地上，双手护住头脸，双腿一夹叠成剪刀，挡好了命根子，扯开嗓子叫号："哥儿几个别渗着了，你们手上那家伙又不是纸糊的，尽管往姜爷身上招呼吧！"孙家九虎在鱼市上横行霸道惯了，能让一个没名没号的小混混儿叫呲了吗？孙老大围着姜小沫转了一圈，猫下腰来问道："怎么着爷们儿，你今天卖定了是吗？"姜小沫嘴角子一撇："卖是肯定，就看你敢不敢买！"孙老大轻蔑地一笑："嘿，家雀落煤堆，你是腿黑嘴也黑啊！我给你留着面子，你拿我当臭鞋垫子是吗？实话告诉你，只要是你敢卖，就没我不敢买的！"当下高呼一声："兄弟们，给我招呼着！"不等话音落地，老孙家那哥儿几个的铁棒木棍已经砸到了，照着姜小沫叮咣五六下了黑手。

老孙家兄弟九人，二王八脾气最暴，手持一根大秤杆子，抡圆了砸在姜小沫的迎面骨上。那位说，秤杆子砸一下能怎么着？这可不是一般的秤杆子，鱼市上给鱼筐过秤，全用五六尺长的大秤，实轴的木头杆子鸭蛋粗细，得让两个人抬着，穿过秤提子，蹲马步上肩膀，将鱼筐抬离地面，才能扒拉大秤砣称出斤两。二王八手里的秤杆子是老榆木，传了三辈儿半，乌黑油亮，比铁棍子还硬，两头儿还包着铜箍。只砸了一下，耳听"咔吧"一声脆响，姜小沫的小腿立时撅了过去，白森森的骨头茬儿呲出来，捅破了裤腿，鲜血淌了一地。有胆小的看得头皮直发麻。那哥儿几个也是痛下狠手，一棍子一棒子地往姜小沫身上招呼，撒着狠、裹着毒，不留半点儿情面，只要姜小沫一缩一躲，或是喊出"哎呀"二字，那就栽了跟头，不仅白挨一顿打，落一身伤，还得自己爬出陈家沟子，下半辈子再也吃不成混混儿这碗饭了。

再看姜小沫，眉头也没皱上一皱，硬生生扛着，居然还哼出一段板子调："哎！各位各位，鱼市人来往，我小沫刚到场，不为干别的，专把孙家访！"旁边傻哥哥也是大风大浪里闯过来的，拿死签如同家常便饭，一抹脸上的大鼻涕，傻里傻气地搭着下茬儿："找他们家干嘛？"姜小沫哈哈一笑："您老别心急，您老站稳当，听我给您老，仔细说端详，孙家哥儿几个，在鱼市上有一号……"众混混儿起哄道："嗨！再牛掰不也是卖鱼的吗？"姜小沫一点头："对啊！姜爷我好奇啊，不买他的账，大老远来找他们，帮我解解痒，我两年没洗澡啊，没去过洗澡堂，浑身上下太刺挠，得让人帮忙！"混混儿们鸡一嘴鸭一嘴地嚷嚷："好嘛，您算找对人了！"看热闹的一片哗然。混混儿都属人来疯，人越多越豁得出去。姜小沫身上挨着打，嘴里不闲着，问孙家兄弟："哎——我说哥儿几个，你们是真没劲儿？还是睡觉没盖被，半夜着了凉？怎么下手这么轻，一点儿不解痒呢？你们使点儿劲，给我伺候舒坦了，我肯定有重赏！"傻哥哥咧着大嘴笑道："您赏赏……赏他们嘛？"姜小沫不慌不忙，歪词儿他可有的是："我赏他们有名有分，都给我当儿子，一会儿我就去他们家，去接他们娘，天黑之后钻被窝，我俩就入洞房，嘎吱嘎吱晃床板，折腾到天亮，哈哈哈——"一众混混儿捧腹大笑："行行行，这话到头儿了！"

围观看热闹的也乐坏了，纷纷在旁议论："哎哟二哥，咱可算来着了，打把式卖艺哪有这个过瘾啊！""可不是嘛！看这个还不用花钱。""琢磨嘛呢？花多少钱您也看不着啊！"孙家兄弟越听越窝火，下手也更狠。姜小沫既然是来讨打卖味儿的，自然做足了准备，只管护住了要害，胳膊、大腿全舍给你们了，还得故意拱对方的火儿，打得越狠骂得越狠。

转眼间，姜小沫已被打得皮开肉绽、骨断筋折，他突然高叫一声："哥儿几个住手！"他这一嗓子，甭管孙家九虎，还是一众混混儿，以及在场看热闹的，有一个算一个，皆是大吃一惊："嘛意思？这是要呲了？含糊了？""半掺子叫停，那可是前功尽弃，这顿打等于白挨！"

只见半边身子动弹不得的姜小沫，在众目睽睽之下，暗自咬住了后槽牙，腰背使劲，犹如一尾肉案上的活鱼，"扑棱"一下翻过还没挨上打的半扇身子，仍是挑眉虚眼一脸轻蔑，嘴角子往上翘着，抱头夹裆缩成个元宝壳，招呼孙家九虎："来来来，接着伺候你姜爷吧！"

这一下围观的人们可是真服了，半边胳膊腿都打碎了，居然还能自己翻身，这个主儿可比孙家九虎豪横多了，这真叫"嫩草怕霜霜怕日，恶人自有恶人治"。

孙家九虎的脸都憋得通红，跟刚煮熟的大螃蟹壳一样，紧紧攥着棍棒，琢磨着往哪儿下手合适。姜小沫嘴上不依不饶，又开腔了："哎我说，你们是管儿痨呢，还是早起没吃饭？可惜了五大三粗这块头儿，还没个娘们儿强！拿你爹我当荒地了，你妈一锄一镐地耪，老少爷们儿都瞧着呢，你们可别怯场！"看热闹的齐声跟着接下荐儿："对！你们别怯场！"

孙家九虎恼羞成怒，咬着牙撒着狠儿，九个人八条棍棒一根秤杆子，此起彼伏地往姜小沫身上抡。姜小沫眼皮子都不眨，阴阳怪气地骂孙家老二："你妈妈的，你叫二王八？谁给你起的名儿？看意思你媳妇儿没少跟人搞瞎扒呀！你说你有多点儿背，当个王八还是双盖儿的！"又喊了声孙老大："你也够口儿了，你娘们儿偷汉子，你还给打灯笼，一嘴客气话，给插杆儿的进贡送年画！"姜小沫一言一句，无异于往孙家九虎心窝子上戳刀子，孙家九虎气炸连肝肺、锉碎了口中牙，下手一下比一下狠，开始还能听到"咔嚓咔嚓"的断骨声，渐渐只有"扑哧扑哧"的响动了，姜小沫的身子都被打酥了。孙家九虎虽然不是混混儿，毕竟也在九河下梢土生土长，多少懂得天津卫的规矩，心里头如同明镜一般，姜小沫再怎么勾他们的火，也不能直接往这个混混儿后心或者脑袋上砸，一旦惹上人命官司，那就得吃不了兜着走，买卖甭想干了，鱼铺都得赔进去，说不定还得给他抵偿对命，所以顶多只能往胳膊大腿上招呼。姜小沫的四肢已经变形了，血肉模糊松松垮垮地耷拉着，好像不是从他身上长出来的。即便如此，他也没停嘴，兀自嘻嘻哈哈骂不绝口，越骂越花哨，不带重样的。围观的老百姓拿打人当戏看，争着给姜小沫叫好儿，喝彩之声不绝于耳。

孙家九虎打下去的势头渐弱，眼神里的杀气变成了怯意，与其说手上没劲儿，不如说心里头怵了，无论姜小沫再怎么骂，他们也不敢打了。正收不了场的节骨眼儿上，人群外传来一个苍老的声音："差不多了，杀人不过头点地，这场买卖没有丢人现眼的，见好就收吧！"一鸟入林百鸟压音，这话不单救了姜小沫，更是给了孙家九虎一个大大的台阶，有些个看热闹不嫌事儿大的，觉得有人搅了好戏："谁他妈吃饱了撑的？好死不死的来管这个闲事？"

众人循声望去，只见圈外来了一位老者，树皮般皴皱的脸上神色凛然，两手分开众人，走到姜小沫近前。姜小沫还剩下一口气，抬眼皮看了看来人，心里头立马有底。你道来者是谁？正是青龙帮元老、天津卫四十八家水会总把头、姜小沫的后戳——顾赘顾三爷！

2

顾三爷怎么来得这么巧呢？其实爷儿俩上一次见面的时候，已然商量妥了。顾三爷善于识人，他瞧得出来，姜小沫是初生牛犊敢切敢拉，不过开逛讨打非同儿戏，一旦卖派出去，火候差不多了，就得有人出来叫停，否则真能打出人命。混混儿虽然憨不畏死，可也不是为了送命去的。顾三爷当时跟姜小沫交了底，时日也定准了，姜小沫这才有恃无恐。顾三爷赶在椋节儿上出场，分寸拿捏得恰到好处。因为这个时候，姜小沫的风头出尽，但还没让人打死，而孙家九虎的气要泄没泄，他再不出来，万一出点儿岔子，哪只老虎没搂住劲，一棍子下去，说不定就断送了姜小沫的残生。

孙家哥儿几个见有人出来拦事，正好顺水推舟，一同收住了棍棒。顾三爷冲孙老大一拱手，又指了指躺在地上的姜小沫："这位爷不哼不哈，够杠儿了！你们兄弟也累了，该住手了，总不至于打出人命！"二王八脾气最犟，牵着不走打着倒退，别人越劝他越来劲，不服不忿地嚷嚷道："甭他妈来这套，二爷我不信那份邪，打出人命我兜着！"说话抢开秤杆子还要接着打。顾三爷的脸"刷拉"一下掉了下来，点指二王八："你给我住手！天津卫的行帮各派，哪一路没有规矩方圆？你要是不懂规矩，我就舍下这张老脸，陪你比画比画！"孙老大在他们兄弟九人当中心眼儿最多，眨巴眨巴眼，伸手拽住二王八，试探着问道："老爷子，未请教您是哪位？"

不等老头儿自己开口，围观的人群中就有人搭腔了："有眼不识泰山啊！这是青龙帮元老、天津卫四十八家水会总瓢把子——顾三爷！"说话的不是旁人，正是丁大头，他也跟着顾三爷来到了鱼市。他的话一出口，如同当场点着了一个大麻雷子——炸了营了！看热闹的人们齐声鼓噪："嚯喔！居然惊动三爷了？三爷您快给他们捋捋吧，您老可是袍带混混儿！"

顾三爷两手抱拳举过头顶，冲众人作了个揖："抬爱，抬爱！"孙家九虎也听过顾三爷的名号，知道这位爷是了事的大拿，黑白两道、官私两面上的势力都不小，再不收手可真是找不自在了。孙老大见风使舵，干脆卖顾三爷一个人情："您都张嘴了，我们弟兄怎么能不给三爷您的面子？且留这小子一条活命，好让他今后报答您的恩德！"当即招呼几个兄弟，扭身往鱼铺里走。顾三爷叫住他们："哥儿几个且慢！"孙老大转头来问："三爷，您老还有话说？"顾三爷板着脸说："就这么走了？"孙老大奇道："那依您的意思呢？"顾三爷轻蔑地"哼"了一声："你们把人打个半死，就这么撂大街上，没个交代吗？"孙老大莫名其妙："是他自己在我门前讨打，谁也没请他，挨了打不是活该吗？倒让您老说说，怎么才叫有个交代？"顾三爷咳嗽一声，清了清嗓子，拔高调门儿说道："好！既然你们不懂规矩，我就倚老卖老，给你们说说这个茬口儿怎么接！他在你们家门口挨了打，这就是一场买卖，他叠了为卖，你打了他为买。咱天津卫的老少爷们儿办事得有规矩，讲究有头有尾、有始有终。他咬住了牙，一没哼二没哈，你们又不敢打死他，那就算尿海了。尿海了怎么办？规规矩矩给他拿大红被子裹身，放在箩筐里抬着送回家去，还得掏钱给他治伤买药。从今往后，只要你们家的买卖还没倒，就得每天给他送两吊钱，风雨无阻，分文不少，直到你的买卖倒了，或是他咽气为止。你们做得严丝合缝，人人都得挑大拇指，如若扔着他不管不问，这个不懂规矩的名声，你们可背不起。哥儿几个自己掂量掂量，你们今后还想不想在鱼市上做买卖了？"

顾三爷口若悬河振振有词，嗓门不高却掷地有声，一众看热闹的也来劲了，紧着在一旁吵吵嚷嚷地起哄："三爷说得在理！看这意思这位光棍不死也得残了，要么上衙门打人命官司去，要么按规矩来！"

孙老大可不傻，脑子里一直转个不停。比如说自己打了人，对方只挨打不还手，官府追究下来，到衙门口三头对案，问我为什么打人，那我怎么答？说他横躺在我的海货店门口讹钱？县太爷准得说："讹钱你可以不给啊！咱天津城又不是没有王法的地方，光天化日乾坤朗朗，有人上门耍无赖，你为什么不报官呢？眼下你把人打了，还动了

157

家伙，这叫持械行凶、当众伤人，肯定是你不对。再说了，陈家沟子那么多鱼铺海货店，他怎么不躺别人门口呢？是不是因为你欺行霸市缺斤短两？"所以还是那句老话——"衙门口朝南开，有理没钱别进来"。到县衙打官司没钱行吗？你给少了人家看得上吗？今天掏钱买通了县太爷，明天再有别的混混儿捣乱怎么办？你再去告状，那还得再掏钱，有头一次便有二一次，衙门口也得把你当成摇钱树。你还不能只花钱打点县太爷，召房师爷、书童、二爷、三班六快的各位公人，外带看门扫地烧火做饭的，上上下下三四十号，哪一个不得孝敬到了？所以说"衙门的钱，下水的船"，去得快极了。你有打点衙门口的钱，倒不如破财免灾，打发了混混儿。反正人也打了，气也出了，又没在鱼市上丢了面子，一天给秉合鱼锅伙一两吊钱，只当少卖一筐螃蟹，如若有别的混混儿来讹钱，他们还能替你挡着。

孙老大一来惹不起顾三爷，二来也怕犯了众怒，赶紧点头："好好好！三爷，有您老给他托屁，我们无话可说，全按您的意思办！"二王八仍不服气，梗着脖子还要往上冲，被他大哥一个脖溜儿抽了回去。孙老大不敢怠慢，立刻吩咐身后的兄弟："老三、老六，你们快把小七娶媳妇儿用的大红缎子被拿来。老四、老五，你们俩找个大箩筐去！"当大哥的发话了，孙家那哥儿几个也彻底没脾气了，垂头丧气进了鱼铺，拿来大红被子和箩筐，众人七手八脚，有抱脑袋的、有托屁股的、有搭脚丫子的，把躺在地上的姜小沫放入箩筐。

此时的姜小沫，嘴角虽还挂着一丝冷笑，但那上人见喜的脸上，颜色已如死灰一般，额头上挂满了汗珠子，这是疼得，躺在地上还可以撑一阵子，这一抬一放，疼得犹如五马分身，险些背过气去，但是耍光棍的不能带出惨相，仍得装作满不在乎，拧着眉撇着嘴，眼珠子乱转悠，绝没有"哼哈"二字。围观众人连连赞叹："是条光棍，天津卫又出了一位人物字号！打从今儿个起，陈家沟子鱼市又有主儿了！"

孙家九虎抬上铺了软垫的箩筐，盖着大红缎子被的姜小沫躺在里头，傻哥哥等一众混混儿腆胸叠肚，心满意足地跟着，身后还簇拥着一大拨意犹未尽的看客，浩浩荡荡直奔秉合鱼锅伙大寨。箩筐中的姜小沫虽已不成人形，却有一种状元郎骑着高头大马游街的感觉，让他轻飘飘、晕乎乎地睡了过去，其实是疼昏了。当他转醒过来，吃力地撩开眼皮，发现自己正躺在秉合鱼锅伙的大炕上，边上坐着顾三爷，一旁站着丁大头、傻哥哥和几个小混混儿，一帮人齐刷刷地盯着他。姜小沫欠了欠身子，一阵钻心的刺痛袭来，却分不清到底哪儿疼，骨头缝里都觉得不自在，肠子肚子搅和成一堆儿了，错位似的拧着劲儿，胳膊大腿脚趾没有一处听使唤的，身子好像不是自己的了，却又疼得要命。丁大头关切地说道："爷们儿再忍忍，已经去请郎中了。"傻哥哥拎起一个布褡裢，冲着姜小沫晃了几晃，发出"哗啦啦"的声响。丁大头说："这是孙老大留下的钱，给你瞧伤的，今天你这面子可挣足了！"姜小沫苦笑一下，气若游丝地应了一句："没什么大不了的，这不是家常便饭吗……"下面的话他也说不出来了，因为牙不够用的——说话就得张嘴，张嘴浑身就疼，必须咬着牙减缓痛楚。

在众人的期盼之下，正骨郎中薛广生提着药匣子进了门。这位郎中人称"薛神医"，祖辈就是行医的，又跟教会的西洋医生学过几年，不仅会动手术，还有一手接骨疗伤的绝活，只凭手摸，即可查知伤势，什么地方折了几块骨头，折到什么程度，两手隔着肉，能把折断的骨头对上，敷上药，圈竹篦，系绷带，再给几粒药丸子，伤者愈后不留残疾，阴天下雨也不觉痛痒。别人不乐意给混混儿治伤，他却是医者仁心，甭管什么嘎杂子琉璃球、大寨主二当家，有求必应。天津卫的混混儿不给谁的面子，也不敢得罪这位薛神医，治伤的时候稍微留一手儿，保准让你后半辈子连炕都下不来。

薛神医按部就班地给姜小沫号脉、正骨，严丝合缝都对齐了，再把他的四肢用竹片子通通固定住，足足折腾了两个多时辰，方才呼哧带喘地停下手，擦擦额头冒出的汗水，接过丁大头递过来的茶水一饮而尽，挑着大拇指称赞："罢了！真得说是一条好汉！浑身上下没有囫囵个儿的地方了，一根骨头断成几截，接骨时愣是一声不吭，我可是开眼了，佩服！佩服！"

薛神医留下二十粒药丸子和几袋洗药，嘱咐众人仔细看顾姜小沫，转身离了锅伙。过了大约一炷香的工夫，姜小沫醒了，有气无力地叫了一声："三爷！"顾三爷凑近问道："怎么样了小沫？"姜小沫一笑，又恢复了先前那副满不在乎的神态："三爷，我在陈家沟子鱼市上卖这一把，够得上光棍调吗？"三爷说："其实我还一直担心，怕你提不住气，行！是咱爷们儿货！接下来你想怎么着？"姜小沫恳切地说道："三爷，等我缓几天，我让兄弟们抬着我在鱼市上走走绺儿，让那些发货收货的瞧瞧，我姜小沫还能招摇过市，谁打算在陈家沟子抢尖拔份，他得先过了我这一关！如此一来，咱们锅伙才能彻底把持住鱼市的买卖！"顾三爷点头道："趁热打铁也是好事，让那些干鱼行的彻底服帖了，你才能站稳脚跟。我先回去，等锅伙真正立起个儿来，我摆酒给你庆功！"

姜小沫心里头一清二楚，顾三爷替自己在背后戳着，那可不是白戳的，等秉合鱼锅伙把持住了陈家沟子鱼市，码头上装鱼卸鱼的活儿，都得交给青龙帮的兄弟。无论如何，他也得感激人家顾三爷，这是人家赏的饭碗。当时已经是半夜了，顾三爷还得回去。傻哥哥架着双拐，跟一众混混儿送出大门，由丁大头护送三爷回家。

姜小沫这一场开逛卖味儿，可谓"睡觉不盖屁股——露了大脸"，街头巷尾都在谈论他，诧异于一个岁数不大、籍籍无名的混混儿，居然会如此硬气，真是人不可貌相、海水不可斗量！经过这一把卖派，秉合鱼锅伙彻底立住了脚，鱼市上各家各户的掌柜伙计，见了秉合鱼锅伙的混混儿，无不卑躬顺从。孙家九虎也老实了，说到底还是讲买讲卖的生意人，不认栽往后吃什么去？经此一事，不仅降住了陈家沟子鱼市的大小买卖家，众混混儿对姜小沫也是佩服得五体投地，死心塌地跟着他混了。

仗着年轻力壮，药也用得对路，姜小沫伤势恢复得不错，将养了百十来天，已经可以让人扶着坐起来了。之前一直躺在炕上，别的混混儿想伺候他，傻哥哥不让，自己拖着残腿给姜小沫崴屎崴尿，端水喂饭，对他照顾得无微不至。如今能动弹了，姜小沫就让兄弟们抬着他出去转转。这天清早，各家鱼铺的伙计们正有条不紊地落门板、摆鱼槽、涮木桶，但见混混儿们抬着一把硬木太师椅，两侧各绑着一根杠子，四个人两前两后地抬着，走起来颤颤悠悠。鱼铺伙计们觉得新鲜，再一看坐在椅子上的那位，立时惊呼道："我当是谁呢，这么大的谱儿，原来是姜爷！"姜小沫架着胳膊支棱着腿，只有脖子以上能活动，却是一脸的云淡风轻，跟个没事儿人似的插科打诨："我都这样了，老少爷们儿还能认得出来？看这意思，我化成灰儿也带着鱼市上的腥味儿啊，哈哈哈哈！"

鱼市上的人们无不咋舌，这位爷让孙家九虎打成什么样了，浑身上下打着夹板、缠满了绷带，仍自谈笑风生，天津卫开埠以来几个名号最响的大混混儿也不过如此，谁见了心里不得打怵？鱼铺的买卖家起早贪黑，无非是为了谋一口吃食，犯不着跟不要命的混混儿戗着茬儿，人家光脚的可不怕你穿鞋的。孙家九虎自打与姜小沫交恶以来，的确安分了许多，不敢再欺行霸市了，每天盘完账，一定差人给秉合鱼锅伙送去两吊铜钱，那是他们必给的"挂钱"，又叫"毛钿"，另外还给了姜小沫一大笔银两，这是疗伤抓药的费用。而当姜小沫再次被人抬着从孙家鱼铺门前经过时，应了那句话了——不打不相识，一向浑横不讲理的二王八头一个迎出来，赔着笑脸奉上一碗热茶，恭恭敬敬称呼一声"姜爷"！

第九章　姜小沫开逛 下

1

自此之后，秉合鱼锅伙"招兵买马"，当年被洋人打散的老弟兄们陆续回来了不少，还有许多慕名而来的愣头青，一个带俩，俩带四个，聚集了百余号人。混混儿们在河边设了一座"秤房"，不过是一个破茅草棚，可是"庙小神灵大"，前来贩鱼的船户，一律在此停船过秤定价，而且是一口价，说多少钱收就多少钱收。不过姜小沫的心不黑，秤也不黑，够锅伙里的弟兄们吃喝即可，从不多拿多占。鱼铺海货店的商户全老实了，再没人敢当出头的橡子、刀下的肉。陈家沟子鱼市在秉合鱼锅伙的把持之下，反而是风生水起、成交两旺，有几处闲置多年的铺面也相继赁了出去。

按天津卫混混儿的规矩，立了锅伙，占了地盘，便要"开贺"——

找一家饭庄子宴请四城两角的混混儿，为的是昭告天下。姜小沫一举拿下陈家沟子的地盘，恢复了秉合鱼锅伙的旗号，这在混混儿当中堪称十年一遇的头等大事。天津卫三道浮桥两道关、七十二沽九河下梢、城里城外上角下角，有头有脸的混混儿全请到了，定在十月十五下元节这一天，在天津卫最大的饭庄子——侯家后归贾胡同"义合成"大摆宴席。

天津的饭馆"味兼南北"，有真素馆，也有二荤铺，既可小卖俱全，又能包办酒席。其中最有名的八个饭庄子字号里都有个"成"字，号称"八大成"，都在侯家后一带，均为独门独院，门前可停车轿，院子里有参天古树、花园凉亭，不接待散座，只招待成桌的酒席。姜小沫选定义合成，看重的正是招牌上一个"义"字、一个"合"字。

开贺当天，骄阳似火，晌午时分，义合成饭庄子里里外外格外热闹，却不同于往日，一出一进的宾客，皆是有衣裳不好好穿、有话不好好说的"英雄豪杰"，安分守己的老百姓绝不敢往跟前凑合。丁大头带着几个小混混儿在门口迎客，天津卫各霸一方的锅伙寨主、脚行的把头、帮会的头目，各带随从，横着膀子拿着红票，又叫"绿林英雄帖"，穿街过巷而来。这其中有交情不错的，也有不少冤家对头，彼此间明争暗斗，都恨不能把对方摁泥儿里，但是见了面一个比一个客气，连连作揖行礼，嘴里"爷爷爷"地客气个没完，你推我让的谁也不肯先进门，互相让过三五遍，方才携手揽腕往里走。

饭庄子各屋各桌坐满了人，跑堂伙计走马灯似的上菜。混混儿开贺要吃"八大碗"，菜都盛在大海碗里，有笃面筋、熘鱼片、木樨肉、拆烩鸡、烩虾仁、烩三丝、狮子头、元宝肉，一桌八大碗，脚底下还摆着几坛"老潘家烧刀子"。赴宴的不问青红皂白，反正有人掏钱请客，如同来吃绝户产，划拳行令，胡吃海喝，闹了个乌烟瘴气，吵得人耳朵根子生疼。

义合成后院有一个宽敞豁亮的大雅间，专门接待贵客，门口树木成荫、花团锦簇、叠石成山、掘地为池，上有唱歌的百灵，下有戏水的金鱼，屋子里摆设精致，迎面挂着金匾，上写"山珍海馐"四个遒劲有力的大字，靠墙多宝槅中摆满了雅致的古玩瓷瓶、洋钟古镜，当中一张雕花红木大圆桌，桌上的菜也是"八大碗"，但是器具精美，菜品更为讲究，海参、鱼肚、鱼翅、对虾，加上酒菜、凉碟，一共是"八碟八碗"。能进这个雅间的客人，一个比一个谱儿大，迎门的主座上端坐着一位身形枯瘦、满脸皱纹的老者，正是天津卫四十八家水会总把头、青龙帮元老顾三爷，另外还有四大脚行的四位大把头坐在上垂手，下垂手是四大锅伙的四个大寨主——东城老悦锅伙的吉四奎、西城老君锅伙的文秃子、南城九如锅伙的齐老八、北城四海锅伙的佟金镖。

姜小沫是今天的大角儿，打扮得格外扎眼，头戴抽口的丝缎罗帽，外圆内方，四角八棱，角角透花，棱棱带镜，顶梁门倒拉三尖慈姑叶，鬓边一朵蓝绒球，一晃脑袋突突乱颤，身披藏青色大氅，内罩紫色绸布小褂，敞怀没系襻，左臂绣黄飞虎反朝纲，右臂绣伍子胥过昭关，腰扎牛皮板儿带，底下是黑色绉绸兜裆滚裤，青布绑腿从脚脖子"人"字样缠到膝盖底下，脚踩一双登云靴，靴头绣着刘海戏金蟾，上饰五颗宝珠，颗颗有讲儿：避水珠避水殃、辟火珠防火伤、紫微珠挡刀枪、乾坤珠分阴阳、夜明珠放光华！乍看这身行头，还以为是戏台上的武生，只差勾脸儿了。

他坐在顾三爷正对面的位置上，见得酒菜齐备，众人也已各安其位，便站起身来举杯祝酒："三老四少，诸位前辈，今天赏脸光临，真是给足了我的面子。咱们有见过面的，有没见过面的，那也是久闻大名，如雷贯耳！如今我们秉合鱼锅伙在陈家沟子鱼市上立了杆子，有什么做到做不到的地方，还望各位爷多多海涵！常言道'一花不是春，孤木难成林'，以后还得仰仗望诸位，来来来，我先干为敬！"说完举杯扬脖一饮而尽，当众亮出杯底。

顾三爷和脚行四大把头一齐举杯道贺，而天津城四大锅伙的四位大寨主，却与木雕泥胎相仿，板着脸坐在当场一动不动。尽管他们相互钩心斗角，谁也不把谁放在眼里，可对于姜小沫的秉合鱼锅伙，真说是同仇敌忾，打从一个鼻眼儿里出气。陈家沟子鱼市日进斗金，大伙都盯着这块肥肉，也正因为盯着的人太多，牵一发而动全身，只能忍着贪心按兵不动，却不知打什么地方冒出一个没名没号的姜小沫，一举拿下了陈家沟子鱼市，四大锅伙措手不及。又听说顾三爷要收姜小沫入门，一旦开了香堂，名正言顺了，有顾三爷青龙帮的势力给他撑腰，这小子的翅膀可就更硬了，那还不得从陈家沟蹿鼓楼顶子上去？所以四大寨主提前商量定了，他姜小沫不是摆酒开贺吗？咱给他来个"潮头上打旋网——抢起来看"，让他从哪儿来的回哪儿去！

坐在姜小沫斜对门的一位，四十多岁，高颧骨翘下巴，黑脸龅牙，青布褂子，黑布裤子，手里捻着一串十八子的多宝串，正是西城老君锅伙的文秃子，一挺身从椅子上站起来，"啪"的一下，将手串拍在桌子上，说话高门细嗓："姜大寨主，容我拦你一句，什么叫多多海涵？你可别逮住大腿就号脉，闭着眼乱开药方子。天津卫无人不知，当初四合鱼锅伙是我们托着的，凭什么你上嘴皮子一碰下嘴皮子，陈家沟子鱼市就成了你秉合鱼锅伙一家的买卖，没我们爷们儿的份了？

愣从别人嘴里抠食吃这合适吗?拿肚脐眼儿放屁——你怎么想的?"

姜小沫早知酒无好酒宴无好宴,义合成这顿饭不是那么好吃的,随即放下酒杯,稳稳当当坐下,不紧不慢地说道:"文爷,您说的那是哪辈子的皇历了?长江水后浪推前浪,尘世上新人换旧人,翻那个旧账有意思吗?您倒给我说说,怎么叫合适,怎么叫不合适?"

文秃子用手指着姜小沫的鼻子,气势汹汹地说:"没大没小的东西,我耍光棍那阵子,你小子还穿开裆裤呢!想让我说道说道?容易!你按月拿出八成进项分给我们哥儿四个,咱们这一篇儿就翻过去了,从今往后相安无事!"

姜小沫撇着嘴一笑:"您可真敢说啊,不怕咬了口条?给您八成,我们锅伙的一百多号弟兄喝西北风去?您这不是明抢吗?你拎上二两棉花纺纺去,陈家沟子鱼市是我白捡的吗?"

不等文秃子搭腔,他旁边那位说话了,此人也是四十来岁,皂色裤褂,身形瘦削,瘦长脸儿带着几分病容,额头上有三道暗红色的疤痕,乃是北城四海锅伙的佟金镖,他冲姜小沫拍桌子瞪眼:"你小子真不知天有多高地有多厚,拿我们当陈家沟子的鱼贩子了?在座的有一个算一个,谁没拿过死签?谁低过头、屈过腿?谁不是滚铁板、轧饹饹,血一摊、肉一把,真刀真枪拼出来的?就你挨那两下秤杆子,那他妈算个屁啊!下过油锅吗?睡过钉板吗?吃过刀削面吗?在我们面前,轮得到你横着走吗?"

姜小沫看了佟金镖一眼,语带讥嘲地说道:"镖爷,好汉不提当年勇,您老不是有心气儿吗,择日不如撞日,撞日不如今日。咱就在这儿碰碰,是上刀山还是下油锅,是吃红枣还是穿铁鞋,您划道儿,我接着!"

佟金镖没想到姜小沫当场叫板，磕巴了一下，张了张嘴，话茬子没跟上。顾三爷和几位脚行的大把头冷眼旁观，瞧出他怯阵了，硬生生忍住了没笑出声。

东城老悦锅伙的吉四奎不干了，从椅子蹦了起来，眉头蹙起个黑疙瘩："镖爷，您老先歇会儿，荷花出水才见高低，看四奎我跟他比画比画！"此人豹头环眼，三十来岁正值壮年，双手抓着前襟往两边一扯，脱下绸布褂子，团成一个团儿，"啪"的一下甩在地上，亮出前八块后鬼脸一身铁疙瘩肉，黑蓬蓬的护心毛浓密弯曲，从肩文到腹刺着一条青龙，墨色浓重，格外抢眼，却遮掩不住一身的疤痕，腰间扎着一巴掌宽的腰硬子，大铜卡子闪闪发光。姜小沫暗想，看来此人有股子蛮力，得多留神，不能跟他硬碰硬。吉四奎曾是运河边码头上扛大个儿的苦力，仗着身大力不亏，能打又能挨，入了老悦锅伙，横冲直闯，出入宝局、青楼、商铺、饭庄、客栈，张口吃饭，伸手拿钱，抢地盘、争脚行、夺老店，抽过几把死签，仗着命硬一关关挺了过来，又一步步坐上了大寨主的宝座。他一双大环眼射出凶狠阴毒的寒光，歪着脑袋盯着姜小沫："甭废话！今儿是你的好日子，有道是客随主便，当着爷儿几个，你先露一手儿！"

姜小沫二话不说，左腿一抬，脚丫子搭在桌面上，亮出一只绣着花镶着宝珠的登云靴，又"唰"的一下，从后腰抽出一柄锋利的攮子，轻轻一划，挑开青布绑腿，气定神闲地撸起裤管。半截黑黝黝的小腿青筋暴突，在众人面前一览无余。但见他牙关一咬，摆出混混儿架子，照着自己的小腿肚子"噗噗噗"连扎三刀，刀刀穿洞，一刀两个窟窿眼，鲜血"嘀嘀嗒嗒"落在地上，随手把沾着血的攮子往桌上一扔，气不长出，面不改色。脚行的四大把头今天是应顾三爷之邀，过来给姜小沫踢脚儿的，没等别人吭声，他们先齐声喝彩："好！三刀六洞！"

吉四奎神情阴狠，冷笑一声，伸胳膊抓起桌上的攮子，却不急于动手，而是叫过一个跑堂的伙计："这桌子菜口儿轻了，你去给我拿一壶清酱、一壶醋，再来一小碗蒜泥，加点芥末酱！"跑堂伙计已经吓呆了，半天没动地方。吉四奎不耐烦了，瞪着眼大吼一声："你他妈等雷劈呢？"伙计惊得一哆嗦，这才回过神来，战战兢兢地应道："好您老，好您老！"当下退出去，再进屋的时候，手上端了一个托盘，上面放着两个青花小瓷壶、两个青花小碗。吉四奎把清酱和醋倒进一只大碗，拿筷子把芥末、蒜泥扒拉进去，蘸了蘸放在舌头上，咂摸咂摸滋味，满意地点点头，冲伙计一努嘴，示意他出去。伙计如同接了一旨皇恩大赦，屁滚尿流地往外跑。

整个屋子里鸦雀无声。吉四奎环顾四周，脸上现出睥睨不屑的神色："各位，想吃顺心饭，还得自己来，我添一道菜！"说着话抬腿踩在椅子上，刀尖一划，"刺啦"一声割破了自己的裤管，却见腿肚子上刺着一条飞天夜叉，面目凶恶狰狞，龇出两排锯齿般的獠牙。吉四奎一脸的傲慢，拿刀从小腿肚子上慢慢悠悠割下血淋淋一条皮肉，一寸来长，半寸多宽，二分薄厚，粘在刀身上，擎给众人观瞧，随后"啪"的一下，不偏不倚甩入碗中，溅了一桌子作料。八大碗的菜香、烧刀的酒香，压不住满屋子的血腥之气。吉四奎却神色如常，大大咧咧扔下攮子，拿过筷子夹上一片肉，送入口中大嚼，惊得众人目瞪口呆。他自顾自地吃了几口，又似想起了什么，往桌子中间推了推大碗，扫了一眼对面的姜小沫："怎么着，你来品品咸淡？"姜小沫鼻孔中哼了一声："怪我了，今天菜不够，就不跟您抢了。"吉四奎纵声大笑："哈哈哈哈！送到嘴的肉不敢吃啊？那可别怪我占独角案了！"他也不再多说，用手背擦擦嘴角上的鲜血，指着姜小沫说道："姓姜的，实话告诉你，什么卖味儿不卖味儿，你四爷不信邪！你要有本事，当着在座各位，耍上一把真格的，叫呲了咱爷们儿，我吉四奎这辈子不跟你争陈家沟子鱼市了！如若接不住，趁早收拾个铺盖卷，滚出天津卫！"佟金镖缓过劲来，也摆出一副盛气凌人的架势，在一旁讥讽姜小沫："小王八羔子，你接得住吗？接不住我给你指条道，扒下鞋来顶脑瓜子上，出门一头扎茅房坑里淹死得了！"

姜小沫任凭这二位唾沫星子乱飞，脸上毫无表情，把那条淌血的小腿从桌上放了下来，肩膀一抖甩去了大氅，不慌不忙地把身上的小褂解开，当着众人袒露胸怀，拍打胸口冲吉四奎说道："吉四爷，您不是嫌今天的菜口淡吗，我给您再上一道！"当即抓起桌上的攮子，在自己肚腹上划开一道半尺多长的口子，刀尖往里伸，挑出一段肠子，又用刀刃割下寸许长的一截，扔到空碗里，随后如法炮制，一截截肠子在碗里堆得冒了尖。殷红的鲜血顺着刀口往外滋，多亏有板带勒着，要不然全身的血都得流干了。

四大锅伙的寨主惊得魂不附体，一个个舌头发硬、头皮发麻。按混混儿比斗的规矩，再想压过对方，只有往外掏心肝肺了，那谁顶得住？几位寨主成名已久，人到中年饱经世故，身上袍子渐短、马褂渐长，过去是有什么吃什么，如今吃什么有什么，即便是锅伙里抽死签，也轮不到他们亲自出马上阵，有年头没真刀真枪地比画了，今天形势所迫，逼到了这一步，不得已而为之，可也不至于把命搭上，不由自主地齐往后躲。吉四奎见一旁那三位不敢吭声，额头的冷汗直往下滴答。他到底是条光棍，把头一低，从胸腔里闷闷地哼出一声："我说到办到，屙了屎往回坐，不是我吉某人所为！爷们儿认栽！"

姜小沫缓缓坐在椅子上，举止从容不迫，脸色却已苍白如纸。顾三爷见时机到了，冲门口招呼一声，叫来跟班的给姜小沫包扎伤口，扯下一块衣襟，扎住流出来的肠子，紧紧盘在腰间。

顾三爷在旁看得直皱眉头，起身对众人说道："四大锅伙各占天津城一角，三教九流、五行八作，干什么不能发财？不值当为了鞋底子沾腥的鱼市翻脸，传扬出去好说不好听，倒让外人看了笑话。我顾三儿早已金盆洗手，按说不该再问道儿上的事了，可我今天舍了这张老脸，当一次和事佬，不如这么着，陈家沟子弹丸之地，且让姜小沫的秉合鱼锅伙占上几年，逢年过节，他定有一份心意。倘若他失了礼数，不必你们出手，我青龙帮头一个就容不下他！"他这几句话绵里藏针，脚行的几个大把头顺声帮腔："顾三爷说的对，无非一个陈家沟子鱼市，没什么大不了的，不至于斗得你死我活，该按三爷的意思办！"

南城九如锅伙的齐老八一直没说话，他在四大寨主中年岁最长，城府最深，一贯是既当婊子又立牌坊，先种谷子后卖饭，好人歪种都是他。只见他皮笑肉不笑地龇了龇牙，抱拳对顾三爷说："在天津卫这一亩三分地，不给县太爷面子，也不能不给您顾三爷面子。您既然开了口，那还有什么不行的？"说完又冲姜小沫笑了笑："说真格的，一笔写不出两个混混儿，兄弟们都是在九河下梢混口饭吃，低头不见抬头见的，能有多大的仇疙瘩？正所谓不打不相识，两座山碰不到一块儿，两个人总有见面的时候，往后咱还得常来常往，彼此多多帮衬。"

其余几位寨主也不缺心眼儿，不可能看不明白，文的已经栽了，真要是来武的，恐怕也占不到便宜，做事总得给自己留个退身步，毕竟没到鱼死网破的地步，此时收场还可以落个整脸儿，加之桌子上血肉狼藉，谁也没有吃喝的兴致了，便相继起身告辞。

老年间，锅伙混混儿争码头、抢行市，冲突在所难免。穷哥们儿为了填饱肚子、养家糊口，不在乎折胳膊断腿，双方人马各自为阵，抽中死签的出去叫阵，捞铜钱、攥煤球、穿衣裳、滚钉板、跳油锅……轮番招呼，怎么狠怎么来，豁出命去可劲儿折腾，迟早有一方扛不住尿海认栽，从此放弃争抢的地盘，取胜一方以几个人的伤残换来一块挣大钱的宝地，官府管不了，老百姓还给你挑大拇指，总比群殴混战死伤无数划得来。

秉合鱼锅伙在义合成摆酒开贺，姜小沫剖腹割肠，一举镇住了四大寨主，从此之后，再没有人敢打陈家沟子鱼市的主意了，谁能狠下心来从自己肚子里剜肠子？姜小沫在义合成后院雅间之内挣扎起身，晃晃悠悠走出饭庄子。各屋的混混儿们正喝得面红耳赤，瞅见姜小沫浑身是血往外走，不知出了什么变故，都挤到门口来看。丁大头和傻哥哥急了，非要跟着去，姜小沫说什么也不让，独自一人离开饭庄子，一步一个血脚印地走到薛神医家，此后下落不明。一连三个多月，活不见人，死不见尸。

顾三爷和锅伙的兄弟们找薛神医问过七八次，始终没打听出什么结果。人们都以为姜小沫必死无疑，毕竟开膛破肚了，那还有个活？想想也是，当年戏园子里演过一出《盘肠大战》，说的是唐朝名将罗通在界牌关遇着劲敌——八旬老将王伯超。走马厮杀之际，罗通肋中金枪，肝肠五脏流出，却忍痛不退，扯旗角盘肠，最终枪挑老将王伯超，并下马割其首级，他自己也肚破肠出殒命沙场。纵然神勇如罗通，肚肠子一出来也完了，换了谁还活得成？没想到谣言四起之际，秉合鱼锅伙的大寨主姜小沫又回来了，伤势恢复如初，气色比之前还好，尤其那一对眼珠子，跟个夜猫子似的，亮得吓人！

2

按说姜小沫该当命丧黄泉了，全凭身上的鳖宝，这才保住他一条命。他之前不敢埋鳖宝，怕那玩意儿招灾惹祸，埋在身上后患无穷，可又舍不得扔了，因为他心知肚明，一旦遇上过不去的坎儿，还得指着鳖宝化险为夷。

他当天离了饭庄，自己割开脉窝子埋入鳖宝，捂着肚子去找薛神医。薛神医也以为姜小沫活不成了，即使接上肠子，三两个月之内吃不了喝不了，那还怎么活？默不作声地帮忙止血，又给他收拾缝合了伤口。姜小沫换去血衣，挣扎着下了地，不顾薛神医的劝阻，一个人落荒而走，躲到一个不见天日的地窖子中，整整一百天不吃不喝，再出来的时候，两个眼珠子如同开了光。冷眼看上去，姜小沫还是姜小沫，除了一双夜猫子眼，身量相貌，举手投足，没有任何变化，在别人眼里，他仍是秉合鱼锅伙的大寨主。人们将此当作异事传播。有的说姜小沫福大命大造化大，是混世魔王程咬金转世；有的说薛神医是活神仙，能把死人医活了。姜小沫死而复生，最高兴的还是顾三爷。老爷子本已金盆洗手，一把年岁又重开山门，收姜小沫为关门弟子。对于帮派来说，这堪称头等大事，前前后后忙活了好一阵子。顾三爷此前只收过八大弟子，姜小沫排行老九，因此挑号"对儿九"，从此成了天津卫有名有号的大混混儿，真可以说是"叫得响、鸣得亮"。顾三爷座下的八大弟子门徒众多，有的徒弟入门晚，已经五六十岁，在家里都当爷爷了，但也得喊姜小沫一声"九伯"，萝卜不大——长在辈儿上了。陈家沟子的渔户更是将他奉若神明，在他们眼中，这位爷简直比天后娘娘还灵！

说话已是转年的正月，大河还没开冻，河面上铺着一层冰盖子，海下撒网的渔民忙碌到小雪前后，就不能再出海了，一是天冷风硬，行船有危险，再一个得让海里的鱼虾缓缓，不能全打没了。陈家沟子鱼市上，一多半鱼铺还在关门歇冬。也有接着开的，以贩卖"冻鱼冰虾、干发海货"为主。渔民将卖不完的破杂鱼、小虾小蟹抹上大盐粒子晒干，把渤海湾的麻线虾，以及网里挤掉压碎的虾头，做成虾酱，可以卖整整一个冬天。其中最实惠的是腌马口鱼，三四寸长，满身的细刺，价钱格外便宜，几枚大子儿买一簸箕，都是提前抠完了肠腮的。买到家把鱼身上的盐粒子洗净，用葱姜片码上半天，再放在炉箅子上烤得金黄焦脆，从头到尾连刺儿都能吃，穷人家的孩子全靠这个开荤解馋了。

鱼行淡季，锅伙混混儿用不着再拦河收钱，大街上扬风搅雪、罕有行人，找不着惹是生非的茬口儿了，一个个闲得浑身发痒、腚沟子爬蛆，横七竖八地躺在大炕上择虱子。姜小沫有鳖宝在身，不吃不觉得饿，不喝不觉得渴，平时深居简出，话也不多说一句，只躺在大炕上闭目养神。偏在此时，丁大头病倒了。自从姜小沫在鱼市开遛，当上了秉合鱼锅伙的大寨主，丁大头俨然成了太上皇，专门有个小混混儿伺候着，衣来伸手饭来张口，陈家沟子一带的茶楼、饭馆、澡堂子、戏园子也是常来常往。但真应了那句话，没有吃不了的苦，只有享不了的福，这才刚舒坦几天，他就得上了一种怪疾，浑身发麻，如同斗败的公鸡，站直了便打哆嗦。姜小沫举目无亲，世上仅有这么一位论得上的长辈了，为了给他治病，请遍了天津城的名医，什么药材贵抓什么药，人参鹿茸、虎骨麝香都用遍了，无奈医药罔效，丁大头的状况怎么也不见好。此人本来体壮如牛，却眼瞅着走了形、散了架，到最后仅剩下几根枯骨连着筋撑着皮，连躺着说话都费劲，没等出了正月，就耗得油干碗净，蹬腿闭眼一命归西了。

秉合鱼锅伙的"太上皇"倒了头，上上下下的混混儿们可有得忙了。姜小沫也真对得起丁大头，买下一口柳木十三太保的棺材，给丁大头穿上寿衣鞋袜，头戴红缨子官帽，脖子上挂着朝珠，请来阴阳先生，算定了吉时盛棺入殓，身子底下是黄绸子寿字棉褥子、白绸子寿字寝单，这叫铺金盖银。又叫扎彩铺的师傅上门来，当场扎制金山、银山、纸人、纸马、楼阁、家具，锅伙门前立幡杆，搭设齐脊的大棚，棚内四壁挂十帧"水陆图"，上画十殿阎君。灵堂设在正对院门的堂屋，拿两张长凳架上棺材。灵前小桌摆放香炉、蜡扦、油灯、供果。请来和尚、道士，念经超度亡魂。仗着天寒地冻，尸身不易腐坏，要停满七七四十九天。门口贴上"恕报不周"的门报，下边还贴了张白纸条，上写"待客不收礼"。

丁大头打了一辈子光棍，膝下无儿无女，姜小沫亲自充当孝子，买来大五福的白布，请鱼市上的婶子大娘帮着扯成孝袍子，给他穿在身上，用白带子勒好了，拿麻绳在帽子上缝一枚老钱，脚底下的棉鞋也绷上白布。其实丁大头的朋友不多，前来吊唁的宾客大多是冲着秉合鱼锅伙大寨主的面子。混混儿讲究耍活的不耍死的，吃不上饭的贱命一条，怎么舍不是舍？路死路埋、道死道埋，不在乎扔在乱死坑喂了狗。丁大头虽不是真正的混混儿，却相当于锅伙大寨主的干爹。姜小沫为了不给别人留话柄，完全按着规矩套子来，人来不许迎、人走不许送，一轮轮地陪着磕头，额外还得盯着香守着蜡，一天三次在火盆里烧纸。好容易到了出殡这天，清晨早起大雾弥漫，以姜小沫为首的大小混混儿按照辈分高低，依次跪在院子里磕头行礼，一众杠子手给棺材盖上猩猩红的棺罩，上绣寸蟒、赤金的宝顶，四个角上坠着八宝黄绒灯笼穗，用大绳捆住，穿心杠子插进去担在肩上。随着执事一声吆喝，响器行的吹鼓手马上奏大乐。饱吹饿唱，锅伙里提前安排了大饼酱牛肉，给他们敞开了吃，为的就是此时多卖力气。一时间鼓乐喧天，十六抬的罗汉杠，外带着全副仪仗，忽忽悠悠上了街。秉合鱼锅伙里留下两个辈分低的小混混儿，准备火盆、糖馒头，还得把灵堂里的摆设挪动挪动，其余的全部披麻戴孝，扛着引魂幡、手拿哭丧棒，跟着棺材走，送殡的队伍从头到尾二三里地，街两边人头攒动，全是看热闹的！

安葬丁大头的坟地，选在北营门外。送殡队伍由陈家沟子往西，走关帝庙过曹家桥、林家口，再上浮桥过河奔三条石，拐上河北大街再出北营门。按照老年间的规矩，棺材只要装上了死人，入土之前不准着地，哪怕天上下刀子，走这一路也不能放下。因此有钱的人家通常会雇两班或者三班杠夫，大家伙轮着抬，否则抬棺的人受不了。秉合鱼锅伙这棚事也是如此，从杠房雇了十六抬的三班罗汉杠，四十八名杠子手全是细腰乍背的粗壮汉子。只要掏够了银子，没有摆不了的排场。且不说队伍前边的催押旗、开道锣、两丈四的明镜，单单这四十八个杠子手，看着就提气，月亮门刮得锃亮，大辫子溜光水滑，穿的戴的也整齐，红翎帽、绿架衣、和尚头的青布棉靴，杠子上了肩，迈着四方步往前一走，再没这么稳当的了，棺材头上摆碗酸辣汤，到了坟地也撒不出一滴来。皆因姜小沫事先给足了赏钱，不给赏钱你试

176

试，非把棺材里的死人晃散了黄儿不可！

孝子不能剃头刮脸也是老例儿，胡子拉碴的姜小沫扛着引魂幡走在棺材头里，依着执事的嘱咐，一路上走街过巷嘴里得喊着点儿，以便让亡魂跟上。浩浩荡荡的队伍一路到了河边，姜小沫喊了声："大伯，咱过浮桥了！"引着道队缕缕行行上了桥。走到一半，看见桥对岸的雾气中立着一伙人，高的高、矮的矮、胖的胖、瘦的瘦，一个个也是穿白戴孝，可没一个按规矩穿的，孝帽子歪着，孝袍子捌着，白孝鞋的后跟儿踩下去趿拉着，挑着眉歪着嘴，守着两口滚开的大油锅，锅边挂一圈马勺。队伍里有眼尖的，认出对方是四合鱼锅伙的混混儿，此辈在陈家沟子鱼市上销声匿迹已久。打从姜小沫开逛，再到义合成摆酒开贺，重挑秉合鱼锅伙的旗号，也没见他们出来搅闹，怎么今天突然冒出来了？

按旧时的迷信之说，送殡的打死也不能走回头路。姜小沫接连四十多天没剃头没刮脸，整觉也没睡过一个，虽不觉乏累，却憋了满肚子的邪火，瞪着一双夜猫子眼，晃了晃手中的引魂幡，吩咐队伍继续前行。四合鱼锅伙的十几个混混儿见道队走过来了，立时分列两旁，从中闪出一条路来，让过两丈四的明镜，让过开道锣、官衔牌，什么"开路鬼""打路鬼""险道神""夜游神"，一概让了过去。姜小沫心里纳闷儿，混混儿们惹是生非，必然是先甩话茬子，以言语降人，接下来要么三刀六洞往自己身上招呼，要么一言不合大打出手，这伙人拉足了架势，怎会一直按兵不动呢？

姜小沫这一个念头尚未转完，忽听身背后"当当当"三声响尺，十六抬的大棺材刚刚行至桥头，只见四合鱼锅伙这边走出来一个混混儿，高叫一声："兄弟们，给老爷子铺金桥！"话音未落，众混混儿纷纷抄起油锅边的马勺，抎满了滚沸的热油，你一勺我一勺地往杠夫脚底下乱泼。姜小沫暗道一声"糟了"，杠子手只是卖力气吃饭的民夫，可不比锅伙里的混混儿，不会拉破头那一套，热油来了能不躲吗？纵然穿着棉靴棉裤，泼上也是"滋啦"一下，转眼就透到皮肉上了！果不其然，一众杠子手立时乱了阵脚，何况木头桥板上沾满了油，要多滑有多滑，不等秉合鱼锅伙的混混儿们上前相助，十六抬的大棺材摇了两摇、晃了两晃，"咔嚓"一下倒将下来。以前的棺材不下坟坑不封钉，总计七根"子孙钉"，男子左四右三、女子左三右四，执事一边念着封钉诀，一边招呼孝子贤孙"躲钉子"，前六根钉子搠进去，最后一根钉一半，告诫后人凡事要留有分寸。此刻还没到坟地，棺材盖仅仅是掩在上边，随着大绳一松，棺材倾倒下来，上边的宝顶、棺罩连同棺材盖子，统统掉了下来。丁大头的尸身也从棺中滚出，掉在桥板上，沾了满身的热油。得亏扶灵的傻哥哥用瘸腿挡了一下，否则丁大头非得滚到河里喂王八不可。姜小沫勃然大怒，扔下手中的引魂幡，冲上去踹翻了油锅。那伙人就是恶心人来的，眼见着一招得手，让丁大头尸首见天了，立马一哄而散，逃了个干干净净。

秉合鱼锅伙的一众人等岂肯干休，只等大寨主一声令下，就要追上去豁命。执事紧着劝姜小沫，过了正午就不能入土为安了，眼下得先办正事。姜小沫只得强压心头火，把油脂麻花的丁大头搭到路边，架起棚子遮挡三光，又命人去冥衣铺买了一身袍套靴帽给换上，再次装殓入棺，抬到坟地草草埋了。事后派人到处搜寻那天闹丧的混混儿，逮着一个算一个，抓到锅伙之中，哪只爪子泼的油，就把哪只爪子摁在油锅里炸透了！

这一通折腾下来，且不说担惊受气，单是大小节骨眼儿上花的钱，那都扯了去了！秉合鱼锅伙不仅揭不开锅了，还借了一屁股两肋的外债。别人担心没钱手短，姜小沫可不怕，拿他那对夜猫子眼一看，锅伙地下便有个银窖，估摸是以前那位大寨主埋下的。等到深更半夜，他将傻哥哥叫起来，拎着镐头、铁锹来到后院，在一棵老槐树底下找准了位置，姜小沫抡镐刨坑，傻哥哥腿脚不便，坐在地上铲土。足足刨了七八尺深，姜小沫抡圆了镐头往下砸，只听"当"的一声响，震得他虎口发麻，镐头险些脱手。弯腰扒开胶泥，见得一块方石板，用力掀开，下面摆着一个装满了银元宝的木头箱子，跟八月十五的河螃蟹赛的——顶盖肥儿！

　　姜小沫挖出一箱窖银，解了秉合鱼锅伙的燃眉之急，众混混儿对他愈加敬服。可他自己心里不是滋味儿，舍出一身肉换来的这个名号，别人当面尊称一声"九伯"，背地里谁不骂他臭狗食？官府更是将此辈归为匪类，以"锅匪"呼之。俗话说"瓦罐不离井口破，大将难免阵前亡"，有多少刚开逛的愣头青，都憋着弄死个成了名的大混混儿扬名立万儿，出来进去的明枪暗箭防不胜防，纵然落个善终，死后也保不齐跟丁大头一样不得安生。锅伙一众兄弟如今有了饭门，青龙帮顾三爷的恩德也已报答，秉合鱼锅伙岂是久留之地？

3

　　转眼间冬去春来万物复苏，又到了开海的时节。河面上大小船只首尾相连，陈家沟子鱼市成交两旺，一片繁忙，大街上恢复了往昔的喧哗。姜小沫混迹尘埃，待时而动，眼下他也坐不住了，因为他身上的鳌宝必须拿天灵地宝养着，否则撑不了一年半载。他掏出褡裢中的《宝谱》反复查看，九河下梢不愧是鱼龙变化之地，眼下便有一件天灵地宝，合该着显宝。

天灵地宝不可能摆在明地上等着你拿。那天下午，姜小沫突然说要出门，带上憋宝的烟袋锅子和褡裢在头前引路，傻哥哥在后边跟着他。前一阵子，姜小沫掏了大把银子，托薛神医诊治傻哥哥的残腿，治了三个多月，傻子的腿虽然还瘸着，却不必再架拐了。两个人招摇过市，径直来到陈家沟子鱼市的"万记海货店"。看招牌也知道，海货店老板姓万，三十多岁，中等个儿头，黑瘦的一张长脸，一对小眯缝眼，不笑不说话，见到秉合鱼锅伙的头把，赶紧迎出来，点头哈腰地打招呼："哎哟九伯，哪阵香风把您吹来了？快往里面请！"

姜小沫不动声色，带傻哥哥走进海货店，转着夜猫子眼四下踅摸，靠墙码着几十个大麻袋，装满晾干了的杂鱼、虾皮，一股腥咸味儿直往鼻子里钻，看着货不少，却值不了多少钱。姜小沫看了几眼，心里头有数了。万老板搬过来一条长板凳，擦抹干净了，又忙着给姜小沫和傻哥哥沏茶倒水："九伯、傻伯，我店里地方小，您二位将就坐。"姜小沫抽着烟袋锅子对万老板说："无事不登三宝殿，我得跟您借一件东西。"万老板赔着笑说："什么借不借的，您要用什么，找人捎个口信，我给您送过去不就得了，还值当您亲自跑一趟？"姜小沫说："那我不跟您客气了，我要借万记海货店的鱼秤使几天。"万老板一愣，陈家沟子那么多海货店，怎么单借我万记的秤呢？没了秤我还怎么做买卖呢？不过秉合鱼锅伙的大寨主开了口，他也不敢多问，嘴上应承着，转身去拿鱼秤。姜小沫叫住万老板，拿烟袋锅子往墙角一指："别忙，我借的是那杆旧秤。"

万老板更纳闷儿了，墙角是立着一杆旧秤，硬杂木的秤杆子，两端铜皮包焊，刻着十三颗星花，头上吊着个生了锈的大铁钩子，足有半斤重，秤砣、秤盘子一概没有，早已用不得了。他给姜小沫作了个揖："实话跟您说，做官的靠印把子，做买卖的靠秤杆子，此秤虽不堪用，却是从我太爷爷那辈传下来的，开买卖铺户得有幌子不是？万记老秤正是咱家海货店的招牌，没了招牌我的买卖还怎么做……"姜小沫不等他说完，直接递过去二百两银票："这个您拿着。"万老板眼睛一亮，他的店小本经营，二百两银子够他卖多少海货的！当时搓了搓手，却不敢接银票："九伯，小店全凭锅伙兄弟们照应着，咱这天天打头碰脸的，我哪能收您的钱？"

姜小沫瞧出了万老板的心思，无非是担心收了银票，锅伙混混儿们会来捎后账，搅黄了海货店的买卖，转着夜猫子眼嘿嘿一笑："您的意思我懂，君子不夺人之所好，我可不是跟您论价，非要买您的万记老秤。我只借用三天，一天也不多借，三天之后原样奉还，银票您也收着，权当我跟您交个朋友，您看行不行？"万老板毕竟是个买卖人，不会什么也会算账——一杆用不上的破秤，借出去三天，就给二百两银子，那不跟白给的一样吗？姜小沫是有头有脸的人物字号，身为秉合鱼锅伙头把，在陈家沟子鱼市上向来说一不二，吐一口唾沫砸一个坑，既然他说了三天归还，定然不会赖着不给，该不是九伯他老人家可怜我这个小买卖人？思前想后琢磨不透，但是无论如何不敢驳了九伯的面子，真让他空着手出门，那以后我的买卖还干不干了？万老板一头雾水，老老实实拿了鱼秤，恭恭敬敬交到姜小沫手中。

姜小沫拎着万记老秤出来，回去的路上，卸下秤钩子揣入裆裤，又顺手买下两捆粗麻绳，找船把式雇了一艘小船。转天一大早，不知他从什么地方牵来一头黑驴，吩咐傻哥哥拿上粗麻绳，从锅伙出来，小船已经在河边候着了。二人一驴上了船，姜小沫吩咐一声，船把式摇起双桨劈波斩浪往前划。九河下梢水路通畅，他们又是顺水行船，百十里地的路程，没过晌午就到了海下。姜小沫掏出二两银子，让船家自己去找吃喝，晚上挨一宿，天亮前在原地等着，到时再给他十两银子。船家收了银子，连连作揖道谢，秉合鱼锅伙大寨主用了自己的船，不给钱那都是往脸上贴金！

所谓"海下"，泛指天津城以东的近海之地。早年间渤海湾岸边有十二个高台坨子，渔民们在坨子上安家落户，俗称"海下十二堡"，鱼虾蟹贝格外鲜美，又是河海交汇处，吃咸有咸，吃淡有淡。当地人对海货的吃法也是五花八门，宁可亏钱不能亏嘴，比如"八大馇"——馇鱼、馇虾、馇蚆子、馇海螺、馇麻线儿、馇蚂蚌、馇墨斗儿、馇八带。怎么馇的呢？捞上来的海货，不挤鱼肚子不刮鳞，宁可扔车扔牛，鱼头也不能扔，加上腌芥菜疙瘩的老卤，铁锅大灶，底下添柴续火，武火断生，文火爝烂，出了锅骨酥肉紧、咸鲜入味，配上"麻蚆白菜馅的包子、韭菜扇贝馅的蒸饺"，还嫌不解馋怎么办呢？可以再来一个"涮海锅"，每到开海的季节，在离海边不远的一条老街上，从头到尾排满了食棚、饭铺，当街空地垒土灶，支起头号的大铁锅，放入葱、姜、花椒等各种去腥的作料，加上海盐煮得沸汤翻滚，咕嘟咕嘟冒泡。诸般海货论铁锹吆喝，吃主儿多是附近镇子上的住户，也有从天津城专程赶过来尝鲜的，不论认识不认识，都围坐在一口大锅前，各自拿笊篱兜着活鱼活虾伸到锅里，烫个半生不熟，捞起来蘸着作料吃，滋味鲜美、价格便宜，脚底下满地的蟹壳虾皮儿鱼骨头，养得这地方的野猫都比别处的肥三圈儿。

二人一驴来到涮海锅的老街上，但见各家食棚门口一字排开若干个大笸箩，装着鲜活的海螺、扇贝、蛏子、麻蛤、三疣梭子蟹、晃虾、青虾、墨斗儿、鲥鱼、鲅鱼、梭鱼、大黄鱼、小黄鱼……全是此地盛产的海味。其中一家海货馆子，幌子挂得比别人家都高，随着风飘来荡去，上写"泰发号"三个大字。大门口搭着棚子，支着十几口热气蒸腾的大铁锅，吃海鲜的人还真不少，几个伙计忙得团团转。二人溜达到泰发号门口，一瞧地上笸箩里的海货，个个肥得流油，噼啪乱蹦，那个活泛劲儿，谁家也比不了。最诱人的是大对虾，连头带尾一拃多长，足有孩子手腕粗细，公的菜花黄、母的豆瓣绿，弓腰刨爪乱蹦乱撞，一看就是当天捞上来的，卖的时候拿一根竹签子插上两只，必须是一公一母，论对儿卖，所以才叫"对虾"。

姜小沫告诉傻哥哥，甭含糊，想吃什么要什么。傻哥哥沾别的傻，他可知道什么东西好吃，当即撸胳膊挽袖子，来了个"小孩放炮——点"！俩人点了三盆海鲜、二斤烧刀子，在食棚中落座，眼前这口大铁锅中的汤底已煮成了奶白色，上面漂着花椒、葱姜蒜，鲜香扑鼻勾人馋虫。傻哥哥乐得直冒鼻涕泡，甩开腮帮子一口酒一口菜，吃得满头大汗。他天天在陈家沟子混，河海两鲜可没少吃，但是这么鲜的东西并不常见，更舍不得这么撒着狠儿地吃，今个儿是越吃越没够，没过一会儿，三盆海鲜见了底，又要了三盆，仍是生熟不顾，风卷残云一般，肚皮撑得滚圆，一肚子鱼虾蟹贝直顶到嗓子眼儿。姜小沫没动筷子，他看傻哥哥吃得差不多了，招手叫来伙计，付完账又额外掏出一锭银子打赏。按过去勤行的规矩，主顾吃得满意了，又或存心摆阔，结账时往往多给几个赏钱，前堂后灶人人有份。伙计一吆喝"某某爷赏多少多少"，前堂后灶连墩儿上切菜的小学徒听见，都得跟着一齐谢赏，因为这个钱东家不要，关了门上了板大伙均分。伙计接过银子，脸上乐开花了："大爷，您吃得顺口吗？我再给您捞点儿带壳的？"姜小沫一摆手："虾蟹不必上了，你给我拿两条鳎目鱼来。"伙计赔笑道："哎哟，鳎目鱼咱可没有，您吃过见过，肯定比我明白，眼下才刚开海，吃鳎目得等到入伏之后，那才算应时当令，因此叫'伏鳎目'。那会儿的大鳎目鱼两尺来长、两寸多厚，全是一条条的蒜瓣子肉，您也甭涮着吃，到时候您再过来，我让后厨给您烧一道侉炖鳎目！"姜小沫说："不对啊，谁不知道海下泰发号的鱼坑数九寒天不上冻，要什么鱼有什么鱼，在别处吃不着鳎目，来你们家还能吃不着吗？"

泰发号的跑堂伙计还挺机灵，你有来言他有去语，告诉姜小沫："您这话问得真没毛病。只不过我们这一网撒下去，捞上来什么是什么，这几天也没见着鳎目鱼，咱总不能把坑里的水放干了不是？"姜小沫道："行了，算你有理，鳎目鱼我不吃了，你再给我来两盆水蝎子！"海下人管皮皮虾叫水蝎子，开海之后海货太多，"一网金、一网银、一网来个聚宝盆"，像什么小鬼夹子螃蟹、小鲅螺油子、小青蛤、小鲈板儿，也包括水蝎子，这几样当时不够肥，卖不上价，打到了也得拣出来扔回海中。因为一艘渔船的载重有限，出一次海，得尽量多打点儿值钱的海货。想吃水蝎子至少也得等到了清明，最好是到谷雨前后，那个时候公的个大肉肥，尾巴尖儿里都是满的，母的项带"王"字，背上一条紫线，蒸熟了能剥出形似蜈蚣的虾黄，蘸上点了小磨香油的姜醋汁，吃多少都没够。但眼下确实不到时令。话虽如此，伙计还得哄着姜小沫："您又说笑了，咱家这么多海货，哪有人吃水蝎子呢？要不然这么着，小的我敬您二位一盘生腌籽蟹，保您吃一回想二回，您看行吗？"

籽蟹也是好东西，正经名字叫"紫蟹"，酱紫色的蟹盖，大的也不过烧饼盖大小，生在河里长在海里，咸淡水交汇出来的东西，不说多上品，但是味道独特，海下人择出满籽的母蟹，搁在油水里泡上一天，让它们吐净了泥沙，放到陶罐里，拿提前熬好的卤水泡上七天七夜，再取出来还跟活的一样，但是味道早已经腌进去了，吃一口满嘴鲜香，什么料也不用蘸。伙计本是好意，姜小沫可不答应了："那么大一个泰发号，怎么要什么没什么呢？算了算了，也别说我为难你，你看这样行不行，我自己去你们家的鱼坑里钓，钓上来什么我吃什么！"伙计面露难色："哎哟大爷，您看我就是一个跑堂儿的，鱼坑是东家的，我做不了这个主啊！"姜小沫又掏出一锭银子："那烦劳你去问问你们东家，行吗？"天底下没有嫌钱烫手的，看姜小沫的穿着打扮，听说话的口气，再加上出手这么阔绰，以为是天津城里哪个大买卖家的掌柜，让他吃痛快了，绝对少不了赏钱。伙计立刻换了一张嘴脸："您看这话儿怎么说的，怎么又让您破费了？您稍候片刻，我去通禀一声，问问我们东家。不过咱话说到前头，办事不成不算无能，如若是东家不答应，您可别怪我。对了……敢问您尊名贵姓？万一我们东家问起来，我该怎么称呼您呢？"姜小沫淡淡地说："姓也不贵、名也不尊，陈家沟子鱼市秉合鱼锅伙头把儿。"海下的渔民打了鱼虾，十之八九要卖到陈家沟子，谁没听过秉合鱼锅伙大寨主的名号？伙计吃了一惊，再也不敢怠慢："失敬失敬，我马上给您通禀！"

其实姜小沫心里明镜一般，在陈家沟子开鱼铺、海货店的无人不知，海下有个大渔霸叫高四辈儿，绝对可以说是"窝头掉地上又被人踩了两脚——不是什么好饼"，凭着祖上传下来的"官票"强买强卖、恶吃恶打，海下十二堡的渔民谁也不敢惹他，做买卖从来只用黑心砣、阴阳秤，明面上的不算，光靠秤杆子上的花招，挣下的银子就没数了。渔民们出海走得远，打来鲜鱼活虾，往往赶不及送去鱼市，或是卖不了那么快，所以各家各户都在海边挖下鱼坑，开渠引入海水，先把鱼虾混养起来，再怎么说也是死水，比不了刚从海里捕上来的鲜活。却有一个出奇的鱼坑，二十几丈见方、六七丈深，纵是缺鳞断尾、半死不活的鱼虾，放入坑中三五天，非但死不了，甚至能缓过劲儿来。不是当时当令的海货，打这个坑里捞出来，也是又鲜又肥。一传十、十传百，越传越邪乎，话经三张嘴，长虫也长腿，当地人都说这是一个宝坑。本来是一个老实巴交的渔民自己挖的，高四辈儿看着眼红，强取豪夺占了这个鱼坑，这才开起了卖活鱼活虾涮海锅的泰发号。

不消片刻，一个黑胖子迎了出来。只见此人一身藏青色绸缎裤褂，小风一吹扑啦啦乱抖，四十来岁，丑得出奇，斗鸡眉荞麦眼，塌鼻梁翻鼻孔，厚嘴唇下兜齿，挂一面铜锣都不带掉的，一脸的恶癣，脖子短肚子大，竖着三尺五，横着也不下三尺三。黑胖子冲姜小沫一抱拳："不知姜爷到此，高某有失远迎，恕罪，恕罪！"当下将二人请入泰发号的后堂，落座看茶。宾主双方寒暄了几句，姜小沫开门见山："四爷，我这一次到海下来，实有一个不情之请，想在您家的鱼坑钓几条鱼，您看行吗？"高四辈儿一脸诧异："您守着陈家沟子鱼市，想吃什么海货没有，还用得着自己钓鱼？再者说了，我铺子里鱼虾也不少啊，您吃着不顺口吗？"姜小沫说："我还是得自己来，哪怕一条鱼都钓不到，沾一沾您家宝坑的灵气，也不枉大老远地跑这一趟。"傻哥哥也跟着帮腔，冲高四辈儿一龇牙："早钓鱼，晚钓虾，中中……中午钓出条大鳎目，哈哈哈哈！"

高四辈儿一脸的不痛快："不是我驳二位的面子，您也瞧见了，整个海下十二堡，这么多家食棚饭铺，只有我们家的鱼最鲜亮，倘若南来北往的吃主儿都来下杆钓鱼，岂不毁了我的宝坑？"姜小沫掏出五百两银票，往桌子上一放，推到高四辈儿眼前："我不是跟您商量吗，这张银票押在您家，多退少补怎么样？"高四辈儿见了银票两眼冒光，心知买卖来了，更得沉住气了："哎哟……这可不行，跟您交个底，就为了宝坑，我是晨昏三叩首、早晚一炉香，外人谁也不准靠前。倒不是高某人我贪财，一旦出了岔子，天津卫的老少爷们儿上哪儿解馋去？何况坑里的王八、大对虾、海红，价码儿都不一样，这个账……算不清啊！"姜小沫笑道："好办，我再给您加五百两。"说话又掏出一张银票。高四辈儿又摇了摇黑脑袋："我可不是跟您讨价还价，不在银子多少，我不能坏了规矩不是？"他嘴上搪塞着，心下紧打算盘，平常来的都是吃海货的，谁有心思钓鱼？宝坑里有多少鱼虾，全是他高四辈儿亲眼看着从渔船上卸下来的，纵然杆杆起，拢共能钓多少？再说陈家沟子到海下一百多里地，秉合鱼锅伙的头把为什么跑这么远来钓鱼呢？莫非坑里藏着什么宝物？转念一想又觉得不对，每年开海之前，他必定派人清坑，并非没在坑底下挖过，当真没有出奇的东西。盘算来盘算去，高四辈儿仍是犹豫不决，迟迟不肯应允。姜小沫见状，端起茶碗一饮而尽，将两张银票收入褡裢，叹了口气说："既然您觉得为难，我也不强求了，告辞告辞。"叫上傻哥哥，抬屁股走人。

渔霸高四辈儿是属犟驴的——牵着不走打着倒退，况且说出大天去，他只不过是个乡下土闹儿，从阴阳秤上抠出一千两银子也不是易事，立马绷不住价儿了，忙扯住姜小沫的衣襟，谄笑道："您急什么，不就是钓鱼吗？好说好说……"姜小沫"哦"了一声："看来您想明白了？"高四辈儿瞪着一双荞麦眼，往姜小沫的褡裢里瞟了瞟："那个……我想没想明白倒无所谓，只不过手下的兄弟们，全指着这个买卖吃饭呢，您看这人吃马喂的……"姜小沫点头会意，再次掏出两张银票摆在桌上。高四辈儿喜滋滋地拿了银票揣入怀中："您算来对地方了，咱家坑里的鱼虾个顶个的活，手捏尾巴一条线，没有钩眼不缺鳞。二位尽管钓，吃不了亏，只有一节，可不许下网搬罾！"姜小沫点头道："那当然了，还得麻烦您，让伙计帮忙在坑边支一口大锅，甭管钓上什么来了，我们哥儿俩就直接涮海锅子了。"高四辈儿挑着大拇指奉承："嘿，钓一条涮一条啊，还是姜爷您会吃，讲究！"

高四辈儿亲自在前面带路，姜小沫骑在黑驴上，由傻哥哥牵着，绕到海货老街的后面。远处是茫茫大海，虚虚渺渺，岸边泊着十几条渔船，架子上晾着渔网，近前赫然一个四四方方的大鱼坑，坑边以贝壳、胶泥筑起一道堤埝。密密麻麻的小白虾贴着水面游弋蹦跳，引得水底的鱼群跃起夺食，翻腾出一片片混乱的白浪。高四辈儿满脸得意地伸手一指："您老上眼，这就是咱家的宝坑，说到在海下吃鱼吃虾，谁也比不过咱这个大坑！"

不多时来了几个伙计，抬着铁锅、烧酒、调料、笊篱、碗筷、板凳、劈柴，捡几块石头搭成土灶，支上一口大铁锅，倒了水引火烧柴，收拾妥当，扭身回馆子接着干活去了，因为有高四辈儿盯着，谁也不敢偷懒耍滑。姜小沫围着鱼坑转了一圈，选定一个地方，从褡裢里掏出秤钩子，拿麻绳拴了个猪蹄子扣，也没挂鱼饵，甩起来扔到坑里，又把麻绳的另一端系在堤埝边的一根木头桩子上。高四辈儿看见那个大钩子，差点儿气乐了，心说："你们二位可够贪心的，带这么大一

188

钩子，这是想钓多大的鱼啊？反正我清过坑了，无非是鱼虾海货，你愿意怎么折腾怎么折腾吧！"

姜小沫不言不语蹲在坑边，眯缝着夜猫子眼，一口接一口地抽着烟袋锅子。傻哥哥举着笊篱，两眼盯着水面，就等鱼虾上钩，直接扔锅里开涮。坑里面不时泛起鱼花，可是始终没有鱼咬钩，也没法咬，那么大一个秤钩子，什么鱼才咬得住？那得是多大的嘴啊！左等右等，一大锅水都快烧干了，连个虾米须子也没钓上来。傻哥哥着急："不行我下去摸了！"高四辈儿连忙阻拦："哎哎哎，那可不行，咱都说好了，只许钓，不许捞！"

眼瞅着日头往西沉，高四辈儿也疲乏了，上下眼皮直打架，寻思"有一千两银票在我手上，哪怕他们二人捞光了坑里的鱼，我也吃不了亏"，打定主意，喊了一声"姜爷"，说道："您二位自便，高某恕不奉陪了。"姜小沫冲他拱手："您忙您的，甭管我们。"

坑边只剩下姜小沫、傻哥哥，还有那头黑驴。虽然已经开春儿了，但是海边没遮没拦，裹挟着细沙的海风跟小刀子一样，打得人睁不开眼。皮糙肉厚的傻哥哥浑身发冷，守在锅边烤火，一坛子烧刀子喝了大半。姜小沫却恍如不觉，只是背过身子，闷头抽着烟袋锅子。后半夜风刮得更猛，粗麻绳子摇来晃去，猛然间"咔嚓"一声惊雷，一道湛蓝耀眼的闪电劈了下来。姜小沫突然起身，把烟袋锅子别在腰间，瞪圆一双夜猫子眼，直勾勾盯着鱼坑，但见水面上卷出一个大漩涡，坑中鳞光闪烁，亮似星河，数不清的鱼虾"噼哩啪啦"往上乱蹦，粗麻绳子倏然下沉，像是钩住了什么，"嘎吱"一声绷得笔直。

傻哥哥低着头要睡着了，迷迷糊糊听见响动，以为大鱼咬到了钩子，身上打了个激灵，一惊一炸地嚷嚷："小沫儿、小沫儿，快拽绳子，别让鱼跑了！"姜小沫牵过黑驴，把粗麻绳拴在驴马套子上，拍了两下驴屁股。黑驴打了个响鼻儿，腰身一长，四蹄蹬地，闷头往前走，似乎拖着千斤之重，呼哧带喘地越走越吃力。姜小沫和傻哥哥上去帮忙，一个牵驴，一个拽麻绳，费了九牛二虎之力，随着一阵轰隆隆的响动，黑驴从坑中拽出一个大铁球，顶端有个铁环，秤钩子牢牢钩在铁环上。傻哥哥直愣愣地盯着铁球看了半天，"噗"的一下泄了气："咱守到半夜，灌了一肚子凉风，就只钓上这么个生铁坨子？这是能煮呀，还是能涮呀？"

姜小沫暗暗得意，抱着铁球放入锅中，"咣当"一下险些砸穿锅底，水花溅了一地。他让傻哥哥添柴烧水，一大锅水煮得滚沸，铁球居然从开水中浮了上来，在锅里骨碌碌打转。水浅了就从坑里舀几盆水加进去，火弱了再添柴，直到煮干了三锅水，东边隐隐约约泛起霞光，姜小沫突然起身，拿着撞宝石往大铁球上使劲一砸，登时裂开一道口子。大铁球当中竟是空的，只贮着一汪清水，水里有条银光闪烁的小鱼，通体透明，才一寸多长，摇头摆尾地游来游去。傻哥哥长这么大，也没见过这么好看的鱼，担心锅里太热，再把鱼煮熟了，赶紧伸手去抓，分明已经捞在手中了，鱼也没跑，可是一抓一个空。姜小沫让傻子退在一旁，把烟袋锅子探进水里，另一只手连水带鱼抓了一把。傻哥哥歪着脖子、晃着大脑袋凑过来，但见姜小沫张开手掌，手心里没有鱼，铁球里的鱼也不见了。傻子着急忙慌地到处找："鱼呢？鱼呢？"姜小沫嘿嘿一笑，一摆手中的烟袋锅子："别找了，天灵地宝在此！"

傻哥哥低头再看，二寸长的玛瑙烟嘴儿中，有一条小鱼隐约可见。姜小沫心满意足，海货行祖师爷当年传下一个秤钩子，留在万记海货店了，正可借此物钩取海下的一件天灵地宝——显宝灵鱼。此宝碰巧陷在这个鱼坑里，才保着鱼坑数九寒冬不会上冻。有此宝在身，洪波浪底，任凭往来！姜小沫得了显宝灵鱼，天亮时去到河边，给了船把式十两银子，吩咐他带着万记老秤回去，还给海货店的万老板。姜小沫和傻哥哥却没上船，二人一驴往官道上走了。

转天早上，高四辈儿跑到坑边一看，坑还是那个坑，水还是那个水，跟以前没什么两样，心里踏实多了。怎知从此之后，宝坑里捞上来的鱼虾个个蔫头耷脑，其中不乏死鱼死虾。高四辈儿心里慌了，又是烧香拜神，又是清淤换水，也都不管用。宝坑不仅没了以往的灵气儿，坑底还泛出一阵阵恶臭。高四辈儿折腾一溜够，却丝毫不见起色，思来想去估摸着是姜小沫做了手脚，捶胸顿足追悔莫及，手指天津城的方向，跳着脚大骂："你个杀千刀的混混儿，毁了我的宝坑，我跟你没完！"

然而秉合鱼锅伙的大寨主从此销声匿迹，天津卫再也没人见过他，真可以说是只闻其名、不见其人。不过二十年后，九河下梢又多了一个四十来岁的外地老客，风尘仆仆、土里土气，嘴里叼个半长不短的烟袋锅子，骑着一头黑毛驴子。此人神龙见首不见尾，走遍了犄角旮旯，常用大把银子买下老百姓家里用不上的破东烂西。凡是跟他做过买卖的人，没有一个吃亏的，都说自己遇上了财神爷。不过也有明白人，说那个老客是个憋宝的，你以为卖给他几件值仨不值俩的破东烂西是捡了便宜，实则不然，憋宝的可不做赔本买卖，咱天津卫的天灵地宝，全让骑黑驴的老客憋去了！由于傻哥哥总跟在那个老客后头到处走，有人认出他，就追着问："傻子傻子，当年秉合鱼锅伙的九伯去哪儿了？"傻哥哥不说话，指着骑黑驴的老客嘿嘿傻笑。

天津卫的大混混儿姜小沫，从此变成了骑着黑驴憋宝的窦占龙，但还不是《四神斗三妖》中的天津卫四大奇人之一，因为他还没拿到天灵地宝三足金蟾。那么说如今这个人，还是不是当年的姜小沫呢？

书中暗表：姜小沫不埋鳖宝，他还是姜小沫；埋了鳖宝，窦占龙又三魂合一了，甚至连形貌都有变化。只不过鳖宝可以留存记忆，姜小沫二十来年的所见所识、所思所想，这个窦占龙是一清二楚，皆如亲身所历一般。

第十章　九死十三灾 上

1

在不知内情的外人看来，骑着黑驴憋宝的窦占龙行踪诡秘、高深莫测，论财力更是挥金如土无人可及，一双夜猫子眼堪称无宝不识，江湖路上提及他的名号，哪一个不得暗挑大指，又是眼馋又是嫉妒？同样的两条胳膊两条腿、俩肩膀上扛个脑袋，谁也没比谁多长什么，凭什么人家那么有钱？

那些个羡慕嫉妒恨的"只知其表、不知其内"，自打窦占龙在海下拿了显宝灵鱼，从此离开九河下梢，再回来已是二十年后。搁到说书的嘴里，这二十年叫"时光荏苒、日月穿梭"，无非是上嘴皮子一碰下嘴皮子，过得快极了，实则可不短，那么多年他究竟干什么去了？又为何去而复返呢？

皆因窦占龙的鳖宝得自外道天魔，在他身上埋得越久，这东西的贪念越大，不得不骑着黑驴金睛蹇，走遍了大江南北黄河两岸，到处勾取天灵地宝，日复一日东奔西走，有如来鸿去燕、恰似萍飘蓬转，那二十年过得还不快吗？

窦占龙也恨不得一口气多拿几件天灵地宝，过几年安稳日子，怎奈憋宝客争的是机缘、夺的是气数，不到显宝之时，去了也得扑空。他手上虽有撞宝石，但是用一次小一圈，不到万不得已的当口，舍不得拿撞宝石去砸天灵地宝。

常言道"人有逆天之时，天无绝人之路"，窦占龙等了多年，终于让他等来个出于其类、拔乎其萃、千载难逢、万中无一的金身灵宝——三足金蟾，有个俗名叫"金丝蛤蟆"，关东山的"七杆八金刚"也难望其项背。拿到这件天灵地宝，他才能得以喘息，再寻个法子摆脱鳖宝。不过凡事有一利必有一弊，此宝惊天动地，本不该出世，所以谁拿了三足金蟾，谁得跟着它应"九死十三灾"之劫。一个人一条命，谁能死上九次？换了旁人没这个胆子，更没有那么大的造化。窦占龙却想铤而走险，凭借金身灵宝，从"九死十三灾"中求得一条活路。当年他在窦家庄宗祠打下邪物铁斑鸠，折损了一半福分，外加一半阳寿，本以为躲不过祭风台二鬼庙一劫了，结果又出来个姜小沫，让他绝处逢生，可见鳖宝的气数未尽，于是带着傻哥哥昼夜兼程，赶赴江西龙虎山取宝。

窦占龙满腹心事，只想着如何取宝。一路跟着他的傻哥哥则不然，成天咧着大嘴傻乐呵。傻子以前从没离开过天津卫，这二十年漂泊在外，可让他开了眼、解了馋。窦占龙裆裤里的钱财取之不尽、用之不竭，傻哥哥想吃什么吃什么、想喝什么喝什么、想买什么买什么，简直是为所欲为。为了行脚赶路方便，他也给自己买了头小毛驴子，脑袋大脖子粗，半尺多长的两只大耳朵，跑起来呼呼乱晃，看着就带劲。逢村过店拣最贵的客栈，住头等的上房，再赶上进了城，那更得意了，胡吃海喝外带着瞧玩意儿，哪儿热闹往哪儿扎，真可谓"傻吃傻喝有傻福"。

路上没书，只说二人来至江西境内，先在龙虎山附近一个镇子落脚，小地方不大，却称得起人杰地灵。镇子里的民宅商铺、装饰摆设，处处透着道家之风，一水儿的青砖灰瓦，马头墙后面的屋脊半隐半现，如意斗拱托举翘角飞檐。窦占龙接连住了七八天，在客栈中养精蓄锐，掰手指头估算着日子，等候显宝的时机。傻哥哥受不了了，整天嚷嚷着要走，倒不是为了别的，皆因当地人吃得太素，什么上清豆腐、天师板栗、灯芯糕、茄子干……罕有大鱼大肉，肚子里缺油，两条腿也发软。窦占龙告诉他："少安毋躁，明日到山下取宝，顺道带你开开荤。"

转天一早，他俩打客栈出来，一人骑着一头驴来至龙虎山下。窦占龙举目观望，但见山色清奇、阴阳绝妙，峰顶几株杂木参差，斜向溪谷，泸溪河宛若玉带，于山间逶迤而过，连接着两侧一层层赭红色的奇峰怪石，真可谓"丹崖碧水，气象万千"。千仞仙岩上嵌着数十眼洞穴，隐约可见残缺的棺椁，以及纺车、陶罐、琴瑟等随葬物品。山是好山，水是好水，窦占龙却不敢上山，因为金丝蛤蟆躲在山上五雷殿中，四周有十里迷雾缠绕，没有道根的人别说进去，你找都找不着；即便识得路径，他脉窝子里埋着鳌宝，擅闯五雷天罡殿，那不是擎等着找雷劈吗？

窦占龙带着傻哥哥绕山而行，兜兜转转走了半天，路途中也见着几家有模有样的饭庄子，上下两层的木楼，宽敞明亮，能做整桌的天师宴。伙计捯饬得干净利索，肩膀头上搭着白毛巾，腰杆笔直地站在门口，招呼着过来过往的客人，菜牌子唱得如同倒豆子——"泸溪斑虎、黑猪拜山、五彩鳝饼、荷香甲鱼……"方言土话听得傻哥哥糊里糊涂，那也挡不住他直抹哈喇子，拽住缰绳就想下驴。窦占龙却恍如不见，径直来在泸溪河畔寻了一家小饭铺，门框上一左一右挂着两个幌子，左边是个酒葫芦，右边是个木头鱼。店家闻听得门外銮铃声响，赶忙出来笑脸相迎，将两头毛驴子牵到屋后牲口棚饮喂，又带着窦占龙和傻哥哥往里走。此刻还不到饭点儿，铺子里空空荡荡，一个吃饭的也没有。二人拣个靠窗的位置坐定，点了一桌子解馋的荤菜。小馆子做不了正经的大菜，地方上的土菜可也不差，"板栗烧土鸡""腌菜炖野兔""青椒爆泥鳅""葛粉蒸白肉"，当中一个挺深的青瓷大碗，盛着热腾腾的"黄鱼炖豆腐"。窦占龙斜着眼瞧了瞧，青瓷碗比傻哥哥的脑袋还大，能当洗脸盆用，看似没什么出奇的，但在憋宝客的眼中，这个大碗倒也不赖，胎质细腻、釉面光润，外边豆绿、内侧浅黄，经年累月开了片，遍布冰裂纹。傻哥哥也盯着看，他瞧不出来别的，只觉得碗里的黄鱼香气四溢，格外馋人。当地的黄鱼可不是天津海下的黄花鱼，单指泸溪河里的黄刺鱼，当地人叫"黄丫头"，没有太大的，顶天了也就一拃，周身无鳞、黄皮长须，形似鲶鱼，又比鲶鱼鲜嫩，还没有草腥味，下锅之前用盐面儿搓去身上的黏液，掏肠抠腮拾掇干净了，搭着上清豆腐，加入米酒、葱姜、拿高汤这么一咕嘟，炖熟了撒上一把胡椒面儿，蘸着青红椒调的酱醋汁，再捣点儿蒜泥、淋点香油，味道堪称一绝。

窦占龙不在乎吃什么，吃不吃他也无所谓，往往是心不在焉，或是一筷子不动，或是有一搭无一搭地划拉两口。傻哥哥则不然，虽说早已尝尽了天下美味，但他在九河下梢土生土长，江山易改，禀性难移，见了河海二鲜仍是迈不开腿。他抄起筷子，抓过酒壶，黄鱼配黄酒，撒开了一通招呼。傻爷这张嘴说话不利索，用来吃鱼可行，一点儿都不糟践，眨眼间鱼骨头鱼刺堆得跟小山相仿，眼瞅着盆干碗净仍嫌不饱，又要了一大碗刚蒸出锅的八宝饭，黏糊糊热腾腾，吃完了一宿都不带饿的。

待到傻哥哥撑得直打饱嗝了，窗外已是暮色四合、繁星点点。他跟着窦占龙这么多年，关内关外、山南海北到处走，瞧见窦占龙一对夜猫子眼"骨碌碌"乱转，便知道该干正事了，剔完了牙一抹嘴头子，嚷嚷道："走走走，逮蛤蟆去！"窦占龙倒沉得住气，抽着烟袋锅子稳坐钓鱼台，待至天色黑透了，这才叫店家过来，随手掏出一锭五两的银子付账。小地方东西便宜，这桌子酒菜拢共用不了几个钱。窦占龙告诉店家："多余的不必找了，只当是给你的赏钱。"店家脸上乐开了花，点头哈腰地谢过赏，一边收拾碗筷，一边张罗着再给二位客官泡壶香茶。窦占龙冲他一摆手："别忙，银子不是白赏的，我看这盛鱼的青瓷碗不错，你让给我得了。"店中的青瓷大碗非金非玉，更不是官窑定烧，撒着狠儿蹦着脚要价也值不了一两银子，按说没个不答应，店家却觉得为难："客爷，实话跟您说，这是山上的一个老道士给的。他欠了我不少酒钱，只得拿这个大碗顶账，说是在正一观中盛净水用的，等他有了钱再来赎。"窦占龙问道："他的碗在你店中押了多久？"店家挠着头想了想说："哎哟，怎么着也得两三年了。"窦占龙又问："那他又来了吗？"店家嗑着牙花子说："来是来过几次，可也没提赎碗的事，欠下的酒饭账倒更多了。"窦占龙笑道："肯定是他自己也忘了，那你还担心什么？你天天拿它盛鱼盛菜，保不齐掉地上摔碎了，何况我给了你五两银子，什么样的碗买不来？哪怕老道再找你来赎，你另还他一个名窑的，不也是一片诚心吗？说到底也是他欠你，不是你欠他，有何为难之处？"开饭铺的山民哪儿绕得过窦占龙，当时让他几句话说动了心思："得嘞，既然客爷您看上这只碗了，那也算缘遇，碗归您了！"

窦占龙跟傻哥哥出了饭铺，牵上驴，拿着青瓷大碗到泸溪河中洗了又洗擦了又擦，托到月光下边一看，温润如玉、光可鉴人。当即舀了满满一碗河水，小心翼翼捧至身后的竹林之内，寻了块较为平整的土台子，端端正正地摆上青瓷大碗。他吩咐傻哥哥蹲在一旁，稍后蛤蟆一到，便会蹦入碗里，切不可轻举妄动，只待他一声令下，立马反转大碗扣住蛤蟆，然后再也别撒手了，只等他用褡裢来装，甭管什么天灵地宝，一旦进了憋宝的褡裢，那就没个跑了。窦占龙交代完了，便打开身上的蓝布褡裢，借着林深草密隐住身形，一口接一口地抽着烟袋锅子。

此时已是月上中天，周遭万籁俱寂，听不到山林间的虫鸣，只听得他烟袋锅子里火燎烟叶"嗞嗞"作响。等来等去，直等到后半夜，窦占龙的夜猫子眼忽然一亮，但见一道金光穿云破雾下了山，快似流星、疾如闪电，卷着一阵劲风，咕噜噜如同虎吼、哗啦啦又似龙吟，直奔竹林的方向而来。窦占龙走南闯北憋宝无数，最擅长观形望气，知道气者天地之精也，天灵地宝身上的瑞气各有不同，或分大小、或为阴阳，他看出金光中宝气直冲九霄，实在非同小可，也自吃了一惊。不容他多想，倏然间，金光已然落在了土台子上。窦占龙定睛看去，金光中裹着一只三条腿的小蛤蟆，口中衔了一枚老钱，眨巴着小眼睛蹦了三蹦，随后吐出老钱，凑到碗边喝水。两条腿的活人遍地都有，三条腿的蛤蟆是真不好找！窦占龙看准了时机，立即招呼傻哥哥动手。傻子真是不白给，他跟窦占龙搭伙走南闯北，论着憋宝的勾当，那也是轻车熟路了。只见傻子跌跌撞撞蹿到土台子跟前，抓起大碗就往下扣，他也是取宝心切，这一下使上了吃奶的力气，只听"啪嚓"一声，大碗扣了个四分五裂。紧跟着金光一闪，小蛤蟆踪迹不见，仅有一枚外圆内方的古钱掉在原地，上铸"落宝金钱"四字。傻哥哥是"炸糕上笼屉，走油带撒气"，懊恼自己失了手，不仅没逮到金丝蛤蟆，还打碎了这么好的一只大碗，两眼直勾勾盯着那一堆碎瓷片，嘴里头不住念叨："怪我喽！怪我喽！"窦占龙也没想到金丝蛤蟆跑得这么快，看来要拿住这个小玩意儿，尚需再费一番周折，不过有落宝金钱在手，不怕引不出三足金蟾。

窦占龙看罢多时，将落宝金钱拴在腰间，叫上傻哥哥，寻着路径回到那个小饭铺。等到天光放亮，小饭铺卸板开门卖早点，二人仍在靠窗的那张桌前坐了。傻哥哥要了一摞油饼、两碗热气腾腾的米粉，放足了青红碎椒和香醋，"唏哩呼噜"吃了个满头大汗。窦占龙一口没动，只是抽着烟袋锅子，转着夜猫子眼，一边反复摩挲着手中的落宝金钱，一边寻思接下来去什么地方逮三足金蟾。此时从山上下来一个蓬头垢面的小道童，身上道袍又脏又破，鞋子磨得漏了底儿卷了帮儿，瞅着比打板要饭的还寒碜，垂头丧气地抖搂着两只手，灰鼻子土脸狼狈不堪，看得出来刚哭了一场，腮边挂着泪花儿，鼻子里还直抽搭，步履踉跄地走进小饭铺，问店家讨碗水喝。

龙虎山下民风尚道，老百姓见了道门中人，从不当要饭的打发。店家让他坐下歇脚，倒了碗热水端过去，又给个油饼当作布施。小道童饿坏了，狼吞虎咽吃了油饼，肚子里有了东西垫底，方才恢复了几分气色。他随师父在江湖上闯荡过，看见窦占龙长着一对夜猫子眼，知其非常人也，便拿衣袖抹了抹鼻涕眼泪，上前打个问询："您二位一早从山底下经过，瞧没瞧见一只小金蛤蟆？"窦占龙没吭声，傻哥哥心里却不担事儿，有什么他说什么："逮不着、逮不着，跑得太快了，一眨巴眼……没没……没了！"小道童大失所望，咧着嘴"哇哇"大哭，又拍大腿，又跺脚丫子的，也不知悔的是哪件，恨的是哪桩。哭到一半，忽听他腹中巨响如雷，合着一个油饼没吃饱，这么一哭又把饿劲儿勾上来了。

傻哥哥心眼儿直，看这个小道童挺可怜，匀给他一碗米粉。小道童也够没出息的，忙忙道了一个谢，这就呼哧带喘地吃上了。跟炒粉、拌粉不同，刚出锅的汤粉，滚烫滚烫的，上边还汪着一层通红的辣椒油，他却顾不得挑起来吹几口，抄起筷子顺着碗边扒拉，吃到嘴里才发觉又辣又烫，那也舍不得往外吐，烫得"嘶哈嘶哈"的，抻脖子瞪眼愣往下咽。人家是吃一堑长一智，头一口烫着了，下一口你倒是慢着点儿啊，他却不然，之前怎么吃的之后还怎么吃，眨眼间一碗米粉填进了肚子，那个吃相简直不能看。傻哥哥瞧着有意思，又招呼店家给他端来两碗，中着不着地叨咕了一句："管斋不饱，不如活埋，你你你……你敞开了吃！"

一口气吃下这三碗粉，小道童混了个肚圆，连舌头带牙床子全烫秃噜了，嘴边沾满了红油，站起身来拜别二人，打着饱嗝出门而去。可能是让那三碗米粉撑的，走不多远又忘了自己姓什么了，心说："我虽然放走三足金蟾，错过了一世富贵，好歹也在龙虎山五雷殿中看了两行半天书。想当年，姜子牙看了三行，开周八百年；张子房看了两行，立汉四百载。史书上提到这二位，都少不得赞上一笔。我足足看

200

了两行半的天书，待得参悟透彻，纵然比不了姜子牙，比张子房可是绰绰有余。想那姜子牙七十二岁才奉师命下山，娶媳妇儿开卦馆，火炼玉石琵琶精，之后渭水垂钓、兴周灭纣，我何尝不是'胸怀澄清四海之志、身负扫荡乾坤之能'，又比斩将封神的姜太公差得了多少？不如我也挑个字号算卦卖卜，捎带着降妖捉怪，凭我的本领，何愁没有出头之日？"

2

不提那个小道童怎么回去摆摊算卦，咱们言归正传，单说窦占龙和傻哥哥，骑上驴离了龙虎山，寻着宝气追踪金蟾。逢村过店还能有个地方住，赶上荒郊野外免不了风里吃饭、露天睡觉。辗转到得一个所在，属徽州地界，但见群山环绕，一条江水曲折蜿蜒，川流不息，江面上舟筏如梭。窦占龙能够观形望气，看出这是一方宝地，而金蟾正躲在此处。他从土人口中得知，此水名为"青弋江"，两岸山势连绵、坑岭遍布，合称"九岭十三坑"。

窦占龙眉头一皱，计上心来："凭借此地形气，不仅三足金蟾手到擒来，说不定还能破财免灾！"于是改道出山，带着傻哥哥去了一趟县城，买下两条头号的大麻袋，又来到中街的钱庄，拿银票兑成官铸的元宝，只要五十两一个的大银。

徽州商贾名满天下，自古是三大商派之一，鼎盛时期富可敌国，由于清军曾与太平军围绕安庆持续激战，周边府县十室九毁、生灵涂炭，损伤了元气，此后风也不调、雨也不顺，很多年缓不过来。县城中的钱庄银号、押店当铺虽也开着，却是民生凋敝，拿不出多少金锭银锭。开钱庄的连东家带掌柜，还有一众伙计，谁也瞧不出这二位意欲何为。主顾到钱庄无非是兑换银钱，或是在外做小买卖用散钱，那叫打飞银子的，哪怕是取整锭的银子，至多就一二百两，怀里能揣、包袱里能带。一次兑出这么多官铸的元宝，以往倒也不是没有，乡下土财主有了钱，不外乎做三件事：一是修筑祠堂，让列祖列宗跟着沾光；二是兼并土地，一分二分的地也买，积少成多，渐渐就连成片了；三是装入坛子埋在地下，留给后世儿孙。大家都想骑黑驴的这位老客必是走运发了横财，兑成整锭的元宝带到家中埋藏，怎么发的财不好说，可他胆子可也太大了！有道是"富不露相，财不露白"，用毛驴子驮着一麻袋一麻袋的元宝出城，就不怕遇上杀人越货的强盗吗？只不过人家主顾自己不说，他们也不能多问，犯不上咸吃萝卜淡操心。难的是这一家钱庄，当天拿不出这许多大银，还得找连号或者同行拆兑，几乎掏空了整座县城的钱庄，才勉强凑够了数。

来来回回折腾了半天，将两个大麻袋装得满满当当，钱庄东家亲自送出门来，吩咐伙计帮着搭到驴背上。要走没走的当口，窦占龙往钱庄东家胸前一指："你这块金子卖不卖？"东家不用看也知道，自己前襟上挂块小金牌子，多说也不到二两，拇指肚儿大小，锃光瓦亮，上边拴了条红绳，打着七宝结，挂在纽襻上做个小饰件。过去做钱庄生意的讲究戴金子，说这东西招财，形制并无一定之规，或是个金算盘，或是个金如意，或是个小金杠子，喜欢什么戴什么，顶不济也得戴个金嘎子。东家身上金饰又叫"金宝牌"，此类物件仅在徽商之间盛行。按徽州旧俗，几个人合伙开设钱庄银号，先打一小块金子，形似一个牌坊，底下铸以本号商规，相当于一件信物，只有东家自己站柜的时候，才穿根绳儿戴在身上。窦占龙看中这玩意儿了，开口问价钱。东家一口回绝："不行不行，这是我祖上传下来的！"窦占龙给了他一百两银票："我也瞧出来了，是块老金子，你一并兑给我吧！"虽赶上乱世金价上涨，那也不值一百两银子，窦占龙给的只多不少。可人家到底是开钱庄的，不是没见过银子，冲着窦占龙一摆手，说得是斩钉截铁："这块金宝牌传了十辈半，卖了它我对不起祖宗！"窦占龙是行商出身，心知钱庄银号的生意再大，那也是有买有卖，只要说价码合适，天底下没有谈不拢的买卖，当场拿出一千两银票，在东家眼前一晃："卖不卖？"东家目瞪口呆，打从盘古开天地，也没见过这个价，那还有什么可说的，生怕对方反悔，连忙摘了金宝牌双手捧过去，换回了一千两银票。窦占龙嘿嘿一笑："您不怕对不起祖宗了？"东家臊眉耷眼地说："当逢乱世，钱能换命，命没了香火也断了，买卖归了别人，那才叫对不起祖宗！"要不怎么说人家是生意人呢，嘴里的话横竖都能说。

窦占龙更不多言，接过金宝牌拴在腰间，牵着驴，到土产杂货铺买了两把铲锹，再次来到山岭之上。天至傍晚，月上枝头，山林间柳条悠悠、流水淙淙，早已不见人踪。窦占龙吩咐傻哥哥跟着自己，在坑岭之间隔一步挖一个坑，用不着多深，离地半尺即可，一个坑里埋上一锭官铸的元宝，不是顺着山路埋，而是一圈一圈地埋。傻哥哥一直因为没逮着金蛤蟆懊恼不已，眼下将功补过的机会来了，猫腰撅腚挥锹掘土，累得满头大汗、气喘吁吁。窦占龙取宝心切，只顾着在县城兑元宝，也是一时疏忽，忘了给傻子带干粮。他自己有鳖宝在身，一宿忙活下来，并不觉得困乏饥渴，傻哥哥可是肉长的，怎能不吃不喝？仗着九岭十三坑不是深山老林，虽无土可耕，却是岭岭有青檀、

203

坑坑有泉水，自古以来当地人用青檀树皮蒸煮、漂白、打浆，造出的宣纸韧而能润、光而不滑、色白如霜，久藏不腐。周边的村舍到处是纸作坊，纸槽、晒滩随处可见。窦占龙望见岭下炊烟袅袅，有做早饭的人家了，便带傻哥哥下了山，看到村口有个推着小车卖"锅贴包子"的。乡下人做买卖实在，东西弄得挺地道，烫面做皮，一半瘦一半肥的牛肉加上大葱和馅儿，搁在铛子里刷上油两面煎，出了锅金黄酥脆、香气扑鼻。傻哥哥馋得两眼发直，哈喇子流到了胸口，连价儿都没问，趁着热抓过来就吃，烫得他乱吐舌头。在一旁的窦占龙问小贩："锅贴包子怎么卖？"小贩手里忙活着，随口搭腔："两文钱一个。"窦占龙又问："你一天能卖多少？"小贩说："您瞧，就这一盆面、一盘子馅儿，卖完了就收摊儿。"窦占龙拿眼一量，估摸着能出二百来个锅贴包子，便掏出一锭五十两的官银递过去。小贩一见连忙摆手："大爷，这个我可收不了，没那么多钱找给您。"窦占龙把银子搁到小车上，告诉他接下来这十几二十天，你一天给我做两百个锅贴包子，数准了数儿，一个不许少，一个不许多。小贩盯着银子，翻来覆去地计算："锅贴包子本小利薄，天不亮起来干活，调馅、和面、卖净之后还得洗洗涮涮，再去采买第二天的菜肉，买回来连择带洗，整肉还得剁成馅儿，忙忙叨叨一整天不得闲，能挣下一家几口人的吃喝已是心满意足，一年到头攒不下几个钱。人家一出手就是五十两，顶自己忙活小半年的！怎么让我遇着这么合适的买卖？难不成天上掉馅饼，砸到我这卖锅贴包子的头上了？"他脑子里胡思乱想，呆愣了半天，铛子上的锅贴包子来不及翻个儿，冒出一股煳味儿。窦占龙见小贩没回话，还以为嫌钱少了，又顺手摘下拴在腰间的金宝牌，只把绳结卸下来收了，将小金牌子交给小贩："我再给你加点儿，好生伺候着！"小贩又是一惊，忙在围裙上擦了擦手，接了约二两的一块金子，揉揉眼睛瞪了半天，放进嘴里咬了一口，拿出来一看上下四个大牙印儿，仍是不敢轻信，又在自己大腿上狠狠掐了一下，哟！真疼！才知道不是在做梦，好悬没给窦占龙磕一个："爷，甭说十几二十天了，下半年的锅贴包子我全管了！"指了指身后的长板凳，"您二位坐下歇歇脚，我这马上就得！"说完他一边包一边煎，这就忙活开了，心里痛快手里边也就利索，有如行云恰似流水一般，转眼的工夫做了整整二百个，拿油纸裹好了，装在四个面口袋里，递过去嘱咐窦占龙："您吃完了这面口袋可别扔，明天带过来，还得接着用。"交代完，推着小车连蹿带蹦地走了。

两个人拎着锅贴包子返回岭上，傻哥哥是饿了乏饱了困，也不懂得冷热，"咕咚咕咚"灌了一肚子山泉水，找了个山洞一觉睡到傍黑。等傻子睡足了，窦占龙嘱咐他："趁着夜里没人，咱俩分头行事，我在岭上埋，你围着坑边埋，不必拘数儿，吃一个锅贴包子埋一锭银子，锅贴包子吃完了，银子也埋够了。可千万记住了我的话，吃多少锅贴包子，埋多少锭银子！"傻哥哥不识数，但是记吃，当下背着锅贴包子，拖着银袋子干活去了，嘴里头念叨着"吃一个锅贴包子，埋一锭银子"，按窦占龙指出的地方，沿着坑边走一步埋一锭银子。

窦占龙为了拿金蟾，摆下银子阵，必须按着九宫十三门之数，少一锭银子也不行。头天从县城驮来的银子根本不够，还得再找地方兑去，他又不想大骡子大马兴师动众地引人注目，只能多跑几趟。从此之后，他骑着黑驴一趟趟往返于附近各个府县与九岭十三坑，白天从钱庄中换出一麻袋一麻袋的银锭子，夜里二人分头埋银子，岭上岭下、坑前坑后，足足用了三七二十一天，才布完了九岭十三坑的银子阵。

当天夜里，月明千里、星斗满天，在坑岭之上披了一层银纱。窦占龙让傻哥哥找地方躲着，自己骑上黑驴溜达了一圈。旁人看不出端倪，他一双夜猫子眼却看得真而又切，崇山峻岭之间散布着一道道银子箍。他掏出钱庄东家那条红绳结，拴定落宝金钱，挑在烟袋锅子上，再拿手这么一捻，只见落宝金钱熠熠生辉，月光之下夺人二目。便在此时，忽听山岭之上金风乍起，一时间播土扬尘、搅海翻江、催云卷雾、损林折木，紧接着"咕"的一声响，三足金蟾裹着疾风落入阵中，盯着落宝金钱蹦了几蹦，头一扬，眼一动，腿一伸，腰一挺，作势要往上扑。窦占龙瞪着夜猫子眼，晃动落宝金钱，引着金蟾上前来夺，随即催动胯下黑驴，风驰电掣一般，绕着九岭十三坑跑开了。傻哥哥听到响动，从松林中探头出来张望，只见一前一后两道金光相互追逐，恰似飞火流星，翻山越岭越来越快，直看得他眼花缭乱，拍着巴掌叫好。

窦占龙那头黑驴也能识宝，撒开了四蹄，跃岭过坑如履平地，绕得金蟾晕头转向。此刻要下驴拿它，有如探囊取物。窦占龙却不着急，煞费苦心摆下银子阵，正是为了在勾取天灵地宝之余，将"九死十三灾"消弭于无形。金蟾所过之处，埋在九岭十三坑中的一锭锭官银，皆被它吸尽财气，变成了一个个土疙瘩。

不足一袋烟的工夫，窦占龙已引着三足金蟾，兜兜转转绕遍了九岭十三坑，心知时机已到，稳住了胯下坐骑。金丝蛤蟆追至，腾空一跃叼住了落宝金钱，甩着头一使劲，"咯嘣"一下拽断了红绳。钱庄东家传了十辈半的红绳，除了金子没挂过别的，又有七宝结镇着，本该是拽不断，窦占龙也没想到三足金蟾贪心太大，竟然硬生生扯下了落宝金钱。不过他也留着后手，在九岭十三坑的布置万无一失。金蟾进来容易，想出去可比登天还难，跑得再快也只能绕圈子，窦占龙却是不疲不累，又有奔走如飞的黑驴，迟早能逮着它。但见金蟾夺下落宝金钱，趴在地上一动不动了。窦占龙翻身下驴，伸出龙爪子去拿。怎知三足金蟾灵动非常，忽然往旁边一蹦，窦占龙抓了个空。又抡着烟袋锅子去打，他的烟袋锅子也了不得，甭管什么烟叶子，放进去点着了，一天不抽也不带灭的，而且是上勾天灵下取地宝，玛瑙嘴子里还收着一条显宝灵鱼，不偏不倚正打在金蟾身上。只听得一声响亮，眼前金光进射，落宝金钱掉在地上，金蟾却被打惊了，金光一闪冲出了九岭十三坑。窦占龙暗叫一声糟糕，我的银子阵万无一失，怎么让金蟾跑了？可也顾不得多想，急忙骑上黑驴追下山去。过了半天，他空手而归，再看地上，落宝金钱也不见了！

窦占龙行遍天下憋宝，从不曾接连两次失手。他百思不得其解，只好找到傻哥哥来问。傻子前言不搭后语，颠三倒四地说了半天，窦占龙才听明白。原来那天半夜，傻子正在坑边埋银子，忽然闻到一股子香味，抬头看时，不知打哪儿走来一个提着灯笼卖烧鸡的贩子，肩上一个挑子，前后两筐飘着热乎气儿的枣红色烧鸡，个顶个油光光、肥嘟嘟。他连着吃了那么多天的锅贴包子，再好吃也吃腻了，当场拦下卖烧鸡的小贩，也不问价钱，抓上一只撕开了就啃。他可解馋了，直如风卷残云一般，一口气吃了十来只烧鸡，吃完一只给小贩一锭官银。怎么会这么大方呢？有道是"近朱者赤、近墨者黑"，傻子跟在财神爷窦占龙身边二十年，见惯了此人挥金似扬土、花钱如尿裤，也跟着拿钱不当钱了。再有一个，傻哥哥吃烧鸡的时候，还没忘了窦占龙告诉他"吃一个锅贴，埋一锭银子"，只不过吃得兴起，傻气往上冒，记成了"吃一只烧鸡，给一锭银子"。小贩一上来可能以为遇见强盗了，吓得不敢动弹，半天才瞧出来，合着这位爷是个傻子，否则怎么会吃一只烧鸡给一锭大银呢？他知道跟傻子没理可讲，别看眼下给钱挺大方，等到傻子吃饱了，说不定还得再把银子抢去，又见这位傻爷五大三粗的，估摸着自己也惹不起，便趁傻子手捧烧鸡大快朵颐之际，挑着挑子就跑了。傻哥哥自己吃了个沟满壕平，鸡骨头吐得满地都是，这才想起来没给窦占龙留一只。回头再找小贩，早没影了，他也就没好意思再提这件事。等他扭过头来接着埋银子，可塓了大泥了，吃了一肚子烧鸡，撑得他翻心燎肺地难受，锅贴包子吃不下去了，一犯迷糊全数乱了，银子没埋够，留下老大一个缺口。

窦占龙越想越不对劲儿，依着常理来说，只不过是傻哥哥贪嘴吃烧鸡，以至于埋的银子不够，误了他的大事。实则不然，深更半夜怎么会有在山岭上卖烧鸡的小贩？看来妄动天灵地宝，果受鬼神所忌，不知什么东西从中作梗，破了他的银子阵，又趁机盗走了落宝金钱，这才叫"终日打雁，被雁啄眼"呢！

事已至此，窦占龙也是无可奈何，只怪自己百密一疏，连着让傻哥哥吃了多少天的锅贴包子，没想到该给他换换口儿，实乃情屈命不屈，活该如此，悔青了肠子也是白搭。不过金蟾离了五雷殿落入尘世，倒不愁拿不着它。有道是"好饭不怕晚"，再一再二，没有再三再四的，下一次无论如何也该逮住三足金蟾了。

3

窦占龙在九岭十三坑折腾一溜够，不仅没逮住金丝蛤蟆，还丢失了落宝金钱，只得带着傻哥哥，寻着宝气一路追踪。合该是风云际会，更有一番夙世因由，时隔二十年，骑驴憋宝的窦占龙又来到了九河下梢。

咱们说三足金蟾遁出九岭十三坑，没往别处去，跑到九河下梢天津卫，一脑袋扎进老铁桥下的海眼里，打死也不出来了。怎么这么寸呢？倒不是"无巧不成书"，皆因天津城的格局非比寻常，绕着东南西北四面城墙走上一圈，不多不少刚好是"九里十三步"，正可冲抵"九死十三灾"的劫数。而且天津卫水系庞杂，呈九龙入海之势，深不见底的海眼不下七八处。大的不比大河沿儿小，小的不过井口大小，相传老铁桥下也通着一个海眼，本地最热闹的几条大街形同一只蜻蜓，城外的老铁桥又正在蜻蜓尾巴尖儿上，是以财气兴盛、商贸发达。大清朝廷也在此设立钞关，分为税房和银房，税房管收税银，只要银子不要制钱，过往车船如数交付税银，再由银房将收来的散碎银子熔铸成五十两、一百两的银元宝存入官银号，白花花的银锭子成筐成筐地往出抬，看得人直眼晕。

窦占龙再一次来到九河下梢，眼见着天津城的繁华远胜于二十年前，外国租界地盖起了为数众多的洋楼，黄头发蓝眼珠的洋人随处可见，而此时的大清国早已是内忧外患、千疮百孔，正值多事之秋，想在鱼龙混杂的是非之地取宝，势必要掩人耳目。所以他是一不访故交，二不寻旧友，也不再急于求成，只同傻哥哥在老铁桥附近的厉家老店住下，稳扎稳打，一步步谋划取宝的法子。

他俩落脚的厉家老店，开在商号林立的街口，上风上水、生意兴隆，探檐罩棚上挂着的绸幌迎风飘曳。掌柜的五十多岁，祖上传下来做此营生。早先只是个大车店，仅有一进院子，三面是客房，倒座是柴房和马圈。后来几经扩建，到如今已是前中后三层的院子，前院还是大车店，设有通铺、灶房和客堂，住店的可以给俩钱搭伙吃饭，舍得多掏几个的也能让厨子单做；中院最大，按照朝向分为天、地、人三等客房，用于招待贵宾豪客；后边小院是堆房和铡草喂马的牲口棚子。

有钱的王八尚且大着三辈儿，何况是财大气粗的窦占龙呢？一千两一张的银票往柜上一放，掌柜的惊得目瞪口呆，揉了揉"突突"乱跳的左眼皮子，赶紧笑脸相迎。伙计也不敢怠慢，点头哈腰地引着他和傻哥哥去看头一等的天字号上房。穿房过屋进到中院，顿觉天地一宽，眼前是坐北朝南、一明两暗的青砖瓦房，曲槛勾栏、绿窗红柱，层层楣檩彩画、双双翼角飞橡，墙上的砖雕花饰刻工细腻。客房中间设有待客厅，但见"四白落地赛雪洞，五福捧寿帖当阳；山墙上头一张画，九龙吸水闹海潮；八仙桌子当中放，花梨交椅列两旁；金漆托盘细瓷碗，官窑的茶壶画桃仙；紫檀条案明又亮，白玉瓶插孔雀翎"。厅堂两侧各有一间卧房，床榻前立着四扇屏，一扇彩绘一个典故，分别是"文王夜来梦飞熊""太祖押宝东大桥""三顾茅庐请诸葛""五老坐崖观太极"。

窦占龙看中了百年老店地气兴盛，且又闹中取静无人打扰，便跟傻哥哥一人住了一间。卧房虽为暗间，却也收拾得窗明几净，雕花的檀木床四面帷帐，床上是锦缎的被褥、新续的荞麦皮绣花枕头，床头挂着香荷包，让人躺下就不想起来。住得舒服吃得也不错，老铁桥附近街市繁华，三步一个饭庄子、五步一个饭馆子，家家都有拿手菜。不想出去下馆子，可以吩咐灶上做得了端到屋里，应时当令的青鲫白虾鲜腴无比，爆炒熘炸样样皆能。喝酒也不用出去，店里头不只有"杏花村""老白干"，"状元红""葡萄绿""玫瑰露""紫竹兰""菊花白"全给您预备齐了，价钱比东门里的大酒缸还实惠。另有专门的伙计盯着添茶续水。摆在桌子上的水果点心，吃不吃也是一天一换。当然了，这全是拿银子砸出来的，给少了人家也不伺候你。店大欺客，反过来说，客大也可以欺店。窦占龙提前在柜上押够了银子，多了不用退，少了随时补，店伙计自是尽心尽力，当成活祖宗来伺候。定下落脚的地方，窦占龙却并不急于憋宝，每天天一亮就出去，可着天津城一通转，谁也猜不透他怎么想的。

傻哥哥贪吃贪睡，没有火烧屁股的急事，他都得一觉闷到日上三竿。那一天早上，窦占龙一个人骑着黑驴出去溜达，走到南关老街附近，瞧见道路两侧有许多卖吃食的饭铺摊棚，油炸排叉、烫面炸糕、三角火烧、撩油馅饼、酥条麻花……诸如此类，各家有各家的特色，不带重样的。街上的人挺多，端着小盆、托着笸箩，里面装着刚买的早点。也有嘴急的，等不到端回家就开始边走边吃。把角儿有家蒸食铺子，一小间灰砖瓦房，也没个正经字号，只在门口挂个幌子，上写"肉卷子"三个字，外面排着几十号人的长队。

老百姓过日子，一年到头离不开蒸食，清明节蒸面人，端午节蒸面老虎，麦收时蒸面蛙，春节蒸宝塔枣糕，走亲访友也要带上花馍。有自己在家蒸的，也有到蒸食铺买的。蒸食铺为了招徕主顾花样迭出，像什么麻酱花卷、两掺面儿的丝糕、豆沙或是红果馅的蒸饼儿、开花咧嘴儿的香糟大馒头……不仅看着热闹，味儿也跟家里蒸出来的不一样。卖肉卷子的在天津本地较为常见，老百姓叫惯了"肉龙"，只不过那会儿还有皇上呢，口头上说说没人追究，幌子上可不敢写，对外都叫"肉卷子"。

窦占龙夜猫子眼一亮，当时骗腿下驴，不走了。那位说不对，窦占龙又不是傻哥哥，见着好吃的就迈不开腿。他身上埋了鳖宝，吃什么山珍海味也如同嚼蜡，街角一家蒸食铺的肉龙，怎么入得了他的夜猫子眼？话是没错，但窦占龙目识百宝，盯上这家小铺子，自然有他的打算。

蒸食铺的店面虽小，收拾得却挺干净，顶门横着一张长条桌子，摆着两个放蒸食的大笸箩。一个老太太裹着小脚、梳着发纂儿，一身粗布衣裤，佝偻着腰，站在桌子后面卖肉龙。再往屋里看，西墙是灶台，上边架着蒸笼，大号的笼屉用白手巾把边儿围得挺严实，却挡不住热气滚滚。东墙支着面案子，一个老头儿须发皆白、面如刀刻，高挽袖口在案板上揉面，手边扔着一把刀，连刀柄一尺来长，专用于切蒸食，尽管乌乌涂涂的，不知多久没磨过了，但在憨宝的眼中，却是一口好刀，蟒翻身、龙张嘴，背厚刃薄，没卷没崩，劈八仙、斩五鬼，刀刀砍断长流水！

窦占龙盯着刀看了一阵子，又跟买蒸食的主顾一打听，才知这家蒸食铺子开了小五十年了，蒸肉龙的味道最拿人，据说是老太太打娘家带来的手艺。拣带着筋皮的牛肉头儿剁碎了，加入豆瓣酱、十三香、胡椒面和馅儿，不像别人家还剁棵白菜、切点儿萝卜丁儿什么的，他家仅以葱姜佐味。面发得也暄腾，蒸得了搭出来，搁在案板上拿刀一段段切开，层层叠叠、汁水四溢，皮儿多厚馅儿多厚，托在手里压腕子，捏瘪了还能弹回来，买上两个当早点，又瓷实又解馋。一早上起来先卖三屉肉龙，一屉蒸十条，一条切二十块，卖完了才蒸馒头、拧花卷。不过老两口子年岁大了，手脚迟慢，主顾又太多，来买肉龙的都得耐着性子排队。

憨宝之人最沉得住气，窦占龙把黑驴拴到房檐下边，点上自己的烟袋锅子，蹲在蒸食铺门口不急不慢地抽着。等到买肉龙的人走得差不多了，老头儿把一锅馒头上了屉，坐在板凳上装了一锅子烟叶，一手托着腰一手抽着烟。老太太忙了一早晨也累得够呛，手撑桌板在那儿歇歇。窦占龙这才迈步走到门口，眨巴眨巴夜猫子眼，隔着桌子问道："老人家，还有肉龙吗？"老太太摇头道："没了。"窦占龙是没话找话："都说您家的肉龙堪称一绝，结果还是迟了一步，没买着啊！怎么不多蒸几屉呢？"老头儿瞥了他一眼，接过话茬儿说："不行了，干不动了。我今年七十有二，眼瞅着到坎儿了，老婆子也六十大几了，古稀之年还得起五更爬半夜，实在是力不从心。还别说肉龙了，花卷、馒头也快蒸不动了。"窦占龙又问："我看这铺子就您二老忙活，也没个帮手吗？"老头儿没精打采地说："命苦怪不得老天爷啊！俩孩子早早夭折了，我们老两口无依无靠，想收个学徒、雇个伙计也找不着合适的。卖蒸食的行当就是这样，起早贪黑吃苦受累，一年到头挣不了几个钱。好汉子不稀干，赖汉子干不了。反正我也想开了，人这辈子就那么回事，哪天眼一闭腿一蹬，落个大松心……"窦占龙接着拿话引他："您二老没有别的打算了？"老头儿眼神越发黯淡了："唉，这不正寻思兑了铺子，带几个钱儿回老家吗！趁着还有俩牙，想吃点儿什么就吃点儿什么……"窦占龙一听有门儿，身子又往前凑了凑："我在门口看了半天，您这小铺挺合我的心意，正好您也有这个心思，咱商量商量，您兑给我得了。"老头儿眯缝着眼，仔细打量了一番窦占龙，说："你要开蒸食铺子？我瞅您穿得利利整整的，受得了这个累？别的不说，就这个天气，您看我这后背，全让汗濡透了，卖蒸食可不轻省啊！"窦占龙说："老爷子，我是瞧上您的蒸食铺了！从铺子到幌子，里里外外一应之物我全买了。至于

213

兑下来之后我干得了干不了，您就甭操心了，只管说个价。"老头儿见窦占龙来真格的，站起身说道："之前倒有几位过来看的，有人出到二百两银子，我们没舍得卖。倒不是这铺子真能值多少钱，只是我们老两口拿了这二百两，还是不够养老送终的，倒不如留下铺子，能支撑一年是一年，哪怕少挣点儿呢，细水长流，好歹是个生计。"窦占龙二话没说，从裤裆里掏出一张银票递过去："一千两行不行？"老头儿没想到他出手如此阔绰，使劲揉揉昏花的老眼，凑过去瞅了半天。他有几年老私塾底子，颇认得几个字，见花花绿绿的银票最上边一行写着"万义和银号"，下边四个字是"京津通用"，左右竖着各有一行小字，左边是"天津针市街德兴栈内"，右边是"北京前门大街施家胡同"，这是可以兑现银的地方，最晃眼的还是银票当中三个大字——"一千两"，字上压着大红戳。这不是财神爷上门了吗？再没有不卖的道理了！老头儿哆嗦着两只手，接过银票又端详了半天，乐得嘴都合不拢了，招呼老伴儿："老婆子，赶紧收拾收拾，给这位大爷腾房！"窦占龙拦住说："您二老什么也不用收拾，拿着钱走人就行。"老头儿赔笑道："那总得立文书、摁手印吧？"窦占龙一摆手："不必了，银票在您手里，还怕我跑了不成？"老头儿揣上银票，连冒着热气的蒸锅都不管了，直接就往外走；老太太却指了指案板上那口刀，跟窦占龙商量："别的都不要了，这刀我们拿走行吗？"老头儿也仿佛想起了什么，解释道："大爷您有所不知，这刀是她年轻时从娘家带来的，算是件陪嫁，根本不值钱，扔了都没人要，只为留个念想。"憨宝的不能说瞎话，窦占龙就是为这口刀来的，如若让老公母俩把刀带走，岂不是前功尽弃？但他又没想好如何回绝，说多了反倒弄巧成拙，面露迟疑之色："这个……"倒是老头儿给解了围，他真怕窦占龙反悔，一拽老太太的衣襟："行了行了，我再替你做一次主，这一屋子破东烂西没一样有用的，咱快走吧！"说完拉着老太太，兴高采烈地出了蒸食铺子。

门口还有几个买馒头的，眼瞅着开了多少年的蒸食铺子换了主家，给窦占龙道过新堂之喜，免不了问一句："明天一早您还卖肉龙吗？"窦占龙冲众人一拱手："各位吃点儿别的吧，我可没那个手艺！"说完抓起案板上的刀，拿块布裹住，往褡裢里一放，出门牵上驴便走。窦占龙不贪小，不占小便宜，一千两银子买下蒸食铺子，只为了这把刀。因为三足金蟾躲在老铁桥下的海眼中不出来，那是一个大漩涡，没有剁肉龙的刀，谁也下不去。

4

窦占龙在九岭十三坑捉拿三足金蟾之时，一下拽断了钱庄子东家拴金宝牌的红绳，他还得再找一条更结实的。白天人多眼杂，只能在夜里做这桩买卖。

有一天晚上，他带着傻哥哥去了趟东门外的娘娘庙。娘娘庙又叫天后宫，在九河沿岸有二十几处庙宇，东门外的这座俗称"西庙"，香火最为旺盛，住的神仙越来越多，护法的有四大金刚、王灵官、千里眼、顺风耳，配殿里有药王爷、财神爷、天尊老君、四海龙王、斗姆姥姥、北斗星君、二十八宿，连关老爷都占了一角。而且入乡随俗，本地的神灵也跟着沾光，什么王三奶奶、白老太太、挑水哥哥、花姐姐都立了塑像、供了牌位，各路神仙齐聚大殿，甚至于早年间一位奉旨修庙的太监也挤进了殿角，那真叫一个热闹。善男信女们无论大事小情都过来磕头，进香、拜神、拴娃娃的人是乌泱乌泱的。门口的宫南大街、宫北大街更是头一等的繁华去处。按着民间的说法 ——"白天人拜神、晚上鬼求度"，越灵验的庙越招鬼，所以说白天再怎么热闹，夜里也清静，没有晚上逛庙的。

窦占龙身上埋着鳌宝，一举一动皆受鬼神所忌，不敢擅自进入香火旺盛的大庙，本想让傻哥哥替他走一趟，又担心傻子行事鲁莽误了差事。恰在此时，看见个推车卖烤山芋的小贩从路上经过，本地讲话叫山芋，外地也有叫红薯或地瓜的，搁在炉膛里烤得金黄喷香。九河下梢到处是通宵达旦的玩乐场子，哪怕在半夜三更，街边也有不少卖小吃的，推着小车挑着担子，专伺候听戏的、耍钱的、逛窑子的晚归之人。馄饨、包子、煎饼馃子、烤山芋、糖炒栗子，都是最常见的，巡街的也不管，只不过夜里做买卖不许玩儿了命地吆喝。窦占龙心念一动，冲卖烤山芋的招了招手。小贩赶紧推着车过来，赔笑道："您二位来两块尝尝？酥皮红瓤栗子味儿的，烤得直流蜜啊，保甜！"窦占龙给傻子买了两块，又从褡裢中掏出一百两银子，让小贩去到庙里，买下天后老娘娘凤冠上的宫穗丝绦。小贩一脸狐疑："这个……我帮您跑趟腿儿没什么，只怕看庙的不肯卖。"窦占龙又掏出一百两银子："事成之后，这一百两归你，咱俩一手交钱一手交货。"有道是"人穷神也不灵"，卖烤山芋的小贩见了银子，哪还在乎得罪天后老娘娘，有如得了皇上的圣旨一般，说了一句"大爷您擎好儿"，拿上银子去砸庙门。

由于西庙香客众多，施舍的也多，香资甚为可观，连道士带香火火工，不下二三十口子。平日里各司其职，该执香的执香，该扫地的扫地，尽管不给工钱，一日三餐也是吃香的喝辣的，庙中素斋做得比肉都香，逢年过节还能分些米面吃食。道士们也有妻儿老小，天黑就回家，仅留下一名香火工友值守，一来防火防盗，二来给守着老娘娘长明灯。这盏灯只许燃不许灭，得有专人昼夜看着，随时往灯里续油。

当晚这个守庙的火工，正困得哈欠连天，听得有人砸门，满脸不高兴地出来，打开角门一看，来的却是个熟人——天天在街角儿卖烤山芋的，顿时火往上撞："你疯了？这是什么地方？大半夜的过来拍门，惊扰了老娘娘你担待得起吗？"小贩冲他作了个揖："叨扰您了，没别的意思，得跟您谈桩买卖。"守庙的气得五官挪位："我不吃烤山芋，你该卖谁卖去！"小贩忙说："您别误会，我是来买东西的。"守庙的更是气不打一处来，斥道："我这是庙，不是买卖铺户，想买药去药铺，买装裹有寿衣铺，大半夜你不在家睡觉，到我庙里折腾什么？走走走，哪儿凉快哪儿待着去！"说着话就要关门。小贩赶紧伸手撑住："哎哎哎，别关门啊！您庙里也没少做买卖不是？抱个泥娃娃走您不要钱？上炷高香您不要钱？给老娘娘点盏金灯您不要钱？"几句话气得看庙的直跺脚："那是做买卖吗？那是香客们的一份诚心，不是我们要的！"小贩不敢再逗闷子了，掏出银子在对方眼前一送："别急别急，甭管什么东西，有买的就有卖的，咱别跟银子过不去啊！"守庙的看见一百两银子，口气立马见缓："这倒是句人话，你……你到底想买什么？"小贩看看左右没人，招呼看庙的附耳过来："老娘娘凤冠上一左一右的两根丝绦！"守庙的吃了一惊，老娘娘身上的凤冠霞帔怎可轻动？这一百两银子可太烫手了，他无论如何也不敢接，遭不遭雷劈放一边，回头让庙祝知道了，非把他打死不可！更何况来人是个卖烤山芋的，哪儿来这么多钱？万一是偷的是

217

抢的，自己再落个窝赃的罪名，吃了官司丢了饭碗可不是闹着玩儿的，当时沉下脸来，"咣当"一声将烤山芋的小贩关在门外边。

窦占龙和傻哥哥等在拐角，看见小贩一脸沮丧，走过来归还银子。窦占龙没接："算了，再给我拿两块烤山芋，银子归你了。"小贩愣了一愣，猛地回过神儿来，挑了两块热乎乎的烤山芋，恭恭敬敬捧给窦占龙，推上小车就跑了。

窦占龙把烤山芋交给傻哥哥："看来还是得你去，你再来两块热乎的，吃饱了去到庙里，替我买下那两条垂穗。"傻哥哥啃着滚烫的烤山芋，含含糊糊地问窦占龙："看庙的不卖……不卖怎么办？"窦占龙说："咱得跟人家先礼后兵，讲不了说不通也不能明抢明夺，万一守庙的敬酒不吃吃罚酒，你就让他领教领教，天津卫的混混儿怎么吃庙！"

傻哥哥没傻实轴，他打小在鱼锅伙里混事儿，虽不懂什么叫"先礼后兵"，混混儿吃庙的手段他可门儿清。当年单有一路闹庙的混混儿，专讹宫观寺庙的香火钱，跟吃鱼市一样，有你一份就有我一份。怎么闹呢？耍光棍的不避鬼神，鸡鸭都死绝了——就剩下鹅（讹）了。进了庙生打愣要，伸出手来你不给钱，他就搅得你不得安生，派去几个坏嘎嘎儿，光着膀子在烧香许愿的人群中一通乱撞，挤在大姑娘小媳妇儿身边占便宜，或者给你来个"拦门躺"，那还有人敢来庙里烧香吗？

傻子一听来买卖了，三口两口把烫嘴的山芋咽下去，甩手扔掉山芋皮，晃了晃脑袋，趔趔趄趄走上前去，"哐哐哐"拍打庙门。守庙的暗骂，今天怎么了，刚走一个又来一个，成心不让我歇着啊？打开门一看，来人是条莽汉，四十多不到五十的岁数，膀大腰圆、满脸凶相，穿着打扮倒挺阔绰，看不出什么来路。他也不敢愣撅，揉着眼说：

"烧香还愿您等明天早上吧，我们还没开门呢！"傻哥哥摆出拉破头的架势，亮开大嗓门儿，晃着膀子磕磕巴巴地叫嚷："一不烧香……二不还愿，傻爷我我……我是来闹庙的！"还没等守庙的听明白，傻子已经火杂杂地撞入门来。守庙的一看这还了得，奈何他身单力薄，拦也拦不住，拽也拽不动，只得追在后头苦苦劝阻。

傻哥哥根本不搭理他，径直往里闯，"哐当"一声推开了正殿的大门，一步踏了进去。大殿中塑像林立，白天看着挺威严，夜里真是瘆人。傻哥哥走得风急火燎，夹带着一股子劲风，吹得供桌上两盏明灯一阵狂跳。再看供桌后面正中间那一尊泥胎塑像，天庭饱满、两耳垂肩、慈眉善目、姿态雍容，两侧打伞、抱印的四个小宫女也是个个眉清目秀、唇红齿白。傻子站住了脚，抱拳拜了一拜："老娘娘，你你……你一向可好啊？"

守庙的吓坏了，他也瞧出来了，这位绝不是善主儿，生怕此人搅闹起来，打灭了天后老娘娘的长明灯，不敢来硬的，绕过去挡在供桌前，小心翼翼地说道："您稳当住了，有什么事跟我说，别惊了老娘娘的驾！"傻哥哥一瞪眼："跟你说，你你你……主得了事儿吗？"守庙的苦着脸说："白天不行，这不是大半夜的没别人了吗？"

傻哥哥一点头："那行，傻爷先让你开……开眼，你可站……站稳当了啊！"说罢往四下里踅摸一番，嘴里头又叨咕了一句："就就……就它了！"他也不管什么场合，伸右手抄起供桌上一个小铜香炉，抡起来照自己脑袋上就拍，只听得"啪嚓——噔！"两声响亮，血当时就下来了，大脑壳子跟个血瓢似的。

那位说香炉开脑袋不就一下吗？怎么还"啪嚓——噔！"响了两声呢？头一声是他开脑袋，二一声是他刚吃了一肚子热山芋，这一使劲不要紧，没夹住出了个虚恭。傻哥哥跟着窦占龙走南闯北，到处憋宝发财，二十年没混锅伙大寨，更没抽过死签，刚一进庙还有些生疏，此时见了血，马上找着感觉了，咧开大嘴岔子哈哈一笑："怎么着……爷们儿，够……够瞧的吗？"来拜庙的多是善男信女，守庙的哪见过这么愣的，吓得直哆嗦："您快饶了我吧，知道您是英雄好汉，可我是真没钱孝敬您啊！"傻哥哥脖子一梗，抬手指了指天后老娘娘："我不讹讹……讹你钱，就要她脑袋上那那……那两条穗儿！"

守庙的火工眼珠子乱转，心说："今儿个撞上什么邪了？刚才那卖烤山芋的给一百两银子我没卖，这又来一个愣讹的。看这位又傻又愣，还是个要人儿的，我哪惹得起啊？"

傻哥哥不容他犹豫，抬手将带血的小香炉扔到他怀里："不不……不给是不是？那行，该……该你了，你你……你也来个样儿，给傻爷……瞧瞧！"守庙的跪地哭求道："大爷啊，放屁我还行，开瓢可是真没练过！"傻哥哥擦了擦脸上的血嘿嘿傻笑："不玩……玩死签，咱俩打打……打一架，比画比画！"守庙的叫天天不应叫地地不灵，连抱拳带作揖，跟傻子讨价还价："大爷啊，我把凤冠霞帔上的丝绦给了您不要紧，明儿个怎么跟庙祝交代啊？要不您多少赏几两银子？"傻哥哥一晃脑袋："要……银子没有，不不……不服就比画！要不你……你你报官去！"

守庙的火工欲哭无泪，心想大半夜的我上哪儿报官去？只听说混混儿吃庙都是白天，宫南宫北大街是最热闹的地方，有弹压地面儿的官兵往来巡逻，庙里也有管事的，锅伙混混儿不敢轻易来此寻衅。虽说天黑之后也有打更巡夜的差官，可跟白天比不了，有道是"不怕贼偷，就怕贼惦记"，今天赶上巡夜的轰走了混混儿，你知道他哪天再来？如果让官衙天天派人在庙门口巡夜，庙里就得多掏一份常例钱，从当官的到巡夜的，全得打点到了，那可不是小数儿。且庙祝一旦得知此事，还准得怪我没用，将我扫地出门……他越想心里越凉，万般出在无奈，只得跪倒于地给老娘娘磕了三个响头，轻手轻脚爬上香案，踮着脚摘下凤冠两侧一红一黄两条丝绦，颤颤巍巍交到傻哥哥手上。

傻哥哥咧着嘴哈哈一笑，拖着两条不利索的半瘸腿，连蹿带蹦地出去交差。窦占龙见傻子一脸的血，问他："我不是给你银子了？守庙的还舍不得卖？"傻哥哥一拍大腿："忘……忘了！"窦占龙哭笑不得，冲傻哥哥一挑大拇指："行，秉合鱼锅伙的二把儿宝刀不老！"傻哥哥心满意足，恍若回到了当年的陈家沟子鱼市，美得直冒大鼻涕泡儿。

按下窦占龙如何带傻子回转厉家老店处置伤口不提，且说转天早上，有人来庙里烧香拴娃娃，怎么看怎么觉得天后老娘娘脑袋上少了点儿什么，可又瞧不出哪儿不对。守庙的火工不敢声张，自己掏钱又找匠人做了丝绦长穗，趁半夜无人之时，偷偷摸摸给天后老娘娘挂上去，悬着的心才落了地。

窦占龙先取了剁肉龙的刀，又拿了娘娘庙的丝绦，去老铁桥下逮三足金蟾，少不了这两样东西，但是仍缺一件宝引子，用以替代落宝金钱。另外还要再找一个帮手，等到下海眼取宝之时，可以助他一臂之力。咱们翻回头来说，厉家老店这么好那么好，搁在九河下梢也还够不上拔尖儿的，凭窦占龙的财力，城里城外头等的客栈随便挑，之所以在此落脚，一来是离着老铁桥不远，能盯着三足金蟾的一举一动，二来是厉家老店里有个"活宝"——厉家老店掌柜的儿子厉小卜。

第十一章　九死十三灾 中

1

　　厉小卜才十一二岁，眉眼也还端正，滴溜圆的一双大眼，高鼻梁、薄嘴皮，上下四颗尖尖的虎牙，有个机灵样儿，只不过有脑子却没用对地方，几乎跟当年的姜小沫有一比了。他打小不乐意去学房念书，成天跟街上调皮捣蛋、胡打乱闹，天上地下没有他不敢干的事。那一年正值三九，冻得大河封盖儿，耗子都不出洞了，一夜之间下起了鹅毛大雪，他跟一伙小哥们儿在雪地里转圈撒尿，比谁画得圆，谁输了谁认罚。这小子最愿意出风头，恨不能画个大圈降服众人，怎知道尿不够了，一个圆没画满，虽然后悔水喝少了，倒是愿赌服输，光着膀子围着四面城墙走了整整一圈，一边走一边大声嚷嚷："天太热了，热死人了！"引得一街两巷的大人孩子全瞧他。有钱有棉袄的瞧着他可乐，没钱披着麻袋片儿的恨得牙根痒痒。他不管那套，自以为露了天大的脸，昂首挺胸回到家里，给他爹妈气得！出去时挺白净一孩子，玩半天回来冻得跟小胡萝卜似的，两道大鼻涕变成了两个小冰柱子，在嘴唇上支棱着，两耳冻得通红，拿手一拨拉就能掉下来。他进了屋马上尿了，腿脚一软，跌坐在地上抖如筛糠，上下牙碰得"咯咯"响。爹娘只有这么一个孩子，打也舍不得真打，数落一顿，拍了几下屁股蛋子，叮嘱他以后不许去远处玩。又掰了几片冻白菜帮子，用水煎成烂糜，给他擦洗冻伤。饶是如此，这孩子仍是感冒发烧七八天没下来炕，好悬没把小命扔了。但他窜皮不入内、越淘越没边儿，不让去远处玩了，就跟家门口作祸：逮着家雀喂巴豆，拉得街上人一身青屎；马屁股里塞辣椒，住店的骑上就尥蹶子；过年的时候追着粪车跑，往里边扔二踢脚，炸得街上全是屎汤子。凭借这身"本领"，厉小卜俨然是这一片儿的孩子头儿，虾找虾、鱼找鱼、歪毛找淘气，从七八岁到十来岁调皮捣蛋的坏小子全听他招呼，成群结队往街上一走，那也是撇舌咧嘴、不可一世，老虎的屁股都恨不能摸两把！

您甭看这么个人嫌狗不待见的倒霉孩子，在窦占龙眼中却是一宝，因为厉小卜不只调皮捣蛋，赴水的本领也无人可及。要说老年间，天津卫的孩子河边生河边长，不会水的不多。三伏酷暑烈日当头，蒸得人脑瓜顶冒油，大人们兴许顾及脸面，小孩子可不管那套，吃饱了消食儿，光着屁股就往河里蹦，猫蹳狗刨一通扑腾，水性全是这么练出来的，根本不用人教。厉小卜则是胎里带，下水跟回趟姥姥家似的，翻着花儿打着滚儿地捕鱼捉虾逮王八。越游越不愿意上岸，往水面上一躺，翘着双脚，两手托下颌，仰着鼻孔随意呼吸，想浮多久就浮多久。论起在河里憋气，厉小卜在整个天津卫排名第二。据说排名第一那位，外号叫"浪里钻"，跟厉小卜比试扎猛子，下了河之后再没上来，至今活不见人死不见尸，估计是一脑袋钻进淤泥里闷死了。

窦占龙看得出来金蟾躲在何处，怎奈海眼太深太险，蛟龙下去也得打转儿，必须借助厉小卜这身水性。不过那个小蛤蟆逃得太快，他丢失了落宝金钱，还得再找一件合适的宝引子方可下手，否则下去也白费。自此之后，他夜里在厉家老店歇宿，白天出去踅摸宝引子。窦占龙四处这么一溜达不要紧，跟着他的傻哥哥可逮着机会解馋了，离家二十载重回故土，真可以说"如龙归海、似虎还山"，看什么什么亲，喘气儿都痛快。成桌的大菜他不惦记，以前也没怎么吃过，单单街头巷尾、狗食馆子中的各类小吃，那就够他忙活的。打早上一睁眼，大饼、油条、豆腐脑、卷圈儿、馃箅儿、锅巴菜、炸糕、面茶、菱角汤；中午羊杂汤配烧饼、牛肉回头酸辣汤、水馅包子就着两掺的稀饭；晚上找个清真小馆，奶爆里脊、老爆三、黄焖牛肉、炖窝骨，再来上一屉羊肉蒸饺，吃之前先咬个豁口，"滋儿滋儿"地一嘬一口油，醋碟里打个滚儿，立马凝上一层白油，再没这么解馋的了。这还不提他最得意的，傻子河边生河边长，当混混儿也是在鱼市上，此时节水里的东西正肥。咸水中有满盖的梭子蟹、满籽的皮皮虾、四指宽的鲜带鱼、一拃多长的大对虾；淡水里也净出美味，鲤鱼可以瞽蹦、鲫鱼加豆腐吊汤、鳜鱼淋上黄酒清蒸、麦穗鱼放糖醋酥焖，河虾洗干净了裹上一层面，下到油锅里炸得酥脆，撒上把花椒盐；半咸半淡的也有，河海交汇的两合水里还有紫蟹、银鱼，拿砂锅煮了下酒，闻见味儿就得垂涎三尺。吃美了再去到城里城外的杂耍园子、玩意儿场子，听听琴书、看看戏法儿，鼓曲、梆子、大口落子，嗓门一个比一个冲，什么叫发头卖相、哪个叫横竖嗓音，乐得傻子直淌大鼻涕。

一晃住了一个来月，窦占龙没寻着宝引子，傻哥哥可过足了瘾，恨不得睁开眼就往外跑。可最怕赶上闹天气，再傻他也知道，刮风下雨没有玩意儿可看，炸馂子卖煎饼的也不出摊儿。何况今时不同往日，自打跟了窦占龙，他身上穿的戴的不说讲究，那也衣裳是衣裳、帽子是帽子的。尤其是回到天津卫，为了显摆自己衣锦还乡，他上河北大街的彩华鑫鞋帽店买了一双千层底的圆口便鞋，鞋跟上绣了两朵红牡丹，蹬在脚上两条瘸腿都见利索。为了在人前显贵，他走路高抬脚，看见半熟脸儿，就站住了一个劲儿点头傻乐。这么好的鞋，下雨天一踩水还不全塌了？窦占龙却不在乎刮风下雨，宝引子不可能自己送上门来，天上下刀子他也得出去。傻哥哥不肯出门的时候，他就一个人骑着黑驴到处溜达，留下傻子待在店里，闲得五脊六兽的。仗着厉小卜可以帮着跑腿儿买东买西，傻哥哥吃什么喝什么，尽可以支使他去。有道是"卤水点豆腐——一物降一物"，方圆左右的街坊邻居连同住店的客人，没有一个不烦厉小卜的，唯独在傻哥哥面前这小子老实巴交、服服帖帖，因为傻子支使小孩子出去跑腿儿，肯定会多给钱。再有一节，傻子混浊猛愣，管你是不是小孩，急了上去就揍，一个巴掌五个手印儿，逮着哪儿打哪儿。一个多月下来，厉小卜跟傻哥哥混得还挺熟，越淘气的孩子越机灵，也是尝惯了甜头，出来进去碰上傻子，一口一个"爷"，规规矩矩客客气气，让干什么干什么，跟换了个人似的。

说话这日天光放亮，窦占龙又带着傻哥哥出门踅摸宝引子。前一阵子，他们俩几乎转遍了天津城，什么叫"王爷的脸盆儿、妃子的奶嘴儿"，怎么是"老太后的痒痒挠儿、万岁爷的屁股帘儿"，街头巷尾的"好东西"见了不少，古玩铺旧货摊也翻腾了一溜够，倒不是没

"漏儿"可捡，却没一件当用的。俩人只得往远处走，去城外碰碰运气。五河八乡七十二沽，有些个去处"隔河能讲话，见面要半天"，一天转一个地方也够瞧的了。

当天他俩刚拐上老铁桥，迎面过来个叫花子，约莫五十来岁的年纪，二目浑黄外凸，满脸的泥污，塌鼻子瘪嘴，一对扇风耳，身形甚高，却瘦得皮包骨，穿着件碎布拼成的破袍子，打着赤脚，走路晃晃荡荡。窦占龙一眼就认出来了，来者竟是口北锁家门大罗罗密一个穷凶极恶的手下——瘦麻秆！

窦占龙上一次见到瘦麻秆，此人还是个小叫花子，一晃过了三十年，相貌变化不可谓不大，又混在摩肩接踵的人群当中，换了旁人无从辨识，他那双夜猫子眼可是过目不忘，扒了皮认得骨头。虽然说冤家路窄，但是口北锁家门早已土崩瓦解，窦占龙该报的仇已经报了，该出的气也已经出了，瘦麻秆只不过是大罗罗密手下成千上万的恶丐之一，没必要再去赶尽杀绝，更不想因小失大，耽误了取宝的正事。瘦麻秆似乎没认出窦占龙，双方在老铁桥上擦肩而过，各走各的路了。窦占龙没多想，他和傻哥哥去到城外西沽，那地方土层厚、古树多，三官庙殿前两株老槐，鳞皮斑驳、苍翠弥天，民间视之为神树，多有百姓来此求子祛病、烧香还愿。俩人在附近转了整整一天，天黑之后又是空手而回，一进门就听说厉家老店的孩子丢了！窦占龙心头一紧，他还指望厉小卜下水拿三足金蟾呢，丢了还了得？

不只窦占龙，傻哥哥也着急，他难得跟厉小卜对脾气，忙跟伙计和住店的扫听。原来一早上起来，厉家老店开门迎客，店里的杂活不少，伙计们扫院子、烧开水、收脏土、倒痰盂、喂牲口，抽空还得在店门口泼几盆凉水，因为车来马往，带得暴土扬尘的，住店的一出来就闹个灰头土脸，那非得骂街不可。灶上更不能闲着，蒸干的、煮稀的，切完的酱菜丝儿、剥好的咸鸭子儿，整整齐齐摆放在小碟子里，还得伺候单起火的客人，给他们预备馄饨、包子、秫米粥、杂面汤之类的早点。日上三竿，厉掌柜才张罗完里里外外的琐事，自己沏了壶酽茶，胳膊肘挂着柜台，刚要喘口气，忽听得门外"呱嗒板儿"响，甭问就知道，这是来了要饭的。开店的讲究和气生财，厉家老店的掌柜也是如此，不敢说是斋僧布道、乐善好施，有叫花子讨到门前了，多少也得给点儿。说到底还是惹不起这路人，一毛不拔不要紧，万一赶上个缺德的，夜里给你门上刷两道"屎帘子"，你的生意还做不做了？以往来了要饭的，厉掌柜通常是让伙计出去，给个仨瓜俩枣的打发走，可是这一次他想自己出去瞧瞧，因为呱嗒板儿他听得多了，大多是竹子的，也有木头做的，不知今天来的这位，使的是什么"法宝"，敲得人耳根子生疼，怎么那么难听呢？

厉掌柜从柜台后边转出来，举步来到门口一瞧，怪不得呢，一个又高又瘦的叫花子，手中拿着一副铁呱嗒板儿——两块生了锈的薄铁片子上钻着窟窿，当中用麻绳穿了，搁手里一晃荡"噼里啪啦"作响。叫花子吃百家饭、穿千家衣，最懂得眉眼高低，看人也是一看一个准儿，纵然从没打过照面，一瞅从柜台后边出来这位的穿着打扮、举止相貌，再加上四平八稳的步点儿，立马断定掌柜的到了，伙计堂倌绝没有这个做派。花子当时就往地上一蹲，因为那个年头要饭唱数来宝的低人一等，按规矩不许站着，一手打着板儿，一手托着个破砂锅子，仰着头，亮开嗓门唱上了："呱嗒板儿抬头看，眼前来到一家店，要说店咱就说店，厉家老店不一般。能睡觉能吃饭，您一人吃半斤，仨人吃斤半，想吃面条大碗端，想吃包子把屉掀，想吃烧饼芝麻足，想吃馒头蒸得暄，鸡鸭鱼肉全能点，咸辣酸甜样样全。说完吃咱再说住，厉家老店最舒坦，褥子厚、大炕宽，冬暖夏凉享清闲，生意人住了能发财，读书人住了中状元。叫花子福薄命也苦，住不起孟尝君子店，求大掌柜的赏铜板，端起粥碗给您念吉言，您一顺百顺天天顺，富贵荣华万万年！发财呀大掌柜！财神爷进门喽！"

厉掌柜"扑哧"一乐："行，你这个叫花子手里的板子虽不像样，词儿倒齐整！"伸手掏出一把铜子儿要往破砂锅里放，不承想叫花子往回一缩手，绷着脸说道："掌柜的，您家大业大的，只给这么几个小钱儿，不嫌寒碜吗？"厉掌柜纳上闷儿了，他开店多年，打发的叫花子不计其数，就没见过这样的，那几大枚铜钱能买四五个馒头，买烙饼也够一张半，怎么还嫌少呢？真他妈"狗坐轿子——不识抬举"！他脸上却不动声色，忍着心头怒气问道："你想要多少？"叫花子竖起一个手指比了比。厉掌柜奇道："你要一吊钱？"叫花子龇着满口的大黄牙咧嘴一笑："跟您老说，纹银一万两！"厉掌柜心说："此人是个疯子不成？我的厉家老店连房带地全卖了，能值一万两吗？你是要饭的还是抄家的？"他懒得跟个疯子计较，一掸袖子扭头进了店。

叫花子也不着急，破砂锅子摆在地上，堵着大门侧身一躺，摆了个罗汉爷醉卧松根的架势，右手托头、左手打板，嘴里头不干不净地又唱上了："南来北往都是客，看看掌柜的太缺德。这厉家老店不能住，三间屋子塌间半，虱子跳蚤滚成蛋，昨晚住了六个客，一下咬死两对半，还有一个没咬死，扒着床板直打战！绝户地上丧气多，牛头马面门前站，丧门吊客后边跟，十殿阎罗屋中坐，一会儿里边就着火！倒霉呀大掌柜的！后院都他妈冒烟了！"

厉掌柜脾气再好，听了这么戳肺管子的话也坐不住了，愣让叫花子又给他从屋里骂出来了，气得脸都紫了，下巴颏上的胡子直颤，又碍着身份拉不下脸来对骂，指着叫花子干张嘴说不出话来。人家店里还有伙计呢，能看着掌柜的吃亏吗？当时冲出来四五个，有拿着顶门杠的，有抄着擀面杖儿的，也有拎着笤帚的，"呼啦"一下围住叫花子，这就要开打。叫花子脖子一梗，扯开破锣嗓子大吵大嚷："诸位诸位诸位，你们上眼瞧瞧，厉掌柜不可怜穷人不说，还要以多欺少、恃强凌弱，他开的不是黑店是什么？"

2

大街上熙来攘往，厉家老店门前这么一吵一闹，引得过往行人纷纷驻足，全挤在门口看热闹，里七外八围得密密匝匝。有人没听见叫花子刚才唱的丧气歌，还跟着瞎劝。厉掌柜拦着伙计不让动手，怕他们下手没轻没重，打死打残免不了惊动官府，官司输赢都得花钱，为了一个打板要饭的叫花子不值当的。何况老少爷们儿全在一旁瞪眼看着，他可不想落下个"为富不仁"的骂名，正待息事宁人，里头厉家老店的少东家却已被惹恼了："全给小太爷闪开了！我倒看看是谁吃了熊心吞了豹胆，敢在我家门口撒野！"

话到人到，厉小卜横着膀子从店中蹿了出来。这小子身为老铁桥一带的孩子头儿，不说一呼百应，二三十个小兄弟他手底下还是有的，整天凑在一起到处惹祸，常以锅伙混混儿自居，站没个站相、坐没个坐相，趿拉着两只鞋，走路歪歪扭扭、逛逛荡荡，开口闭口的光棍调，"三岁刮胡子——岁数小茬子老"，没理搅三分，得理不饶人。甫看隔三岔五出去惹祸，厉小卜可并不糊涂，胳膊肘不能往外拧，知道向着自己家里人。

只见他分开人丛来在当场，歪着脖子，高扬脸儿，冲着叫花子一咧嘴，露出四颗小虎牙："我说，这位花爷！"叫花子听这话扎耳朵，往常过来搭话的，要么叫他"花子"，那是给钱的善主，要么称他一声"爷"，那是一个门儿里吃饭的后辈，"花爷"当怎么讲？到底是花子还是爷？这不存心拿他逗闷子吗？但你有来言我就得有去语，叫花子翻着眼皮瞅了瞅，一开口也是阴阳怪气："沿街乞讨的臭叫花子，可担不动少东家这个'爷'字！"厉小卜骂道："甭他妈废话！清晨早起你是头也不梳、脸也不洗，在我们家门口摆这么一个架势，怎么着，这是要卖派卖派，跟我要光棍是吗？傻小子喝尿——你不含糊是吗？"叫花子鼻孔中一哼："不敢不敢，咱要饭的缺衣少食，只求少东家恩典。"厉小卜说："这还算句人话。既然是要饭的，那你就规规矩矩要饭，别挡人家买卖、掐人家鸟食罐子！我们老厉家向来行善积德，来条狗也得给半拉窝头，你开口就是一万两，这是要饭的还是劫皇纲的？慢说是没有，即便有，给你你敢要吗？扛得动吗？"叫花子闻听此言，口中"嘁"了一声，当时手里的呱嗒板儿一晃，拔高嗓门又唱上了："少掌柜的莫取笑，您给什么我都敢要。不管是钱不管是票，也不管衣裳和鞋帽，不管是地不管是房，也不管米仓和面仓，您给座金山我能搬，您给座银山我能扛，给条棉被再给张床，给个媳妇儿我就入洞房！"

旧时打板儿要饭的花子都得有这个能耐，看见什么唱什么，肚子里一转悠词儿就来，还得合辙押韵、有板有眼，否则要不下钱来。厉小卜没有那个本事，但这小子整天在街面上混，坏门儿最多，仗着年岁小脸皮厚，把两个大眼珠子一瞪："行，这话可是你说的，小太爷我有泡热乎屎你要吗？"瘦麻秆刚才说了"您给什么我都敢要"，人家给你一泡屎，接得住吗？话赶话僵在这儿，此时再改口，那就算认栽。稍一打愣，厉小卜的裤子已经褪了下来，撅着屁股就往他脸上蹲。叫花子没想到这小子这么豁得出去，不怕不要命的，就怕不要脸的，急忙从地上爬起来，撒开腿就跑，惹得围观百姓一阵哄笑。

厉小卜不依不饶，追着叫花子痛打落水狗，非得给他讨饭的砂锅砸了不可。叫花子跑得快，厉小卜脚底下也不慢，一个追一个跑，转眼去得远了。怎知这一去就是杳如黄鹤无影踪了，直到天黑也没回来！厉掌柜带人四处寻找毫无结果，老两口坐在屋里相互埋怨，当时怎么就没拦住他呢？

窦占龙听店里的人说了经过，深觉此事蹊跷，当天在厉家老店门前搅闹的乞丐，十有八九是他在老铁桥上撞见的瘦麻秆。老话说"人心歹毒狗都不吃"，厉小卜落在恶丐手上，那可是凶多吉少了！窦占龙不敢耽搁，骑上黑驴连夜出去找人，兜着底儿翻遍了天津城，甚至买来整笸箩的肉包子，什么地方要饭的多往什么地方去，挨个舍给他们肉包子，问他们见没见过一个使铁呱嗒板的细高挑叫花子，能问的全问到了，一连三天目不交睫，却没有半点儿头绪。窦占龙身上埋着鳖宝，不饥不渴、不疲不乏，傻哥哥可扛不住了。窦占龙让傻子先回去歇一宿，自己接着找。寻至夜半三更，刚拐入一条巷子，忽然被一阵黑沉沉昏惨惨的旋风裹住。他见情形不对，拨转坐骑往后退，可是说什么也绕不出去了。

窦占龙闪目观瞧，看到地上有一串串的小孩手印。换个人准以为撞上鬼了，他那双夜猫子眼可不是吃素的，看得出是障眼法，心里"咯噔"一下，甫问，又是个狐獴子！因为关外的獴子也叫"鬼手獴子"，两个后爪形如小孩手掌。窦占龙不由得暗暗动怒："真叫破裤子缠腿阴魂不散啊！可你也太不自量力了，敢给我上眼药？"当下是一不慌二不忙，稳坐在驴背上，手拿烟袋锅子连抽三口，紧跟着使劲一吹，但见旋风开处，走出来一个小黑胖子，三尺多高不到四尺，细脖子细腿，腆着个圆鼓鼓的大肚子，腰里别着一把黑沉沉的大剪刀，自报家门——"老黑十"！

窦占龙目空四海，可不会将一个狐獴子放在眼里，看见对头找上门了，他是二话不说，抡着烟袋锅子便打。老黑十忙将他拦下："且慢动手！"窦占龙问道："怎么，你腰里的黑剪子是摆设不成？"老黑十连连摆手："我才有多大本事，哪敢用黑剪子对付您呢？还甫说是您了，您那头宝驴的尾巴毛我也剪不掉一根啊！"前仇旧恨它一概不提，说完话反而退后两步，对着窦占龙躬身下拜："窦爷，且受在下一拜。"窦占龙拿手中烟袋锅子一指老黑十："你拜我何意？"老黑十坦言相告："在下有一桩买卖，特来与窦爷相商。"窦占龙几次三番跟这窝狐獴子打交道，准知道它没憋好屁，眼下急着去找瘦麻秆，哪有心思跟它猜闷儿："道不同不相为谋，我跟你没什么可说的，恕不奉陪了。"说完拨转胯下坐骑，扭头便走。

老黑十并不阻拦，只在他身后"嘻嘻"一笑，自言自语般地嘀咕道："妄称什么目识百宝，落宝金钱摆在鼻子尖儿底下，他愣是看不见……"得亏老黑十不是说书的，否则同行同业的全没饭吃了，太会把点开活了，一句话攥住了窦占龙的脉门，"落宝金钱"四个字如同四根钢钉，硬生生将他钉在了原地，夜猫子登时一亮："落宝金钱在哪儿？"

他越着急，老黑十越不着急，摇着头晃着脑，开口满带高矮音儿："若问落宝金钱啊，跟厉家老店少东家离得不远！"两句"拴马桩"一出口，窦占龙是彻底走不成了，只得耐着性子，听老黑十从头道来：

关东山里的狐狸，大致上有"草狐、灵狐"之分，草狐只会满山乱跑、抓鸡叼兔子、趴窝生崽子，灵狐则是胡三太爷门下的徒子徒孙。当年有一只横骨插心的草狐，看人家受香火眼馋，也惦着求个善果，便从老坟里掏出个骷髅头，三更半夜顶在脑袋上，对着月亮下拜。不知是老天爷犯困打盹儿，还是当天晚上喝多了，草狐望天拜了三拜，顶在脑袋上的骷髅头居然没掉，自此开了灵窍，多少有了点儿道行，虽不能褪去横骨幻化人形，却可以口吐人言。那也不简单了，您想啊，荒郊野外撞见只大狐狸，开口跟你说话，那得多瘆人？胡家门祖师爷顺应天意，将它收入门下，命它忌血食、修善道。草狐倒也听话，多少年下来没开过荤，成天跟着师兄师弟师叔师大爷们吸霞饮露，怎奈管不住自己这张嘴，到处搬口弄舌、挑拨是非，嘴还特别碎，张家长李家短、谁家媳妇儿不要脸，逮什么说什么。可把一众同门烦得够呛，送了它一个名号叫"胡臭嘴子"，谁也不待见它，但凡粘上这贴"老膏药"，脑仁儿都能给你叨叨酥了。老祖爷见了它都躲着走，告诉它没事儿少往来啊，有好东西自己留着吃，甭往我这儿送，逢年过节的在门外磕个头就走，我绝不挑你的理儿。

混到此等地步，它胡臭嘴子仍不知悔改，到处逞口舌之快，果因言多语失触犯门规，于情于理它也不能活了。但老祖爷念在它是无心之过，留了胡臭嘴子一条命。只不过死罪能免、活罪难饶，将它困在寸草不生的狐狸坟，到死也出不去。直到窦占龙用金碾子打死了看守狐狸坟的黑老八，骑着黑驴一路狂奔，胡臭嘴子趁机叼着驴尾巴，也跟着一人一驴逃了出来。

胡臭嘴子知道自己的祸惹大了，也认定了窦占龙是个憨宝的奇人，如若躲在此人身后，或可借着他的天灵地宝躲避劫数，但又不敢离得太近，一路尾随在后，跟到了口北祭风台二鬼庙。它这样的狐狸躲在深山老林中尚可，入了尘世就是兴妖作祟，哪怕不会为害一方，老天爷也不能留它，雷劫火劫童子劫轮着来，一次比一次凶险。胡臭嘴子心惊胆战，找个坟窟窿钻了进去，轻易不敢出来。当时守着狐狸坟的黑九娘，奉命来捉胡臭嘴子，却因自作主张，途中去找窦占龙寻仇，搅乱汤二膀子蒸馍馍娃，结果命丧在车马店。狐臭嘴子又躲过一劫，趁着口北兵乱溜出坟窟窿，在二鬼庙中盗走了大罗罗密的团龙褂子。眼看着窦占龙当场毙命，它匆匆逃出二鬼庙，来了个溜之大吉。半路上它顺手招下一个替自己跑腿办事的香头。俗话说"破磨配瘸驴、倭瓜熬烂梨"，胡臭嘴子招的弟子也不是良善之辈，正是锁家门大罗罗密手下那个瘦麻秆，同样生了一张臭嘴，口毒心狠似豺狼，跟它臭味相投。胡臭嘴子出逃以来，也吃上血食了。瘦麻秆答应供上它的牌位，一年伺候它吃一次小凤凰，喝一次红茶，说白了就是吃一只小公鸡，喝一碗鸡血，它则保着瘦麻秆做个花子头儿。只不过花子头儿也分大小，就冲瘦麻秆那个倒霉模样儿，执掌锁家门的鞭杆子那叫痴心妄想，他们家祖坟上就没长那根蒿子，顶多传他一个拍花子迷魂咒，拐来几个小叫花子供其驱使。

一人一狐从此离开了口北，仗着团龙褂子可以避劫挡灾，胡臭嘴子在世上东躲西藏了三十年。不过团龙褂子管得了一时管不了一世，挡一次劫数，就裂一道口子，时至今日，早已残破不堪，丝挂着丝、缕挂着缕，几乎变成了碎布头儿。走投无路之际，它又撞见了窦占龙，当时也是大吃了一惊，看来憋宝的绝非常人，竟有起死回生之术。便躲在暗处窥觑，偷听到窦占龙要带傻哥哥去拿天灵地宝三足金蟾。

很多年前，胡臭嘴子也遇上过一个骑驴憋宝的黑脸汉子，它从那人口中得知，世上有两件至宝，一个是关外的"七杆八金刚"，一个是龙虎山五雷殿的"三足金蟾"，拿到一件就了不得。只不过未到显宝之时，三足金蟾不会从龙虎山上下来。七杆八金刚则是个宝棒槌变的山孩子，躲在九个顶子上，绕着九座险峰到处跑，没人找得着。除非闯入獾子城胡三太爷府，那里有一幅画着九个顶子的宝画，也是一天一变，今天看参娃子在这个山头，明天再看又换另一个山头了。如若拿朱砂笔圈定了画中的山孩子，七杆八金刚就跑不掉了。胡臭嘴子惯逞口舌之能，为了显得自己见多识广，竟然将如何打开獾子城胡三太爷府的法子说了出去。这才引得憋宝客带着铁斑鸠，来到狐狸坟前索取粗麻秆子、火纸冥钱、古旧腰牌，从此埋下一连串的祸根。它也因此受罚，困在狐狸坟中等死。此时听得窦占龙提及三足金蟾，它是"灾星未退，贪心又起"，寻思着绝不能让窦占龙得了手，金丝蛤蟆一旦装进憋宝的褡裢，谁还拿得出来？趁傻哥哥在坑边埋银子的时候，它让瘦麻秆雇来个卖烧鸡的小贩，把傻子搅和蒙了，给银子阵留下个缺口，放走了三足金蟾，又趁机叼去落宝金钱，一口吞入腹中。

窦占龙和傻哥哥前脚来到天津卫，胡臭嘴子就带着瘦麻秆后脚到了。它不会憋宝，可是常年钻坟窟窿，多少有点儿歪门邪道的本事，妄想按着自己的法子，下海眼捉金蟾。相距天津城百里之遥，有个名为河西务的镇甸，镇子外的老坟中埋着一艘"宝船"。那是早年间一个撑摆渡的老船工的坟，此人一辈子在河上往来掌船，钱没挣下几个，却一心向善，但凡有口吃的，他也得扔到河里一半，用来祭神祀鬼，因此积了不少阴德，受一位风水先生指点，在河边选了一块坟地。死后买不起棺椁，家人拿他的渡船为棺，装殓了草草下葬。倒不是按着老例儿，说什么"穷人不可富葬、富人不可穷埋"，当真是钱紧没辙。不想那风水先生果是高明，选的这块坟地太好了。也该着福人得福地，自打老头儿入了土，家里的日子一天比一天宽绰，儿孙一代比一代富裕，攒下本金在天津城开了大车店，也就是老铁桥边的厉家老店。后代享了福不说，坟穴中的船棺也得了灵气，渐渐化成了一艘宝船。可有一节，不是老厉家的后辈子孙，不仅拽不出坟中的宝船，也撑不住宝船。胡臭嘴子有的是鬼主意，它盯上了厉家老店的少东家厉小卜，吩咐瘦麻秆到厉家老店门口闹事，引着厉小卜追了出来。到得荒坟野地中，妖狐显身出来，将厉小卜迷住，又拐去河西务，天天夜里带他去河边的厉家老坟前磕头，只待拜开老坟，从中拽出宝船，即可入海眼捉金蟾！

3

窦占龙虽然长了一对无宝不识的夜猫子眼，可顶多是眼观六路，后脑勺上没长眼，而且逃出狐狸坟之后，他的三魂七魄不全，又被埋在身上的鳖宝搅得心神不宁，以为暗中捣乱的只是黑九娘，竟未察觉到还有个碎嘴子的老狐狸一直跟着自己。此刻听老黑十说了一遍来龙去脉，方知其中的前因后果，怪不得寻不着落宝金钱，合着也让狐狸吞了！他叼着烟袋锅子沉吟半晌，抬头问老黑十："你说的那桩买卖又是什么？"

老黑十坦言相告，黑七爷、黑老八、黑九娘死后，轮到它看守狐狸坟了。扪心自问，自己这两下子，无论如何比不了前头那几位，如何敢找窦占龙寻仇？再说了，仇不过三代、灭不能满门，何必冤冤相报没完没了呢？当年老祖爷要留胡臭嘴子一条活命，没说整死这个妖狐，它们跑腿儿当差的只能抓不能杀，但是这么个牙酸嘴臭的玩意儿，到处偷鸡摸狗兴风作浪，留在世上迟早是个祸害，故此赶来给窦占龙通风报信，想借憨宝客之手除掉胡臭嘴子，事成之后落宝金钱归窦占龙，它的差事也交了，两家的恩怨从此一笔勾销，化干戈为玉帛，岂不是一举两得？说完露出满脸谄媚之相，又给窦占龙作了个揖，说："我也是肚子里通着擀面杖——直来直去的脾气，索性给您交了实底，胡臭嘴子有团龙褂子护身，还坐在宝船上，遭个天雷也劈不了它，可凭窦爷您的手段，收拾它自是易如反掌。不怕您信不过我，我在此立个重誓，倘若我老黑十口吐半句虚言，定遭五雷击顶！"

窦占龙心知胡家门的徒子徒孙与憨宝客一样，绝不敢轻易动誓，一旦食言必遭天谴，可他与狐獾子结的仇太深，心头疑虑难以尽除，眼看着旋风散去，暗暗寻思："耳听为虚、眼见为实，如不看个究竟，谁的话我也不能信！"当即拨转驴头，一人独骑飞奔河西务，到地方五更刚过。窦占龙心想："如若老黑十所言非虚，厉小卜只在夜里拜坟拽船，此时天已经蒙蒙亮了，我再赶去厉家老坟也见不着人了，不如先在镇子里逛逛，探探胡臭嘴子和瘦麻秆的虚实。"

那会儿的河西务钱多粮广，作为出入京师的水路咽喉，历代朝廷在此设立钞关、驿站、武备衙门，坐镇衙门的官员，头上是蓝宝石的顶子、补服上绣着孔雀，此为正三品。县太爷才是七品官，一个镇子上的官阶能到正三品那还了得？镇子里九衢三市、街巷纵横、百业发达，周边大小小小的村子星罗棋布。此地逢二、四、六、九有集，当天正赶上初六的集市。

窦占龙牵着黑驴，从南面的鸡市口门溜达进去，见镇中三步一庙、五步一景，青砖灰瓦错落，买卖铺户扎堆儿，十字街上热闹非凡，市声若潮，人们从四面八方来赶早集。窦占龙转悠一溜够，街巷胡同的地形都摸熟了，心里有了准谱儿，走到临街的一家茶食铺，下了黑驴，招呼伙计帮他拴好，进屋点了壶香茶，简单配上几样当地有名的花生粘儿、芝麻糖、糜子面糕。他既不吃也不喝，瞪大了夜猫子眼，打量着街上熙来攘往的行人。没过多久，听得一串"噼里啪啦"的响动，窦占龙接窗而望，来的正是那个瘦麻秆，穿得破衣烂衫，满脸的滋泥儿，右手托着砂锅，左手打着铁呱嗒板儿，身后还跟着十几个小叫花子，有的缺了胳膊、有的一瘸一拐，个个目光呆滞，有如丧荡游魂一般。窦占龙眼皮子宽，对江湖上的勾当了如指掌，以往也没少跟叫花子打交道，他是一望即知，瘦麻秆不只打板乞讨，背地里还"拍花子"。这路人大多会配迷药，抹在手上照小孩脑门上一拍，孩子当时就迷糊，江湖上称之为"迷魂掌"。那一串小叫花子，满脑袋秃疮、全身癞疙瘩，脖子上都挎着破布兜子，其中却不见厉小卜的身影。

瘦麻秆穿街而过，隔二三十步留下一个小叫花子，让他们跪在地上磕头讨钱，逐一安置完了，便即扬长而去。这一路称为"瘫叫花子"，以身带残疾的苦相卖惨，手下的小孩，有捡来的也有拐来的，往往不是天生就残，大多是被花子头儿折磨致残，并且灌下哑药，让他们说不得道不得。

窦占龙沉得住气，坐在茶食铺里按兵不动，盯着沿街的小叫花子。直至天过晌午散了集，小贩们陆陆续续收了摊，来往的行人车马也见少，瘦麻秆这才去而复返。他由西到东晃晃悠悠走了一趟，挨个收敛小叫花子讨来的铜子儿，随后敲着铁呱嗒板儿，引着身后一串小叫花子出了镇子。窦占龙将茶钱放在桌上，出门牵上黑驴，远远尾随在后。

行出二三里地，绕过一片低洼的苇子坑，来到一处村口，大小花子依次钻入一个残破的小院，瘦麻秆关上了院门。窦占龙并不心急，找个僻静的地方守着。到得掌灯时分，大门一开，走出一大一小两个人。大的还是那个瘦麻秆，只不过换了身装扮，从头到脚又干净又利索，上身雪白的桑绵绸对襟小褂，下边是青缎子中衣，脚上厚底窄帮的小牛皮便鞋比傻哥哥那双还提气，脑袋后边溜光水滑一条大辫子，手里摇着把玉竹的小扇，不知道的还以为是哪家大买卖的掌柜；小的那个看影子、看身量、看走路的架势，不是厉小卜还能是谁？可是全然没有了以往那股子精神劲儿，身上穿得又脏又破，两眼发直，脸上青一块红一块的，不知蹭的什么东西，呆呆愣愣地跟在瘦麻秆身后。二人径投镇东的"窄街子"，那是当地有名的烟花柳巷。

在当时来说，越是繁华的地方，秦楼楚馆越多。河西务的玩乐场子绝不比天津城少，因为紧靠着码头，船工们在运河上脚不沾地一走个把月，辛辛苦苦将货物送到地方，领了工钱肯定要下船解解腻歪。当船工的绝大多数是穷光棍儿，干着苦累活、挣着卖命钱，停船靠岸之后，自有本地的脚夫前来卸货。船工们下了船，大多先在河边找个摊子，来上一个油饼，在油锅里翻五六遍才捞出来，托在手里比脸盆小不了多少，再拿二斤一张的烙饼卷上，狼吞虎咽吃下肚子，这才揣着钱去镇子里消遣，不外乎吃喝嫖赌抽，各有各的去处。窄街子一带的娼窑妓馆最集中，也分三六九等，价码儿差之千里，贵的真贵，便宜的是真便宜。

窦占龙见他们二人进了窄街子路北一家窑子，挺大的一个院子，青檐小瓦泥鳅背的围墙，院门大敞四开，里边层楼叠榭、雕花缀朵，门口金匾高悬，匾上铁画银钩三个大字写着"凤鸣院"，左右一副木刻的楹联，上联写"天天新人露酒绿"，下联对"夜夜洞房花烛红"。两旁挂着大红灯笼，照得出来进去接客送客的姑娘们脸上有红似白儿。风月场里的姑娘江湖话说叫"蛇果"，最会缠人，一个个罗裙轻摆、搔首弄姿，手里的绢帕甩得人眼花缭乱，大爷长、二爷短的，小嘴儿比吃了蜜蜂屎都甜，燕语莺声撩得人心猿意马。窦占龙不逛窑子也瞧得出来，凤鸣院绝非一般的"蛇果窑儿"，乃头等的"书寓"，慢说进去翻云覆雨，就是跟窑姐儿见上一面，"开盘子"的钱少说也得五两。敢情瘦麻秆白天赚的缺德钱全填了这个窟窿，真可谓是"癞蛤蟆睡青蛙——长得丑玩得花"！

窦占龙一时猜不透，瘦麻秆为什么带厉小卜来逛窑子？不应该去拜坟吗？他躲在暗处盯着，快到三更天，才见这两个人出来。瘦麻秆一脸得意，嘴里哼着淫词浪曲，走路时两条腿直发飘，犹如踩在棉花套上。跟在他身后的厉小卜仍是浑浑噩噩，打扮得却似变了个人，换了身干净衣裳，红裤绿袄，脸上扑了香粉、抹了胭脂，小脸蛋儿粉嘟嘟的，涂着大红嘴唇，鬓角还给插了朵芍药花，跟个小窑姐儿似的。窦占龙恍然大悟，怪不得厉小卜能把他们家祖坟拜开，上坟的诸多规矩里，头一个就是忌穿红挂绿、擦胭脂抹粉，那不是上坟，那是喝喜酒去，老祖宗见了能不生气？这一生气岂不出来揍他，一出来祖坟不就开了！看来胡臭嘴子不只嘴臭，肚子里的坏水儿也不少！

窦占龙眼瞅一大一小两个人去了厉家祖坟，坟头上影影绰绰蹲着一只大狐狸。跟至此处他不再跟了，因为时机未到，不可打草惊蛇。

他前一阵子转遍了天津城，始终找不到合适的宝引子，看来想拿三足金蟾，还就少不了被妖狐盗去的落宝金钱。可恨一个该遭天打雷劈的狐狸，竟敢打天灵地宝的主意！他只等胡臭嘴子上了宝船，去老铁桥下取宝之时，再收拾它不迟！

4

简短截说，窦占龙骑上黑驴回到厉家老店，他是不到火候不揭锅，跟谁也没提见着厉小卜了，直奔自己那屋，盘腿往炕上一坐，抽着烟袋锅子琢磨：只需拿撞宝石砸下去，从老坟中拽出的宝船非沉不可。但是撞宝石用一次小一圈，损耗天灵地宝对付胡臭嘴子，岂不是暴殄天物？收拾那个肉烂嘴不烂的玩意儿，犯不上用撞宝石，有一块砖就足够了。还用不着去远处找，他和傻哥哥落脚的地方就有。

厉家老店是祖传的买卖，传了多少辈儿了，论着年头儿，不够三百也得二百八。前头的大车店盖得最早，这么多年没翻动过，上到屋梁瓦片、下到墁地的方砖，全是老年间的东西，顶多刷刷油漆、糊个顶子，缺砖短瓦的补上一块，屋中铺地的方砖，早已被人踩得锃光瓦亮、瓷瓷实实。说书得说理，再怎么结实光亮，那也只是个砖头，一块铺地的砖头有什么出奇的？怎么能将宝船砸沉呢？要知道厉家老店开了小三百年了，赶脚住店的不计其数，来自天南海北，跋山涉水风尘仆仆，谁进了院子不得带着一脚土两脚泥？哪怕是一天扫八遍，也只能扫去浮尘，年深岁久上边全是老泥，别人沾脚上嫌脏，在憋宝的眼中可厉害了，称为"八方土千足泥"，正可以拿来收拾兴妖作怪的胡臭嘴子。

晌午时分，窦占龙溜达到前堂，眨巴着夜猫子眼，指着一进门的两块铺地方砖，吩咐店伙计抠出来。店里的伙计当然认得窦占龙了，这可是有钱的大爷，伺候舒坦了一准有赏，却不知地上的方砖怎么碍着人家了，一时有点儿不知所措，赔着笑脸应承着，却迟迟不肯动手。窦占龙问他："怎么，两块砖你也做不了主？不行去跟你们掌柜的说一声，就说窦某人看上这块砖了，卖给我成不成？"店伙计一时没了主意，作着揖说："窦爷，你又不是不知道，我们家少爷丢了，掌柜的这几天都快急疯了，顶着一脑门子的官司到处找孩子，我哪敢为这点儿小事去惊扰他？两块方砖值不了什么，可您看咱这出来进去的，在地上留下个大窟窿也不像话不是，万一绊着住店的，崴了人家的脚，小的我如何担待得起？实在不行我……我上别处给您找几块去？"窦占龙从褡裢中掏出一锭银子，递给伙计说："我只要进门的两块砖，至于抠下来是填土还是补砖，那我就不管了，你多受累吧！"

店伙计见钱眼开，飞也似的跑去后院堆房，拎回来一柄铲刀，费了挺大的劲，才齐着四条缝抠出两块方砖，瞅见上边沾了挺厚的泥，献着殷勤说："窦爷，您先回屋歇着，等小人把脏泥洗抹干净了，再给您送过去。"窦占龙急忙一摆手："千万别洗，没有泥我还不要了。"说完让伙计找来一块干净布，裹了方砖装入褡裢。他心里安了簧，脸上可没挂相，接下来的几天，仍跟傻哥哥到处转，帮着店主人找儿子。

一天深夜，风云突变，电闪雷鸣，半宿方止。窦占龙早上出门，望见天上黑云厚重，从西北方堆叠涌动而来，似乎憋着一场大雨，心知厉小卜已从坟中拽出了宝船。看来今天半夜，妖狐就该下河取宝了，到时候必定带来几丈高的水，引发一场大风雨！

窦占龙回屋告诉傻哥哥："今天你别出去乱跑了，只管吃饱喝足睡够了，攒着点儿力气，等我一声招呼，咱就替厉掌柜的找儿子去！"傻哥哥横行半世，谁的话也不听，单单对窦占龙言听计从，让他吃饭就吃饭，让他睡觉就睡觉。他当天没出门，只待在店中胡吃傻睡。傍晚时分，头顶炸响一记惊雷，拧成绳子般的大雨紧跟着泼下来，冲得屋顶上的瓦片子"哗啦哗啦"乱响。那雨下得邪乎，有如天河决口一般，几十年未曾见过。住店的纷纷跑到前院正厅看雨，大街上人踪绝迹，买卖铺户纷纷关门上板。

傻子吃饭睡觉不分时辰，一觉闷到天黑透了才爬起来，嚷嚷着要吃饭。窦占龙吩咐灶上做点儿快的，还得是搪时候顶饿的。掌勺的大师傅不敢怠慢，切了一大盘子羊肉，拿开水爆到八分熟，起锅烧油放上葱姜蒜片，撒上大把的芫荽，一扒拉就出锅，又给他们端来一摞葱油大饼。傻哥哥往桌前一坐，大饼卷着芫爆羊肉，填了个沟满壕平。他看外头疾风骤雨的，以为不会出去了，吃完了一推碗筷，还想接着睡。窦占龙叫住他，命店伙计拿来两件挡雨的油衣，又将两块沾满了八方土千足泥的砖头交给傻子，让他揣在怀中带着："你什么也别问，只管跟紧了我，我让你干什么你就干什么！"傻子到底是混过锅伙的，见了方砖眼珠子放光。说到拍砖他可太拿手了，想当年，两大锅伙在陈家沟子鱼市上打打杀杀，轻易不敢动刀枪棍棒，那是伤人的凶器，会受官府管制，随处可见的方砖才是混混儿们最称手的家伙，抢着能拍、举着能砸，还可以扔出去伤人，那真叫"一砖在手，所向披靡"！傻哥哥以为窦占龙带他出去打架，二十年没抻练过，他的手早痒了，当场撸胳膊挽袖子，恨不得立马出去开打。

说话之时，外边的雨更大了，雨里边裹着风，竖着下完横着下。

大雨滂沱，使得河水迅速上涨，洪波如同脱缰的野马一般汹涌而来，从上游冲下来的断枝败叶、垃圾脏土，随着水流起伏翻滚。住在河边的老百姓担心闹大水，纷纷呼爷唤儿，带着家里值钱的东西去往高处避水，厉家老店的人也跑光了。窦占龙跟傻哥哥收拾齐整，一人骑上一头驴出了厉家老店，冒着雨来到老铁桥上。雨点均如黄豆大小，被急风裹着打在二人的油衣上，"噼噼啪啪"作响。

等到三更前后，风雨稍住，又起了一阵雾，河面上浊流滚滚、烟涛并举。窦占龙瞪着夜猫子眼，望见洪波里驶来一艘小船，有只嘴头子黢黑的大狐狸蹲在船头，身上披着件破破烂烂的团龙褂子，一脸邪笑的瘦麻秆坐在狐狸身后，手里还拎着个大口袋，鼓鼓囊囊的不知装了什么。掌船的正是厉小卜，目光呆滞、神情恍惚。

宝船顺流直下，快如离弦之箭，眨眼到了老铁桥下。瘦麻秆点上三炷香，冲着四方拜了几拜，嘟嘟囔囔念念有词，又从口袋里拿出许多小馒头，逐一扔到河里。他在船上折腾了一阵，忽然一道白光耀眼，头顶上随即响起隆隆雷声，湍急的水流中渐渐涌出一个漩涡，黑压压的越转越急、越转越大。小船围着漩涡打了几个转，就跟有水鬼在底下拽着似的，钉在激流中一动不动了。

狐狸从腹中吐出一枚落宝金钱，霎时间金光闪耀。它张口衔住，探着脑袋往下张望，似乎心存忌惮，不敢将宝船驶入漩涡，妄图把三足金蟾引出来。它正自全神贯注地取宝，忽听头顶上有人破口大骂，忙抬头往上看，只见傻哥哥立于老铁桥上，手托一块全是污泥的方砖，晃着不利索的歪脖子，怒目圆睁、口沫横飞，跺着脚骂不绝口。尽管傻子口条不利索，听不出究竟骂的什么，可就冲那架势，那顿大饼卷羊肉也没白吃。他居高临下，趁船上一人一狐目瞪口呆之际，铆足了

244

劲抡开膀子，方砖可就撒手了，准头儿是真不含糊，挂着风飞下来，不偏不倚正打在船板上，砸出一个大窟窿。

埋在坟穴中的船棺，只不过是老厉家的祖宗匣子，得了风水宝地的灵气才未朽坏，而百年老店的铺地方砖，沾满了八方土千足泥，砸下来不亚于千人踩万人踏，登时破了船棺的灵气。小船在汹涌的波涛中摇摇晃晃，船上的人也跟着东倒西歪。妖狐见小船倾覆在即，正待将落宝金钱吞入腹中，却听一阵牲口串铃响，窦占龙骑着黑驴从老铁桥上一跃而下。此时雷霆震荡，一道道惨白刺目的电光，映得他一双夜猫子眼寒光逼人。狐狸大惊失色，心寒胆裂，一头翻落水底。电光石火间，窦占龙劈手夺去了落宝金钱。

木船四分五裂，另外两个人也相继落水。瘦麻秆是个不会水的旱鸭子，扑腾了没两下，便被急流吞没，看不见脑瓜顶了。厉小卜让冰凉的河水一激，心中恍惚立去。虽然他水性精熟，无奈被急流卷住，拼了命也挣扎不出。黑驴撒开四蹄分波踏浪，绕着漩涡飞奔，快如追风逐电。窦占龙瞅准时机，俯身探臂抓住厉小卜，拎着头发拽出漩涡，催动胯下黑驴，直上老铁桥。他把厉小卜交给傻哥哥接住，探身往桥下一看，只见落水的狐狸爬上了一块船板，身上的团龙褂子仅余几片碎布，落汤鸡似的抖成一团，兀自满腔怨毒地破口大骂。

此时霹雳闪电，轰轰作响，一道炸雷打下来，正中狐狸头顶。随着刚才那个炸雷，天上又下起了瓢泼大雨，黑云翻滚，电闪雷鸣，河上的漩涡仍未平复。

窦占龙见胡臭嘴子再次坠入河中，眼看着活不成了，心下寻思："妖狐带着厉小卜拜坟，拽出宝船，引发洪水，落得此等结果，可以说是孽由自取！"书中代言，窦占龙有所不知，胡臭嘴子还没作到头，甭看它只是个横骨未脱的草狐，凭着能避水火的团龙褂子护身，虽在老铁桥下被天雷打个半死，却拿爪子死死抠住一块船板，居然没被乱流卷入河底填了海眼。可是经此一劫，妖狐吓破了胆，它那件团龙褂子也彻底没了，不得不诈死埋名，躲到天津城郊的一个坟窟窿中，再不敢出来了。

摞下妖狐不提，接着说老铁桥上的三个人一头驴，厉小卜大难得脱，晕晕乎乎地缓了一会儿，他眼珠子就活泛了。傻子也替他高兴，咧着嘴哈哈大笑，扒下自己的油衣，给厉小卜披在身上挡雨。厉小卜听傻哥哥说厉家老店中的人全去城里躲避洪水了，这才稍放宽心，跪下来给窦占龙和傻哥哥磕头不止。

窦占龙扶他起来，道："虽说救人一难，升天一尺，但实话告诉你，我是个憋宝的，干这个行当的无利不早起，之所以千里迢迢赶到九河下梢，只因老铁桥的海眼中躲着个三足金蟾，又名金丝蛤蟆，此物最能聚财。我正是为了这个天灵地宝而来，怎奈缺少一件合适的宝引子，担心惊走了金蟾，未曾轻举妄动，直至今天才从妖狐口中夺下落宝金钱，救你不过举手之劳。"

厉小卜中了拍花子的迷药，身不由己地任凭对方摆布，但是心智仍在，知道自己让瘦麻秆拐了，还有个嘴头子黢黑的大狐狸，天天夜里带他去拜坟，最后从坟中拽出一条木船，那是他们家的祖宗匣子。他也瞧出窦占龙不是常人了，早听说憋宝可以发财，拜求窦占龙带他一个。一来报答救命之恩，二来他也知道，厉家老店生意兴隆，全仗着祖坟是块宝地，他不仅破了祖坟的风水，还毁了祖宗匣子，懊悔自己不听话，给家里惹了这么大的祸，非得把爹娘二老活活气死不可，所以想跟着窦占龙憋宝发财，只盼着可以将功补过，给家里有个交代。

窦占龙略一沉吟，盯着厉小卜说："你不求我，我也得求你助我一臂之力，凭你赴水的本事，下河拿住金蟾不费吹灰之力。事成之后，我让你一辈子端着金碗吃香喝辣！"

厉小卜终归岁数小，一听这也太容易了，说到赴水闭气，他在天津城可是有一号，再找不出比他水性好的了，这一片的大小河汊子也没他不熟的。如果三足金蟾在别处，或许还费些周折，河底下的东西他是手到擒来，放个屁的工夫就捞上来了！

5

窦占龙当年打下邪物铁斑鸠，折损了一半的阳寿，命中注定死在祭风台二鬼庙，借着姜小沫才得以起死回生，而今他的大限又到了，拿不到三足金蟾，万难躲过此劫，容不得半点儿闪失。身上埋了鳖宝的人，开山探海不在话下，窦占龙又带着显宝灵鱼，可以在惊涛骇浪中履险如夷，为什么他自己不敢下海眼拿金蟾呢？胡臭嘴子之前带了几丈高的水，虽使河水暴涨，可还不至于闹出洪灾。但三足金蟾躲在一件镇水的宝物中，此宝名为"摩揭罗水府"，而窦占龙受脉窝子中的鳖宝驱使，他两个龙爪子，一次只拿得了一件，万一抑制不住贪心，擅动另一件天灵地宝，定使海水倒灌，吞没军民无数，说不定三足金蟾也得跑了，所以他才找厉小卜替他下水取宝。

二人在老铁桥上说定了。窦占龙让傻哥哥在左右策应，以防出了岔子，放走三足金蟾。又从褡裢中掏出娘娘庙来的一红一黄两条流苏宫穗，搁在手里搓了几下，捻成两条丝绳。黄丝绳一头绑在厉小卜的腰上，一头攥在他自己手中。红的丝绳拴定落宝金钱，连同那把剁肉龙的刀，他一并交给厉小卜，再三叮嘱："老铁桥下的漩涡湍急无比，什么人也下不去。你带上断龙刀，在水中劈开漩涡，一猛子扎入其中，见到摩揭罗水府不必进去，用手捻一下落宝金钱，即可引出躲在水府中的小金蛤蟆，一旦拿住它，只需连扯三下黄丝绳，我就拎你上来。"

厉小卜借着闪电的光亮，看到上涨的洪水已经逼近了桥底，漩涡裹着一个大窟窿，黑咕隆咚的深不可测。此时不比白天，他担心下了水看不见天灵地宝。窦占龙摘下腰间的烟袋锅子，又抓过厉小卜的手来，拿烟嘴子往他手中磕了几下。厉小卜只觉掌心一凉，低头再看，竟是一泓清水，水里一尾寸许长的小鱼，摇头摆尾泛着银光，不觉惊讶莫名，玛瑙烟嘴里怎么能有条活鱼？

窦占龙告诉厉小卜："此乃显宝灵鱼，你连鱼带水含在口中，不仅看得见天灵地宝，它还能保着你来去自如，只不过你可记着，千万别咽下去！"

厉小卜是"拉屎拉出根房梁子——开了大眼了"，对窦占龙的话再无疑虑。他把心一横，闭着嘴含住显宝灵鱼，褪去上衣，光着脊梁，一手攥着落宝金钱，一手握住断龙刀，纵身跃下老铁桥，一头扎入波心。

到了水中厉小卜又是一惊，河水浑浊湍急，又在深更半夜，按说什么也瞧不见，可是他口含灵鱼，周遭一切却看得通通透透。不容他多看，身子已被漩涡卷住，等不到下去就得转散了架。他顾不上害怕，紧握手中断龙刀，左劈三刀，右劈三刀。不知是劈中了什么东西，有如切金断玉，刀刃崩卷，不堪再用，人也摆脱了急流的束缚。厉小卜胆气顿增，抛下断龙刀，像条活泥鳅似的，一个猛子扎入河底的黑窟窿，只觉河水冰冷刺骨，如同置身在冰窖之中。他瞥见深处隐隐约约透着光亮，咬着牙探到底，见得一块石板，阴刻蛟龙图案，但是身裂角折，似被利刃所斩。石板上摆着个巴掌大小的水晶屋子，晶莹剔透，巧夺天工。厉小卜寻思："这一定是憋宝客说的摩揭罗水府了，想不到这么小，还说什么不让我进去，我进得去吗？"他好奇心起，凑上前看了一眼，但见水晶屋子中祥光瑞彩，金梁玉柱、珊瑚珍珠，堆满了奇珍异宝，不知不觉看入了神，忽觉缠在腰上的丝绳一紧，被人往上拎了一下，猛然回过神来，心知窦占龙在催促自己尽快取宝。"受人之托忠人之事，憋宝的救了我一条命，我可不能知恩不报！"他定了定神，将落宝金钱在手中一捻，霎时间金光四射，摩揭罗水府中猛然跃出一只三条腿的小金蛤蟆，叼住落宝金钱就不撒嘴了。

厉小卜没想到憋宝这么容易，这不是手到擒来吗？当时闪过一个念头："我替憋宝的拿了聚财的金蟾，他只给我个吃香喝辣的金饭碗，那够干什么的？摩揭罗水府也是一件价值连城的天灵地宝，我何不顺手牵羊拿了去，从今往后，我们老厉家可就是天津城头一等的大户了，谁还敢小看了我？"想到此处，忍不住伸手去抓，怎知摩揭罗水府分外沉重。他使劲掰了几下，这一下可了不得了，搅得翻江倒海，摩揭罗水府左摇右晃了几下，转瞬化为乌有。石板也从中裂开，底下压着一个活物，没有五官七窍，头上三个窟窿，身上六个窟窿，遍体青灰，躺着不比渔船小，立着可能比玉皇庙里的神像还高出一头。厉小卜大吃一惊，吓得他几乎掀开了天灵盖，一时慌了手脚，竟将口中的显宝灵鱼吞了下去，再吐可吐不出来了！

话分两头，再说老铁桥上的窦占龙，瞅见桥下的洪波翻涌如沸，天上的炸雷闪电一道接着一道，就知道厉小卜惹祸了。他骑在黑驴上紧忙扯动丝绳，将这小子从河底拽了上来。窦占龙夜猫子眼一亮，看到厉小卜带出了金蟾，忙拎过红丝绳，伸手去抓三足金蟾。小蛤蟆认得此人，知道是来抓自己的，一惊之下甩掉落宝金钱，往上一蹦多高。窦占龙出手如电，一把将三足金蟾攥住，还没来得及高兴，脉窝子里突然一阵发烫，低下头一看，手臂上居然长出了九个眼珠子！又觉天地晃动，耳轮之中传来阵阵闷响，说风不像风，说雷不是雷，震得五脏六腑打战。窦占龙何等胆气，至此也惊得寒毛直竖，心肺如临刀锯，一辈子没这么怕过。随着他身上的鳌宝变成了九个眼珠子，本已模糊不清的前尘旧事，一霎时涌上了心头。窦占龙之前仅知自己身上的鳌宝得自外道天魔，此物可以留存记忆，但他最多记得引着铁斑鸠去狐狸坟的黑脸汉子，再往前过于久远，他也想不起来了。直到厉小卜下水拿金蟾，放出了老铁桥下的九眼青猴，窦占龙身上的鳌宝受到惊动，睁开了九个怪眼，他才恍然记起，所谓的"鳌宝"，正是外道天魔的眼珠子！

　　神佛畏因，凡人畏果，哪怕是不可捉摸的外道天魔，也受更大的因果节制。它积下的业力太深，从而坠入九天三界，又遭无量量劫截灭，被天罗地网一分为三，此即三妖。其一是它的躯壳，古人称之为"九眼青猴"；其二为"五色神光"，压在地府金灯之下，尘世之间谁也驾驭不了，一旦施展，便如灰飞烟灭；其三是魂魄不灭，找寻旁门左道之辈，换了一次又一次肉身。窦占龙当年在獾子城胡三太爷府中，遇上一个林中老鬼，那是被外道天魔夺舍附身的一个江南术士，他一见窦占龙，便想置窦占龙于死地，进而将鳌宝据为己有。再一个外道天魔的眼珠子与躯壳一样，仅具本能，没有意志。最早的憨宝客是个西域胡人，剜出九眼青猴的九个眼珠子，与自己的鳖宝拧成一个肉疙瘩埋在手臂中，又用摩揭罗水府镇住九眼青猴，本以为能够上看天、下看地，无宝不识了，却在不知不觉中变成了鳖宝的傀儡，替它拿到一件件天灵地宝，夺尽乾坤世界的气数，以此兴妖灭道，促成三妖化为天魔。窦占龙在老铁桥下逮住金蟾，本想借天灵地宝续命，摆脱自己身上的鳖宝，不料惹下一场塌天之祸，因此触动了天罗地网！

咱们说得慢，对于窦占龙而言，无非是转念之间。三足金蟾到了他手上，再说扔下不要，除非要了他的命！他骑着黑驴直奔城墙，一门心思要以"九里十三步"冲抵"九死十三灾"。他急抖手中缰绳，催动黑驴往前飞奔。厉小卜看窦占龙骑着驴要跑，赶紧抓住驴尾巴："窦大爷，我帮你拿了天灵地宝，你许给我的金饭碗呢？"窦占龙听到有人叫自己，稍稍回过神来，可是举目一望，远处的城墙房舍、河岸铁桥、滚滚洪流全不见了，茫茫天地，恰似罗网，四面八方遍布杀机，哪有一条活路可走？

窦占龙胆战心惊，眼瞅着要被天罗地网格灭，惶急之下扔出撞宝石，只听得天崩地裂一声巨响，撞宝石碎成齑粉。旁人什么也看不见，窦占龙身上有鳖宝，瞧见天罗地网开了个口子，骑着黑驴疾冲出去，连同拽着驴尾巴的厉小卜，一眨眼全不见了！

说到此处，跟前边对上书了：林中老鬼逃出獾子城，又金蝉脱壳躲过天坠，上了李道通的身，那正是崔老道的同门大师兄，只因心术不正，入了旁门左道。后来李道通为避天劫东躲西藏，三魂七魄遁入阴阳枕，留在尘世上的尸身已朽，困在其中出不来了。天津城五河八乡巡警总局的缉拿队大队长——窝囊废费通，为了捉拿贼人飞天蜈蚣，带着走阴差的批票三探无底洞，误放金灯下的五色神光，又受李道通的妖言蛊惑，竟从阴阳枕中将其魂魄勾出。恰逢金鼻子害死妖道李子龙，那也是个旁门左道。外道天魔的一缕残魂就入了李子龙的窍，扮成一个收尸埋骨的老道。借火神庙警察所的飞毛腿刘横顺之手铲除魔古道，化去九条阴魂，用来替代外道天魔的九个眼珠子。再指点金鼻子使用五色神光，取出九眼青猴的躯壳，从此三妖化为天魔。只不过缺了窦占龙身上的鳖宝——九眼青猴真正的眼珠子，仍看不透六合八荒伏魔大阵的劫数，一旦让它得逞，即可看破一切因果、占尽一切机缘、驾驭一切现象，谁都拿它没辙了。

世人形容惹下大祸，常说是把天捅个窟窿，窦占龙可真是这么干的，他撞破了天罗地网，骑着黑驴跑了。当时三足金蟾也吓得够呛，窦占龙一把没抓住，金身灵宝一头撞入他的形窍，分扯三魂七魄，化出九个分身。分别落到了九个地方，有的还在清末，有的则在民国，谁也见不着谁，念及前事恍恍惚惚，只盯着天灵地宝，憋一次宝死上一次，死一次金蟾换一个分身，到头来还是应了"九死十三灾"。

其实说起来，生死利害，皆为天数。窦占龙惹下那么大的祸，一是因为他已经遏制不住鳖宝的贪念了，凡事只见其利，不见其害。二是中了狐獾子的诡计，老黑十所言句句是真，但是心藏暗鬼，欲借窦占龙之手除掉胡臭嘴子，而憋宝的拿了三足金蟾，必定遭逢奇祸。它身不动膀不摇，一举收拾了两个死对头，可谓一石二鸟。老黑十用心险毒，躲得了誓，躲不了劫，根本没想到窦占龙能从天罗地网中逃出来。后来窦占龙的一个分身去苇子城拿金剪刀，它又在暗中阻挠，结果搭上了自己一条命。另有一节至关重要，窦占龙带着外道天魔的眼珠子逃走，无形中给天津卫四大奇人的另外三位留下了一线生机。正所谓

"老天注定兴衰事，算不由人枉自谋"，此后他经历的"九死十三灾"，咱们会穿插在《四神斗三妖》一整部书中，前边没说全的，到了后文书自有交代。

那么说鞍前马后跟着窦占龙二十年的傻哥哥去哪儿了？当时他也在老铁桥上，只不过这一切发生得太快，没等他明白过来，那两个人一头驴就跑没影了，扔下傻子一个人直发蒙。他以为还跟以前一样，等一会儿窦占龙就来找他了，怎知道左等等不来，右等等不来，却见洪波汹涌，几乎要吞没了老铁桥。当年的天津城水灾不断，傻子的爹娘都是让洪水淹死的，他也多次见到洪水过后的惨状。窦占龙在厉家老店中给了他两块砖，是担心他一击不中，至少还有个后手。傻子一着急，纵身跃入洪波，想拿砖头堵住大水，结果下得去上不来，连人带砖填住了海眼。傻哥哥吃了半辈子苦，又跟着窦占龙享了半辈子福，到最后挡住了大水，是死是活不得而知，反正再没人见过他了。天亮之后，大水退了，大街上仍是人来人往、喧嚣依旧。据后来的人们说，涌泉寺中供奉的韦陀菩萨，金身泥塑，胖大威武，脖子有点儿歪，手捧降魔杵镇着海眼。早年间这寺里的韦陀不这样，是后来有个骑黑驴背褡裢的老客，掏银子让人重塑的。

至于说吞下显宝灵鱼的厉小卜，这小子拽着黑驴的尾巴没撒手，被窦占龙其中一个分身从天罗地网中带了出来，等他跌落在地，已经改朝换代了。之前闹了一场庚子之乱，厉家老店毁于兵祸，一把大火烧了个片瓦无存，厉掌柜两口子均已蒙难。厉小卜举目无亲，再找窦占龙也找不着了。由于他吞了显宝灵鱼，肋下生出鳞片，上眼皮越来越短，水性更是惊人。凭着一身赴水闭气的本领入了上河帮，得了个绰号叫"三太子"。三岔河口铜船会上露过脸扬过名，九河下梢的七

253

绝八怪里有他一个，到后文书还要大闹天津城。如果说三太子厉小卜是九河下梢水性最出众的，那么天津卫四大奇人中的另一位——"河神"郭得友往哪儿摆呢？他们俩不得分个高低吗？书说至此，《窦占龙憋宝：九死十三灾》告一段落，诸多热闹回目，且留《四神斗三妖》下一部《河神》分解！

第十二章　九死十三灾 下

1

　　过去有句老话"吃不穷穿不穷，算计不到就受穷"，居家过日子的谁家没个算计？挣仨花俩存一个，多少得给自己留个后手。不单老百姓，朝廷也不例外，国库里没了钱粮，皇上照样抖搂手儿。不过也有不存钱的。好比说吧，拉车的不用存钱，手头的钱花没了，拉着车出去转悠一圈，遇上两三位坐车的雇主，就挣下一天的吃喝了。还有那么一路人，江里来湖里去，走南闯北、穿街过巷，在大街上平地抠饼、对面拿贼，旧时称之为"江湖艺人"，这路人更不用存钱。拿他们自己的话说，这叫"生意钱，当天完"，讲究挣多少花多少，从没动过存钱的念头。

　　比如在天津城南门口算卦说书的崔道爷，一辈子穷困潦倒，三天两头喝西北风充饥，肚皮都快赶上风匣子了。他可不是挣不着钱，老时年间敢在路边画锅撂地的，多少你得有点儿本事，行走江湖的能人个个是"出门不把干粮带，万里不为吃喝愁"。崔老道凭着巧舌如簧、能言善辩，推着小木头车算卦相面、批八字开殃榜，竟也养活了一家子好几口人。可自打入了民国，相信这一套的越来越少，生意一天比一天难做。好在老天爷饿不死瞎家雀儿，机缘巧合、歪打误撞之下，崔道爷在南门口说上了野书，凭着自身的离奇遭遇，东拼西凑、生拉硬拽，捏咕出一套《四神斗三妖》，真可以说是另辟蹊径、出奇制胜，一把揪住了老少爷们儿的耳朵根子。却因掺汤兑水、惜墨藏奸，在地道外的书场子结结实实挨了一顿臭揍。不知是给打怕了，还是给打明白了，再出来说野书，他可不敢胡诌白咧了，纵然铺纲铺得多了点儿，闲七杂八的话作料、外插花也没少往里掺和，好歹是规规矩矩按着书道子往下蹚，一天拴一个扣子，不时来几个"砸挂"，拿本地的新鲜事儿抓个眼，跟听书的熟客开个小玩笑，那生意差得了吗？到点儿散了场，大把大把的铜子儿往怀里一揣，回到家见了老的小的脾气都见涨。但是跟那些江湖艺人一样，崔老道也是"黄鼠狼子赶大集——全身上下一身皮"，过惯了有今天没明天的日子，根本不懂得什么叫"精打细算、细水长流"。加之这辈子福薄命浅，腰里的钱没富余过，否则准走背字儿。他倒想通了，已旧已旧了，干脆破罐子破摔，给自己定下一条规矩——穷日子富过，不花隔夜的铜子儿！刨去刮风下雨，或是头疼脑热闹肚子，不能出去说书算卦，一家子吃喝的赊欠，以及躲不掉的房租、地头钱，只要是剩下钱了，一概吃光花净！

大底下三百六十行，哪一行没个传授？唱戏的、唱鼓曲的、说书的、说相声的、变戏法的、算卦的、卖野药的、赶庙会的、卖十三香的，还有卖剪刀的、卖梳篦的，都得拜师学艺。就连逛窑子捏果，也讲究个师父带徒弟，出哪门进哪门，怎么吃花酒、怎么打茶围、怎么挂衣、怎么铺堂，还有其中的术语行话、规矩套子，都得跟老色鬼们一点点学，学会了下次才敢一个人去。所以说花钱也讲究术业有专攻，各有各的门道。比方说这位喜欢捯饬，有了钱肯定得置办几身出门的行头。以前穷人才穿短衣裳，讲究的必须是瑞蚨祥的长衫马褂、内联升的缎子面儿布鞋，夏天戴盛锡福的巴拿马草帽，冬天换上海龙皮帽子，鼻梁子上架着亨得利的茶叶色儿水晶眼镜，手里头拎一根紫檀木的文明棍儿——正经牛毛纹的金星小叶檀，铜箍象牙头，满镶玉石。穿戴齐整了，迈着四六步，大街小巷一通溜达，引得大姑娘小媳妇儿纷纷侧目，心里头边那叫一个美！

再比方说那位喜欢听戏，有了钱就得捧角儿。过去的艺人之间有这么句话叫"北京学艺、天津走红、上海赚包银"。想要扬名立万儿、万众风靡，非得过天津卫这一关不可。各大戏园子轮番着来好角儿，价码也是比着往上要，一张马连良马老板的头排戏票，能顶十袋子白面！但是真正喜欢听戏的，不吃不喝不睡觉也得看去，凌晨两点半，拎着马扎披着棉被，坐到园子门口排大队，就为了给马老板叫个碰头好儿！名角儿来到天津卫演出，还得请真懂戏的票友、戏迷下馆子，帮自己说戏、出主意、想点子、挑毛病，否则就容易叠锅，上了台刚一开腔，就得让底下的人给"嗵"下去。戏迷能混到名角儿的酒席宴上，哪一个不是拿钱堆出来的？

提笼架鸟也是一乐儿，有人好养画眉、百灵、靛颏、绣眼、黄雀，这都是听叫的鸟，每天一早拎着笼子去河边野地，行话叫"冲"，让鸟醒醒盹儿、换换气儿，才能叫出多少"口儿"来。玩花鸟鱼虫必须得到鸟市"选才、求将"，野地里撞不上值钱的鸟。这可没有白捡的，一只好鸟不比一头牲口便宜。养鸟的家伙说道更多，讲究什么鸟进什么笼子，多少根笼条、多少根跳杠，什么样的钩子、什么样的盖板，哪位名家画的食罐水罐……这全是在论的。一整套配齐了，大拇指挑着扳指，二拇指拎上笼子，出去一溜才算露脸。除此之外，还有喜欢驯鸟儿的，诸如蜡嘴、老西儿之类，配上雕花的杠子、纯银的脖锁儿，还有"叼旗儿"的盒子、"打蛋儿"的绒球儿……没有一样不花钱的。也有喜好冬虫儿的，数九寒天怀揣蝈蝈、油葫芦，在茶馆里一坐一上午，蝈蝈听"酣儿"、油葫芦听"悠儿"，"酣儿"得打满了葫芦、"悠儿"得够多少道。至于养虫的器具，花样可就更多了。总而言之，一旦说入了这个坑，有多少钱也不够往里填的。除此之外，酒腻子混二荤铺大酒缸、得意水包皮的泡澡堂子、嗜赌如命的进宝局子、贪花恋色的钻暗门子、不抽不行的去大烟馆……九河下梢水旱码头，可有的是花钱道儿！

咱说了这么多，崔道爷是全不好兴，偏偏占个口腹之欲，说通俗一点儿就是"嘴馋"，亏什么也不能亏了嘴，他还得美其名曰"拿嘴挣的钱，我还得给嘴花了，要不然对不起咱这张嘴"！只要说置下"杵头子"了，应时当令的什么好吃吃什么。头号的大螃蟹、二寸厚的鳎目鱼、半尺长的对虾、胳膊粗的海参，寻常老百姓逢年过节也舍不得吃，他是三天两头往家招呼。光吃不行，他还得显摆显摆。崔道爷住在南小道子胡同的一个大杂院里，家家户户都是一间屋子半间炕，炉灶只能搁在门口。别人家贴饼子熬白菜，顶多抓把粉条子，如果说再切上一个半个的咸鸭子儿，那就算开荤了。您再看崔老道，大锅蒸海螃蟹，提前切得了姜蒜末儿放到碗中，倒上独流镇的陈醋，还有老天津卫说的"清酱"，也就是酱油，再拿筷子蘸着香油淋几滴答，不紧不慢地和弄匀了三合油，一边嘬着筷子头儿，一边蹲在灶台前等着。螃蟹熟了，他且不急着往外拾呢！先揭开锅盖让香味儿飘满了整条胡同，最好再引来几个"看嘴"的小孩儿，这才不紧不慢往大碗里捡螃蟹。顶盖肥的团脐海螃蟹，一个足有一斤多，蒸得了又红又亮，黄儿都往外挤，一掀开准是满满当当的双层盖儿。孩子们馋得流着哈喇子、抹着眼泪儿跑回家跟大人学舌去，他才心满意足地端进屋里连吃带喝，吧唧嘴的响动如同山呼海啸，隔着半条胡同都能听见！

　　不只在家吃，大饭庄子小饭馆子他也没少去。所谓"饱吹饿唱"，说书的也是如此，吃饱了吸不上丹田之气，嘴头子就不跟劲，加上他吃东西口儿还重，不论荤素，没蒜张不开嘴，吃完了口沫横飞这么一说，熏得头三排听书的脸儿绿了，不骂八辈祖宗已经对得起他了，谁还给他掏钱啊？崔老道吃过这个亏，后来他也学乖了，天天早上起来，先用上等的"卫生牙粉"仔仔细细刷一遍牙，再嚼上几片头天沏剩下的茶叶，这都是为了去味儿的。也不敢吃早点，因为豆腐脑里也有蒜汁儿韭菜花，少了这个味儿还不对。饿着肚子出门撂地，一口气说到晌午饭前后，拴个扣子收了卦摊儿，推着小车到处走，哪儿热闹去哪儿逛，今天这个"楼"、明天那个"成"，进去先问伙计，后厨什么肉鲜亮、什么菜水灵？再指名道姓点哪位大师傅炒哪道菜，一会儿汁宽着点儿、一会儿芡薄着点儿，不够他穷讲究的。吃饱喝足了给家里人端俩现成的回去，半路上捎带脚再把晚上的酒菜买出来，当天的进项也就没了，到此心里才算踏实。

　　过惯了挣多少吃多少的日子，崔道爷是"上午饿肚子，下午坐轿子"，一天的生意也不敢耽误。怎知说完了《窦占龙憋宝：九死十三灾》，他·连十几天没露面，可把追着听《四神斗三妖》的书迷急坏了。大家伙儿直犯嘀咕：《窦占龙憋宝》虽然告一段落了，《四神斗三妖》可还没完呢！崔道爷拴了个天大的扣子，人怎么不来了呢？麻子不叫麻子——他坑人啊！是不是跟那些个跑江湖的一样，说到一半换地方了？或是肚囊空了，又躲到什么地方"纂蔓子"去了？

咱把话说回来，再钩人腮帮子的评书，也仅仅是茶余饭后的消遣，听了解闷儿，不听也不耽误正事，不能说没了他崔老道，别人的日子就过不下去了。只不过天津卫撂地说野书的多了，为什么单单崔老道的《四神斗三妖》最抓魂儿？归根结底还是玩意儿出奇，不听个下回分解，真如同千百只小手儿在心窝子里抓挠。虽不耽误过日子，但是吃也吃不踏实、睡也睡不安稳，甭管南门口如何热闹，看不见说书算卦的崔老道，总觉着跟少了点儿什么似的。

崔道爷不出来不要紧，地道外蔡记书场的老板蔡九爷可又有书说了，撒出去传单"浮子"，挂上水牌子，接着讲《活埋崔老道》，号称津门实事。倒不是真挖个坑将崔老道埋了，而是专刨崔老道的活，这一次就讲他为什么不出来说书了。

蔡老板算是半拉门里人，江湖上的朋友多、耳目广，对各路说书先生的所作所为了如指掌，谁有几个相好的、谁跟谁有过节儿、谁欠了谁的钱……他全都一清二楚。但是这种事不能拿到书场子里说，说好了没人念你的好，万一说不好，让人抓住话把儿，轻则挨顿臭揍，重则吃官司蹲局子，往后也没法在这个行业里混了。唯独南门口的崔道爷，既没有师承传授，又没拜过门、叩过瓢儿，更没摆过知、请过客，根本算不上正经八百的说书先生，不被同行"敛家伙"轰走就不错了。蔡老板也是看人下菜碟儿，编纂出一段书外书，正话反说、反

260

话正说，添彩儿卖关子，取乐儿打哈哈，真可谓引人入胜。

听书的都惦记着崔老道，想听听他到底去哪儿了，又为什么不往下说了，总归是聊胜于无。地道外蔡记书场的水牌子一挂出去，还真来了不少书座儿。蔡老板闲庭信步般登了台，手托小茶壶在书案后头一坐，跟台下众人寒暄了几句，拉家常似的开了书："各位，前一阵子天气不错，就是风不算小，东南风混着西北风，刮得五迷三道的，其中还掺杂着一股子妖风。若问这股妖风起于何处呢？依我看就是南门口，出自那个妖言惑众的崔老道之口。他那部《四神斗三妖》为什么没有别人会说呢？是他自己编纂的，还是从哪儿得来的传授呢？别人不知道，我可是一清二楚。当初我请他来我的书场子'吃知'，那个牛鼻子老道没出息，半辈子没吃过人饭，见着好东西管不住嘴，就着打卤面多喝了几杯，酒后吐真言，自己给我交了底——《四神斗三妖》全是他吃竹子拉笸箩——在自己肚子里胡编出来的！就跟他自吹自擂的'遣将招神、降妖捉怪'一样，没有真玩意儿。他怎么捉妖呢？在脏土箱子里捡只死猫，去到人家房后，使劲往屋顶子上一扔，再敲开门，跟人家说'您家里不干净，我给您破破'，进了院子踏罡步斗、画符念咒，耍一通王八蛋，最后把死猫找出来，唬得那家人一愣一愣的，多少不得给他掏几个香火钱吗？"

2

头些天，崔老道刚在南门口说完了一本《窦占龙憋宝：九死十三灾》，围着他听书的老少爷们儿真是捧场，有头有尾听过了瘾，掏钱打赏的比以往多出五六倍。崔老道火穴大赚，自己也觉得痛快，鼓鼓囊囊的铜钱揣在腰间，一边琢磨着吃点儿什么解馋的，一边推着小卦车往回走。忽然有人从他身后追上来，抬手在他后脑勺狠拍了一巴掌："老道，上哪儿去？"崔老道疼得直吸凉气，心中暗骂："这他妈谁啊，怎么下这么狠的手？"捂着后脑勺转头一看，来人四十多岁，五短身材，穿着大褂儿挽着袖口，大脑袋秃眉毛，塌鼻梁大嘴岔儿，七扭八歪的一张脸上全是牛皮癣，冲这长相就值十个大嘴巴！

崔老道并不认得此人，正待破口大骂，那位却先开腔了："哎哟，这怎么话儿说的，蚊子叮菩萨——认错人了，看您背影还以为是我一道友呢！"崔老道勃然大怒，跳着脚嚷嚷："认错人了你给我一巴掌，这要是认对了，你不得活劈了我？"那位连忙赔不是："哎哟道爷，大人不记小人过，您可千万别往心里去啊！"他俩一吵一闹，立时围上来不少看热闹的，不知道怎么档子事儿啊，这二位在大街上各走各的路，怎么突然打起来了？

一脸牛皮癣那位看见围上人了，当即抱拳称礼："各位各位，怪我眼拙，认错人了，给道爷来了一巴掌。怎么办呢？光赔礼不行，我不能白打，他也不能白挨，我得请道爷吃饭。您要问吃什么？南北大菜、满汉全席，蒸羊羔、蒸熊掌、蒸鹿尾儿？那我可请不起。为什么呢？太贵了！我请他吃点儿实惠的行不行？咱来肉丝肉片儿、小鸡杂拌儿、鸡丝鱼丝蛤蟆丝儿、黄焖鸭子炒小鸡儿、鸡片鱼片蛤蟆片儿、醋熘葡萄咸鸽蛋……"一旁的崔老道恨得直咬牙，心道："得，碰上同行了！"他也是老江湖了，还能不知道这手活儿吗？说行话叫"钓黏子"，其中也分文武。文的不外乎"数板""门柳""白沙撒字"；武的则指两个人装作互不相识，寻个蹭鞋踩袜子的由头当街开打，或是指着鼻子对骂，或是你打我一拳我踹你一脚，抱着一通骨碌，滚得满身黄土，引来过往行人驻足围观，趁此机会使活做生意。虽说是江湖艺人跑单帮的买卖道儿，你也不能随便抓个过路的下狠手啊！崔老道有心跟此人掰扯掰扯，转念一想算了，多一事不如少一事，跑江湖卖艺的也不容易，今天挣了那么多钱，得赶紧找地方花出去，以免招来祸端。

　　他不再搭理那位，气哼哼地推上小卦车，分开围观的众人往外走，一边走一边劝自己："囊中无钱，志气不扬，不过钱财太多，处处惹人耳目，说到底也是累赘，可是挣的钱多又不能扔，那怎么办呢？一个字——"花"！"他寻思着等吃完晌午饭，得到丰源海货店走一趟。那是天津卫最大的海货店，一座临街二层楼房，外墙贴着黄瓷砖，楼顶上置有东洋大钟，每天按时打点，远近可闻。楼下专营河海两鲜，常年给各大饭庄子供货，白铁打的大槽子里鲜鱼活虾应有尽有，而且人家是"掐尖儿"拿货，甭说缺须短鳞掉了爪儿的，个头稍微小点儿的、看着不欢实的一律不要，店里的鱼虾蟹贝又大又肥，在那儿买一只螃蟹，够在街边买多半盆的。楼上更了不得，从各省采办的海菜干货，像什么"雪白官燕""净根青翅""关东鱼骨""金钱鲍鱼""松门白鲞""金华火腿""营盘口蘑"……总之什么东西贵卖什么。崔老道平时舍不得去，那地方也不是他去得起的，今儿个是"光屁股淋雨——豁出去了"。他心里想象着，等会儿进到一楼大堂，挑上两大包解馋的海货，让伙计捆了，贴上"丰源海货"的红签，这往家一拎，叫街坊四邻瞧见了多提气！晚饭烫上半斤黄酒，蒸螃蟹煮对虾，一边剥一边喝，吃饱喝足闷上一觉，养足了精神头儿，明天好去南门口说书。不过海货这东西不能多买，家里又不趁个冰窖什么的，吃不完的存不住，就得买多少吃多少。今天挣得又多，只吃一顿海货可花不完，中午我也得来点儿讲究的……

他胡思乱想着拐过街角，恰巧经过一个把式场子，演双簧的、唱鼓曲的、做买卖的……各种声响吵吵嚷嚷，中间空地围的人最多，有老有少，也有小孩骑在大人脖子上看的，全都扯着嗓子拼命喝彩。崔老道纳闷儿，心说："哪一路的买卖这么火？"忙将卦车停在墙根底下，拿链子锁上车轱辘，两手分开人群往前挤。只见空地当中戳着刀枪架，旁边立着一条壮汉，身形魁梧、膀大腰圆，挺凉的天儿，上身光着脊梁，露出两膀子疙瘩肉，下边穿着兜裆滚裤，牛皮板带煞腰，脚下抓地虎快靴，手里拿着面"哄子"，也就是铜锣，敲敲打打高声吆喝。崔老道瞧明白了，这是"挂"字行里打把式卖艺的，混着杂耍的又叫"杂棚子"——得有七八个人，在那壮汉身边，又是盘腿又是翻跟斗。接下来是单练、对打，又练起单刀、扎枪、三节棍、钢鞭，寒光闪闪耀人眼目。还有拉硬弓的，一人能同时拽开五六张硬弓。正练到热闹之处，上来一辆独轮车，车轱辘足有三四尺高，骑车的是个小姑娘，不过十四五岁，穿红戴绿，脑瓜顶上梳着两个抓髻，跟戏台上的哪吒差不多。独轮车围着人群转圈，或前行或后退，时而快行如风，时而急停如钉。接着又在车上表演杂技，顶碗、踢碟子、扭秧歌……轻捷如燕，技艺过人。本地人见多了戏法杂技，好的真捧，赖的真贬，这个杂技班子既有真功夫，又肯卖力气，围观的人群彩声不绝，就连崔老道也看得不住点头，一时间忘了该吃饭了。正瞧得入神，突然有一件东西，跟箭打的似的，挂着疾风直奔他面门而来。崔道爷哪想得到光天化日乾坤朗朗，这么多人的眼皮子底下，会有人拿"暗器"打他？额头上结结实实挨了一下，敢情是骑独轮车的那姑娘一时失手，踢飞了一个小瓷碟子。多亏姑娘脚上没那么大劲，崔老道还不至于头破血流，这一下可也不轻，疼得他"哎哟"一声惨叫，眼前一阵阵发黑，脑门子上肿起个鸡蛋大小的鼓包，心中叫苦不迭："我今天是活不成了，怎么一步一个坎儿啊？"那些打把式卖艺的也慌了手脚，呼啦啦围上来，连作揖带赔不是，好话说了一车。崔老道一早上没吃东西，卖着力气说完了《窦占龙憋宝：九死十三灾》，眼瞅着耽误了老半天，饥肠辘辘的哪有心思在大街上跟人置气？也暗暗觉得不对劲儿，怎么会接二连三地倒霉走背字儿呢？怕是末场书挣钱太多了，可别又跟上次一样，到头来一个大子儿留不住！

崔老道接连吃了两次亏，不敢在大街上走了，推着小卦车，避开熙熙攘攘的闹市，匆匆忙忙钻了小胡同，拐弯抹角、抹角拐弯，但觉一阵阵饭菜的香气直往鼻孔里钻。他抬头一望，瞧见个没牌匾没字号的小饭馆，门口收拾得挺干净，靠墙立着水缸，敞开的屋门上挂着个半截蓝布帘子，乍看跟寻常的住户一样，只是在门框旁挂了个笊篱，莫非这刷锅的玩意儿也能当幌子？崔老道以前没走过这条胡同，并不知道此处有个小馆子，不过一闻这炒菜的香味儿，又看小饭馆开在个不起眼的地方，就断定掌灶师傅的手艺高明，准有几个降人的拿手菜。正所谓"酒香不怕巷子深"，主顾循着味道自己就找上门了，吃一回想二回，来的都是回头客，不挂牌匾照样生意兴隆。有肚子里的馋虫勾着，崔道爷哪还迈得开腿？心说不如在此喝杯酒压压惊，避一避霉头再说。

打定了主意，他便将卦车撂在门口，撩门帘往里走。见屋中仅有几张桌子，此刻已经过了饭点儿，没有别的客人，一个三十来岁的妇女正忙前忙后地收拾，看来是个夫妻店——老板在灶上炒菜，老板娘在前头招呼。墙上挂着六块小木头牌儿，黄底黑字分别写着"焦熘里脊""尖椒肥肠""干烧黄鱼""酱焖肘子""八珍豆腐""虾油全爆"，看来都是店家的拿手菜。崔老道是奔着花钱来的，要说去大饭庄子，兴许还得琢磨琢磨，毕竟太贵的他也吃不起，进了开在胡同里的小饭馆子，那可跟到了姥姥家似的。他将菜牌上的六个拿手菜挨个点了一遍，又让老板娘给他烫了一壶二锅头。不大会儿工夫，酒菜陆续端上桌来。崔老道提鼻子一闻，的确是正宗老味儿，那还等什么？连吃带喝比画上了，挨个菜尝了一遍，不由得连声赞叹，这个没字号的小馆子真是藏着龙卧着虎！肘子焖得又糯又香，轻轻一提当中的骨头就能脱出来；肥肠收拾得干干净净，肥而不腻、外焦里嫩；干烧黄鱼肉细味足，微微带着点辣口儿，就着铺在上边的生葱丝，越吃越过瘾。最绝的是那道虾油全爆，全切成拇指肚大小的丁块，炒出来明汁亮芡，晶莹剔透，另有一小碟虾油，夹一筷子菜，蘸一蘸虾油，搁到嘴里一嚼，简直回味无穷。津沽八十八家最出名的大饭庄子，家家有这道全爆，崔老道至少吃过其中的一多半，跟人家这个不挂招牌的小饭馆一比，那些大饭庄子掌勺的全得再去拜师学艺去。

菜吃着顺口儿，酒当然也没少喝，装满了半斤二锅头的锡利壶，让他喝了个底朝天。崔道爷向来口无遮拦，又没多大出息，饿了尿饱了横，酒喝到位了得意忘形，忍不住卖派卖派，叫过掌勺的老板一挑大拇指："好！贫道尝尽了天下美味，你这手艺绝对算数得着的。如若开个饭庄子，什么四大楼八大成，全都没生意了！"老板赶紧抱拳称谢："您抬举了！家传的手艺，做个小买卖糊口，别的咱可不敢想。"崔老道点了点头："不过美中不足啊，全爆差了点儿意思，贫道点拨你一句，这个菜就没挑了！"

266

开饭馆的迎来送往，什么样的人没见过？尤其是喝完了酒不懂装懂满嘴胡呲的，老板早已见怪不怪了，可对付这路酒腻子你还不能抬杠，就得顺着他说："道爷，小的我愿闻其详。"崔老道故作高深，手捻须髯、微闭双眼，摇头晃脑地说："我来问你，全爆里用了哪几样东西？"饭馆老板不以为然，一听问这话就是外行，全爆里放什么并无一定之规，主要看当天备的什么料，只要味道不犯冲，都可以往锅里放，却仍赔着笑脸敷衍："我用的是鸡丁、目鱼花、虾仁、海参、肚块、鸭胗、贝柱、墨鱼、玉兰片。"崔老道一边听，一边掰手指头数着，听完一拍桌子："对啊，你只用了九样东西，老话讲'九为整、十为全'，不够十样怎么能叫全爆呢？"老板有心说一句："炝锅的葱姜蒜不算材料？那加一块不就超出十样了？再说我这一个没招牌的小馆子，哪路食客有那个闲心，吃一道全爆还非得数出十样来？"转念一想，宁跟明白人打架，不跟糊涂人说话，我跟一个醉鬼较什么劲呢？于是给他作了个揖："承蒙道爷指点，您真称得起是无一行不懂、无一事不明，小的我受益匪浅。"说完又叫老板娘烫了一壶酒，给崔老道摆在桌上："这是我敬您的，您吃着喝着，我先忙我的去了。"

崔老道却没卖弄够，一把拽住老板的袄袖子："等会儿等会儿，店里又没别的客人你忙什么去？听贫道把话说完了……"老板走不成了，只得给他个耳朵。崔道爷自顾自地说了个口沫横飞："为什么全爆非得有十样呢？不仅因为十为全，按咱天津卫饭庄子的规矩，菜单子上说一就是一、说二就是二。独面筋，一盘菜里只有面筋，挑不出第二样；爆双花，就是鱿鱼花、腰花；你要说烩三丝，那必须是海参丝、肉丝、笋丝；心、肝、腰子搁到一块儿，那叫爆三样，不能叫爆五样、烩七丝……"崔老道干别的稀松二五眼，可要说沾上吃喝，他

267

绝对是当仁不让，最会挑肥拣瘦，拿出在路边说野书的能耐，车轱辘话来回叨咕，一句拆成三句，三句拆成五句，一张嘴口若悬河："我再跟你说说全爆怎么做，这里面的规矩可大了去了，主料讲究，配料更讲究。葱要用宝坻的'五叶齐'，切成蛾眉葱丝，蒜也得选宝坻的'六瓣红'，切成凤眼蒜片。急火热油下锅，一抖手来个大翻勺，勺里的鱼花、肉丁不乱不散，再翻第二回，比第一回翻得高，第三回要比第二回翻得高，这叫步步高。来个三翻四抖、花打四门，跟说相声的一样，这个菜炒出来才能入味儿、口儿正！"

崔老道摇头晃脑一通胡吹海侃，饭馆老板实在听不下去了，心说："我这一天趴锅燎灶忙忙叨叨的，为了挣你那仨瓜俩枣儿的，还得听你这通穷白话？"趁着崔老道咽唾沫的工夫，赶紧说："道爷道爷，我拦您一句，您真是吃主儿，太懂行了，冲这个我今天也得给您打个八折！"崔老道大喜："行行，那我可不客气了，赶紧结账！"仰脖干了壶中酒，付过账要往外走，却觉得还是没说痛快，一扭身又回来了，大言不惭地说："贫道看你是可造之材，还得再点拨点拨你，一道菜的口味正不正还得看作料，那可马虎不得。比如说这个面酱，你就用孟家老酱园的'三年甜'，酱油用宏钟牌的，不过点到为止啊，搁多了遮鲜味儿。再有一节，你这牌子上的菜本来就不多，有了八珍豆腐，又有虾油全爆，这两道菜有点儿重了，这得改改！"老板都快让他烦死了，鸡啄碎米一般使劲儿点头："您说得太对了，我再送您俩冷荤，您带家去，给家里人尝尝！"扭头吩咐老板娘，"快给道爷切一盘酱肘花，再拿俩卤猪蹄子！"

崔老道暗暗得意，不枉我铁嘴霸王活子牙的名号，仅凭着几句话，家中老小又有饭辙了。接过老板娘递来的蒲包，喜滋滋出了小饭馆。

他推着卦车直奔丰源海货店，把当天晚上的吃喝都买齐了，又迈步进了旁边的茶行。小伙计认识他，知道他平时只买三十个铜子儿一斤的茉莉花茶，每个月固定只花三十个铜子儿，抠抠搜搜多一个都不带掏的。但做生意的和气生财，无论什么人进了门，买不买茶叶都得笑脸相迎，立刻弯腰赔笑打着招呼："崔大爷，您还是老规矩？要我说您真是想不开，三十个铜子儿一斤的茶叶里边净是碎末末，喝着牙碜，第二泡味儿就淡了。戏是越听瘾越大，茶是越喝口儿越高，可是一问您您就说喝惯了，是不是舍不得喝点儿高的？"崔老道当天挣得比哪天都多，让兜里的钱烧得五脊六兽，底气也足了："嘿！你说你这孩子，怎么还瞧不起你崔大爷了？来，给我拿一块钱一斤的，来二两！"想不到小伙计还挺会做买卖，摇着脑袋说："一块钱一斤的算什么好茶叶？我们头天来了一批香片，白茶的茶青，熏了九窨，沏一碗满院子飘香，也没多贵，五块钱一斤。人家宅门里的老爷太太都喝这个，要不您也尝尝？"崔老道今天没少喝酒，小饭馆的老板又把他捧美了，早忘了自己姓什么了，心说我也不缺胳膊不短腿的，凭什么不能喝好茶叶？一咬牙一狠心，掏出一块钱，买了二两香片。饶是如此，当天说书挣的钱愣是没花完。

晃晃荡荡回到家中，当天晚上，崔道爷就着海货，又美滋滋喝了一顿酒，然后往茶壶里捏了一捏半的上等香片，滚开的水沏得了，小口小口地抿着，连喝了五碗。别说，一分钱一分货，十分钱买不错，贵有贵的道理，好茶叶是香，这股子香气能在嘴里转悠半天。他倒是没忘"生意钱，当天完"的规矩，一边喝茶一边盘算："今天挣的钱比哪天都多，不仅下馆子吃饭打了八折，老板还额外送我俩冷荤，以往出门可净倒霉了，这一次不仅没吃亏，居然还占了便宜，许是我铁嘴霸王活子牙时来了运转、否极了泰来了？看来风水轮流转，天道有轮回，倒霉事还能总让我碰上吗！"

崔老道吃饱喝足了，晕晕乎乎往炕上一倒，一会儿想想小饭馆的全爆，一会儿想想丰源海货店的螃蟹，一会儿又想想那五块钱一斤的好茶叶，光咂摸滋味就咂摸了半宿。不承想到了后半夜可坏了，只觉全身乏力，脚底下发飘，脑袋瓜子一阵阵地直犯迷糊，紧跟着脸也青了，虚汗也下来了，五脏六腑如同翻江倒海，躺在炕上直翻白眼儿。

这可把他老婆崔大奶奶吓坏了，急忙披上衣裳，去敲同院六哥六嫂子家的大门。六哥在南市三不管儿摆摊卖药糖，号称"天津卫独一份"，家里常备着熬药糖的中草药，于民间来说，他这算半个郎中。街坊邻居有个头疼脑热、吐酸水儿打饱嗝的都找他。六哥两口子随着崔大奶奶进屋一看，崔老道已然神志不清，抬头纹都开了，看来这人要完啊，药糖可治不了要命的病！崔大奶奶闻听此言，真是香炉里长草——慌了神了，一屁股坐在炕头上，哭天抹泪地叫屈，忽而又想起了什么，对六哥说道："我记着鸟市里有一家'普济堂'，卖牛胎丸，上治跌打损伤，下治精神不振，什么病都能治，不行明个儿一早……"六哥一拍大腿，拦住她的话头儿，叹气道："您是有所不知，那都是骗人的把戏！何况崔道爷的脉都快没了，哪还等得到明天早上？我倒有个主意，租界地的洋医馆专治疑难杂症，不行咱死马当成活马医，尽快把崔道爷送过去，说不定人还有救！"

民国年间，天津卫的租界里开设了好几家外国医院，民间俗称为"洋医馆"，那可不是给穷老百姓瞧病的地方，兜儿里没钱的打门口路过，看都不敢多看一眼。崔大奶奶也是急火攻心，只想着救人，顾不了那么多了，六哥六嫂子好人做到底，帮忙拿小车推着崔老道送入了洋医馆。黄头发蓝眼珠儿的洋大夫给崔老道打洋针、灌洋药，又拍了通洋照片。经过这一番折腾，天都快亮了，洋大夫操着一口半生不熟的中国话，告诉崔大奶奶病人得开刀做手术。崔大奶奶雾里看花闹不明白。六哥果然有些见识，跟她解释说，洋医生要拿一把小刀片子，切开崔道爷的肚皮，"喀里咔嚓"捣鼓一通，该扔的扔、该换的换，再拿针线给缝上，抹点儿胶水粘结实了，这病就能好！他不说便罢，一说倒把崔大奶奶吓蒙了："哎哟天爷呀，听着怎么跟拉胶皮的补车胎一样呢？"她虽然不识字，但也听过书、看过戏，关二爷刮骨疗毒，那刮的可是胳膊，如若把肚子拉开，只怕关二爷都顶不住，何况是崔老道呢？说什么也不同意，脑袋摇得如同拨浪鼓。洋大夫两手一摊，扔下两句一嘟噜一串的洋文——病人家属拦着，他也没辙。等一算账崔大奶奶可傻眼了，瞧病的诊费、洋针洋药的费用不是小数，可比江湖郎中的价码高太多了。崔老道家里没有存项，连算卦带说书，忙活一个月也挣不出来这么多钱。可是不给够了钱，人家就要打电话叫洋捕快，将这一干人等抓入巡捕房，那还不得扒下一层皮去？只得先将崔老道扔在医馆，回到家里敛吧敛吧，把能当能卖的全拿出来，连带着崔老道全身的行头和卦车，全部押在了典当行，再加上他说末场书没花完的钱，左邻右舍又给凑了一点儿，勉强交付了诊金。

回到家里，崔老道精气神儿见缓，但仍觉得头重脚轻，一闭上眼又是天旋地转，只得继续求医问诊，最后从白庙请来个七十多岁的老郎中，进了门一搭脉便问："最近喝酽茶、吃海货了吗？"当时崔老道吓了一跳，难不成这位也是能掐会算，我又遇上同行了？他急忙欠身答道："三天前喝过，五块钱一斤的，海货也没少吃。"老郎中摇了摇脑袋："你就是受苦的命，人家有钱的大爷成天鱼山肉海的，肠子上的糖油都成包浆了。你可不是，一介布衣草民，即便能吃上荤的，跟人家从小吃到大的也没法比。越好的茶叶性越大，别说是你肠子上的那点儿糖油了，生锈的铁锅照样能刷干净了，有钱的财主喝完了不要紧，你哪儿搪得住啊！不单如此，海货乃寒凉之物，再蒸得半生不熟的，酽茶下了肚子一搅和，不犯冲才怪呢！记住喽，东西再好也不能过量，适可而止！"崔老道悔青了肠子："我真是花钱找罪受啊！连买茶叶带瞧病，钱花得海了去了。既然找到了病根儿，您给开个方子吧！"老郎中笑道："用不着开方子，半斤山楂片、半斤冰糖、两个酸梅，熬一大锅水，喝下去就好了。"

偏方治大病，崔老道喝下半锅酸梅汤，隔了一天便可下地行走，只是心疼那剩下的一两多好茶叶，说什么也不敢再喝了。在家躺了这几天，他倒是琢磨明白了，正因为自己吃饱喝足之后胡言乱语，占了饭馆老板的便宜，致使当天说书挣的钱没花光，这才走了背字儿，倒了血霉，险些命丧洋医馆。看来往后真得处处留神，多积点儿阴德，别闹得一步棋错，满盘皆输。眼下囊空如洗，兜儿比脸干净，还得接着说书算卦挣嚼裹儿。怎奈行头全进了当铺，连裤腰带都没了，穷家破业的没钱赎取，那还怎么去南门口做生意？

3

江湖艺人说的江湖话称为"春典"，主要用于同行之间沟通，不准对外人泄露，以免毁了他们的买卖，害得他们置不下杵、吃不上饭。蔡九爷是开书场子的老板，没有师承门户，却对江湖话了如指掌，自诩是"满春满典"，为了显得自己内行，逮着机会就用。按他的说法，崔老道"念啃"，险些"土点"，进了一趟洋医馆，把能当的全当了，没了道袍道冠、水袜云鞋、拂尘法尺，外加算卦的小木头车，大病初愈"夯头子又鼓了"，也就是闹了嗓子，哪还有脸再出来说书？

书场子里起满坐满、胜友如云，有人幸灾乐祸，有人摇头叹气，也有人急得跺脚骂街。此事一传出去，很快成了街头巷尾茶余饭后的谈资，老话说"听评书掉眼泪——替古人担忧"，大伙这一次倒没替古人担忧，改成替说书先生操心了！

又过了两天，有个眼尖的打南门口路过，无意中瞥了一眼，正瞧见崔老道！为什么说是"眼尖"的呢？因为崔道爷不仅没推着小木头车，身上的行头也换了，什么八卦仙衣、水袜云履、九梁道冠、宝剑拂尘，掖在脖子后头的法尺，那是一概没有。穿着补丁摞补丁的粗布衣裤，腰里扎着一条麻绳，脚底下趿拉着两只飞了边卷了帮的破布鞋，抱着肩膀在街边一站，两个眼珠子"骨碌碌"直转悠，似乎正在琢磨怎么圆黏子。赶上看见他的这位嗓门还不小，隔着老远招呼一声："嚯喔！这不是崔道爷吗！多少天没见着您了，您死哪儿去了？"老天津卫说话就这样，越熟越不外道，甭看你是说书的，我是听书的，我不把你当成高台教化，你也别将我看作衣食父母，咱就跟好朋友一样，没有不能说的话。见了面客客气气、嘘长问短的，那准是交情不够。再不然是你能耐不济，我懒得跟你多费唾沫。

这位这一嗓子，无异于替崔老道"开了门"，当时"呼啦啦"围过来一两百号闲人，鸡一嘴鸭一嘴地问东问西。其中有人问了："哎哟，这才几天没见，您怎么还俗了？"有接下茬儿的说："崔道爷是在家的火居道，喝酒吃肉不论荤素，妻儿老小一个不少，既不修口，又不修身，他够俗的了，还能还哪门子俗啊？"也有人问："崔道爷，说完《窦占龙憋宝：九死十三灾》您怎么就不露面了？是不是肚子里没货了，又住到哪座破庙里捣鼓梁子去了？"还有拿崔老道找乐儿的："听蔡老板说，您那袍子、掸子、小木头车子全进了当铺，您这是为了吃海货吗？"

崔老道眼瞅着"黏子"围得水泄不通，都不用他自己费劲，当即给众人作了个罗圈揖，长着夯头说道："诸位明公，贫道在南门口说书讲古这么多年了，何曾动过还俗的念头？您各位问了，既然你崔老道还是崔老道，为什么今天没穿道袍呢？不穿道袍还能叫老道吗？说完《窦占龙憋宝：九死十三灾》，那么多天你干什么去了？为什么不接着往下说了？是不是编不下去了？实不相瞒，皆因贫道的《窦占龙憋宝：九死十三灾》泄露了天机，结果惹上一件麻烦事，说大不大、说小可也不小，这话怎么说呢？且听我给您各位念叨念叨。"

崔道爷没了身上的行头，可不耽误耍嘴皮子，那真是气死画眉、不让百灵，太能哨了，几句话又吊起了大伙的胃口，这就是"平地抠饼"的能耐。话说正是讲完《窦占龙憋宝：九死十三灾》那天，崔老道吃饱喝足回到家，天一黑便吹灯上炕。他钻进被窝，脑子里可没闲着，《四神斗三妖》还得接着往下讲。万事开头难，说书也是如此，最难的就是开书头一场。哪怕是知道前因后果，他也得提前捋一捋书梁子，在肚子里编纂编纂，把这块活儿捯明白了，想清楚了盐打哪儿咸、醋打哪儿酸，哪处详哪处略，又该如何铺排，不能话赶话说到哪儿算哪儿。搜肠刮肚绞尽脑汁琢磨了半宿，迷迷瞪瞪刚见着周公，忽听有人砸门！

他老婆崔大奶奶以为邻居有什么急事，忙点上灯，趿拉着鞋下了地，打开门往外看，张望了半天，院子里空无一人。崔老道住在南小道子胡同的大杂院，还不是他自己家的房子，靠着口挪肚攒，赁了两间小屋子栖身。整个大杂院前后两进，住了不下十几户，出来进去全走一个大门。黑天半夜，大杂院早已关门落闩，外人进不来，同院的邻居也都睡觉了，谁砸的门呢？

过去的妇道人家没有不迷信的，崔大奶奶吓得够呛，赶紧关上屋门，推了一把被窝里的崔老道："别睡了别睡了，咱家闹鬼！"崔老道不以为然："你真叫头发长见识短，忘了我是干什么的了？什么鬼敢上咱家闹来？"崔大奶奶不放心："你刚才不也听见了，院子里又没人，要说不是闹鬼，这大半夜的谁敲咱家门？"

崔老道拗不过崔大奶奶，只得从炕上爬起来，睡眼惺忪地出门看了看，又拿块湿布在门上擦了几下，回来告诉他老婆："踏实住了，什么也没有，肯定是哪个同行使的坏，看我挣钱了眼红，偷着在门上刷点儿鳝鱼血什么的，夜里引得蝙蝠往门上撞，这叫'鬼拍门'。再不然是'天南星'，拿熬化的鱼鳔抹在咱家门上，那玩意儿干了容易崩裂，听着跟有人砸门似的。无非是下三烂的江湖手段，没什么出奇的，睡觉睡觉！"

崔大奶奶叹了口气："吃江湖饭的好人不多坏人不少，自打你在南门口开说《窦占龙憋宝》，成天吃香的喝辣的，还存心故意地显摆，真是够招欠的。别说同行同业的嫉恨了，街坊四邻都看不过去……"絮叨了半天，这才钻被窝睡觉。

崔老道嘴上吹得跟二五八万似的，只不过是为了让崔大奶奶安心，实则他还有点儿自知之明，哪个江湖人吃饱了撑得在他门上抹鳝鱼血？只怕真有什么东西在门外作怪！

道门中人讲究睡功，看着是睡觉，实则在行功法，正所谓"只管逍遥不管天，日高五丈尚闲眠；白云深处学陈抟，一枕清风天地宽"，睡梦中身心两忘，一觉醒来方才闲适自在。崔老道一宿没睡安稳，早上起来头昏脑涨，哪还耍得了舌头、说得了书？他自己翻箱倒柜收拾收拾，告诉崔大奶奶："我出门去办一件急事，少说三五天才能回来，你照顾着家里老的小的。"崔老道常年东奔西走，三天两头不着家，即便在家，也是横草不拿、竖棍不捡。崔大奶奶早见惯了，实在没饭辙了，该赊的赊，该当的当，不行再找老街旧邻拆兑一口吃食，总不至于真饿死。

崔老道带着铺盖卷出门，先在胡同口吃了顿早点，额外多拿了十几个芝麻烧饼。过金钢桥往东走，有一座半荒的村落，曾是堆贮贡盐的皇盐厂，白皑皑的盐坨蜿蜒数里，周边盖起了许多屋舍。后来盐坨废弃，逐渐有流民聚集，形成了一个小村子。但因地势荒僻，干什么都不方便，村子里的住户并不多。崔老道寻得一间空屋，推门而入，天黑后点上油灯，拿了本破书凑在灯底下翻看，一边支棱着耳朵听着外边的动静。

不觉夜至三更，困得眼皮子直打架，忽然有人砸门，"砰砰砰"的响动不小。崔老道打开门，四下不见人影。进屋关门，刚一落座，门板又被砸得山响，反反复复折腾了七八次。崔道爷不堪其扰，走到门外怒斥一声："识相的赶紧滚蛋，否则贫道一记掌心雷，打你个灰飞烟灭！"话音未落，卷来一股子黑风。崔老道睁开道眼观瞧，见空地上趴着一只嘴头子黢黑的大狐狸，冲着他口吐人言："你个牛鼻子，甭跟我来这套！我还不知道你？尽管在龙虎山上看过两行半的天书，怎奈命浅福薄，空有一身五行道法你不敢用，还他妈想吓唬我？我敢找上门来，就是料定了你不能把我怎么着。我虽也弄不死你，但我天天搅和你，让你睡不了觉、说不了书，断了你一家老小的嚼裹儿，看你能奈我何？"

崔老道心中诧异："从哪儿来的狐狸，怎么跟我那么大仇？"不过他脸上可没带出相来，高诵一声道号："无量天尊，既然是上门寻仇的冤家对头，贫道也不能怕了你，五行道法虽高，却不诛无名之辈，你敢留个名号在此吗？"

狐狸怒气冲冲："揣着明白你装糊涂，你只管说你的《窦占龙憋宝》，提胡爷我的名号干什么？本来都以为我死了，可恨你嘴上没把门儿的，竟敢泄露天机，在南门口当众说我没死，害得我难逃劫数！"

崔老道登时明白了，来的正是胡臭嘴子。窦占龙当年在老铁桥下憋宝，落入河中的胡臭嘴子只是诈死，它瞒天过海，这么多年一直躲在九河下梢，结果让崔老道说破了行踪，迟早逃不过天打雷劈的下场。这个妖狐怀恨在心，忍不住找上门来报复。

崔道爷明知理亏，却也不能承认："贫道乃玄门正宗，你一个四足踏地的山牲口，岂配跟我理论？"说完一扭头，他进屋去了。话是拦路虎，胡臭嘴子吃了个烧鸡大窝脖儿，干瞪眼没脾气。转天夜里又来砸门，这一次不一样了，它两条后腿着地人立而起，露出一块毛茸茸的肚皮，对着崔老道破口大骂。崔老道仍是不急不恼，仰天打个哈哈，扔下一句："你个赤身披毛的东西，也忒不知羞耻，甭在你家道爷门前臭丢！"说完又进屋了。第三天夜里，胡臭嘴子又来了，不知从哪个坟头里扒出一身破破烂烂的死孩子装裹，穿着前来砸门。崔老道暗骂："这个挨千刀的倒是挺会想辙，热面汤你还跟我端上了。且让你见识见识铁嘴霸王活子牙的手段！"当下揣着手出了门，冷着脸斥责胡臭嘴子："阎王爷桌上抓供果——你是上赶着作死啊！贫道本不想跟你计较，你却再三上门搅扰，真是好了痔疮忘了疼，上我这儿找巧儿来了？既然你不知死活，可别怪道爷翻脸无情！"

胡臭嘴子根本不怕崔老道，尖着嗓子对骂："你个有骆驼不吹牛的杂毛老道，累断了筋挣不出半拉窝头，光屁股进棺材——死不要脸的玩意儿！憋着一肚子坏水，在南门口招摇撞骗，祸害了多少良善之辈！长着两只狗眼，偷看了两行半的天书你到处兴风作浪，走到哪儿搅和到哪儿；三只贼手你不干不净，串通群贼夜盗董妃坟不说，又擅取金枪宝镜，放走金睛百眼怪；四处诓拐讹诈，打鬼胎卖野药批八字合龙凤帖你坑一个是一个；且又五谷不论，为着口腹之欲蒙面丧心，端起碗吃肉，放下碗骂娘；自己在外面混吃混喝，扔下老的小的在家挨饿受冻，你这叫六亲不认；满脑袋糨糊七窍不通，擅自给人指点风水宝地，闹得董地主家破人亡；损人不利己谁碰上你谁倒霉，简直是八方害人，跟你拜把子交朋友的哪一个不是死于非命？又专逞口舌之能，逮着谁咬谁，堪称九头毒蛇；坑蒙拐骗偷奸懒馋滑坏你占全了，真可谓十恶不赦，你你你……你就等着遭报应吧！"

胡臭嘴子越说越生气，越骂越愤恨，嘴角子泛着白沫，一句比一句调门儿高。崔老道却似充耳不闻，疾走几步，到得胡臭嘴子跟前，俯下身跟它来了个脸对脸，厉声断喝："咄！你乱嚷嚷什么？显你嗓门大是吗？"胡臭嘴子愣了一愣，但是一步没退："又他妈吓唬我？嗓门大怎么了？骂的就是你！你那五行术法呢？掌心雷呢？有多大屁股穿多大裤衩，瞧瞧你那倒霉脸谱儿，胡爷我真不信你能滋出一尺三的尿去！"

崔老道脸色一沉："贫道若无擒龙手，岂敢腾云上九天？你个不知好歹的玩意儿，收拾你还用得着五行道法？我下山入世，实乃应劫而来，你这厮不过是胡家门的一个败类，怎能洞悉此中玄机？你在九河下梢扫听扫听，崔道爷我人称'铁嘴霸王活子牙'，四神三妖中占个'殃神'。我说你好未必能好，说你倒霉可是一说一个准儿！你也别啰唆了，发昏当不了死，速速跪地求饶，由贫道送你一程，将你拎到狐狸坟，按着你家门规发落，保不齐还有转世投胎重入六道的机会。否则我上嘴唇一碰下嘴唇，说你甭等雷劈了，明天一早就该让人抽筋扒皮，你觉得你躲得过去吗？"

胡臭嘴子听得"殃神"二字，已自倒吸了一口凉气，心说坏了，我怎么没想到这一节呢？再看这个长袍大袖的牛鼻子老道，夜风凛凛中衣袂飘摆，颇有仙风道骨之态，真乃天上神人！它真让崔老道这一番话吓得够呛，却又心有不甘，仍待反唇相讥。怎知崔老道出其不意攻其不备，运足了丹田之气，突然啐出来一口浓痰。双方相距太近，胡臭嘴子躲闪不及，正让这一口黏痰糊到脸上。别看它嘴臭，可还挺爱干净，这一下真是恶心坏了，急得四肢乱摆浑身抽搐，羞愤之余忙用爪子去抹。

怎知崔道爷还有后招。他为什么是揣着手出来的？因为袖中暗藏着从家带来的擀面杖！当场抽在手中，抡开来对着狐狸一通乱打。胡臭嘴子一万个没想到，崔老道既不跟它斗法，也不跟它斗嘴，直接拿棍子招呼啊！不由得又惊又怒："哎哟喂，你怎么动家伙……"话音未落，早被劈头盖脸的闷棍打翻在地，口鼻淌血，屎尿齐流。它本来也没有多大道行，以为崔老道不敢擅用五行术法，这才有恃无恐找上门来挑衅，却忘了一个是人一个是狐。它胡臭嘴子还没条野狗个头大，崔老道立着比它高，躺着比它长，瘸了条腿也是一百多斤的大活人，一个草狐才多少斤？崔道爷惹不起混混儿、斗不过兵痞，揍个狐狸可绰绰有余。但是再怎么说，胡臭嘴子也是胡三太爷门下，崔老道不看僧面看佛面，手下留情只打了它一个半死，顺手扯下裤腰带，三下五除二将妖狐捆了个结实。

书说至此，崔老道拔高了调门儿："贫道不用五行术法，仅凭这一张铁嘴、两排钢牙，三言五语说得妖狐束手就擒，狠狠揍了它一顿，算是略施惩处。本应该亲自将其押往狐狸坟，转念一想，此去关东山千里迢迢，一来一往的太远了，咱还得接着在南门口说《四神斗三妖》啊，怎么能让老少爷们儿干等呢？只好让小徒弟替贫道走一趟，又恐他年轻识浅，嘴上没毛办事不牢，想那妖狐能言善辩、诡计多端，放个屁也能将人迷住，半路上再跑了怎么办？便将八卦仙衣、水袜云履、九梁道冠，连同拂尘、法尺、木剑、黄符、卦车一并给了小徒弟，吩咐他去办这趟差。头些天说书挣的钱，全拿给小徒弟当路费了。故此耽搁了一阵子，没能来南门口说书。不过降妖捉怪乃贫道分内之事，捉拿妖狐也算替天行道，给世间除了一害。若不是在地道外开书场子的那位同行满嘴跑骆驼、胡说八道混淆视听，贫道何至于跟大伙叨咕这芝麻绿豆大的小事，耽误您各位听正书呢？毕竟我道门中人少思寡欲，眼不见邪事，耳不闻干戈，闲来山前观虎斗，闷坐桥头看水流，怎会在乎此等鸡鸣狗吠的闲言碎语？"

崔道爷说得有鼻子有眼儿，既遮了羞脸儿下了台阶，又显得自己这部《四神斗三妖》并非胡编乱造，捎带着还骂了蔡老板。在场众人听了个云山雾罩，也不知该信谁了。崔老道趁机拴扣："咱们言归正传，胡臭嘴子道行不大，作的妖可不小，不是它多嘴多舌，怎会引得憋宝客来到狐狸坟？憋宝客不来狐狸坟，窦白两家何至于反目成仇？又哪有后边的一连串祸端？收拾完这个妖狐，《窦占龙憋宝：九死十三灾》就算正式告一段落了。说完骑驴憋宝的窦占龙，接着可该说点烟辨冤的郭得友了。您想，《四神斗三妖》这一整部大书，专讲天津卫四大奇人怎么对付外道天魔，那边的三妖已经化了天魔，这边的四大奇人可还少一个呢！没了巡河队屡破奇案的郭二爷，那就叫三缺一，凑不成一桌子牌啊！得嘞，我也不跟大伙客气了，咱受累掏掏兜儿，无多有少您帮衬几个，只当助一助贫道降妖捉怪的功德，回去给祖师爷的灯里添上二两灯油，顺便置办一身行头，吃一顿整桩饭，睡一个囫囵觉，养足了精神头儿，赶等明天一早，老道徒再来南门口，伺候您这本《河神：秽忌天兵》！"

（《窦占龙憋宝：九死十三灾》完）

．

天下霸唱全部作品目录

《凶宅猛鬼》（无实体书）

《鬼吹灯 1：精绝古城》　　　　《鬼吹灯 2：龙岭迷窟》

《鬼吹灯 3：云南虫谷》　　　　《鬼吹灯 4：昆仑神宫》

《鬼吹灯 5：黄皮子坟》　　　　《鬼吹灯 6：南海归墟》

《鬼吹灯 7：怒晴湘西》　　　　《鬼吹灯 8：巫峡棺山》

《贼猫》

《鬼吹灯之牧野诡事》

《地底世界：雾隐占婆》　　　　《地底世界：楼兰妖耳》

《地底世界：神农天匦》　　　　《地底世界：幽潜重泉》

《绝对循环》

《门岭怪谈》

《我的邻居是妖怪》

《鬼不语：仙墩鬼泣》

《无终仙境》

《迷航昆仑墟》

《摸金校尉：九幽将军》　　　　《摸金玦：鬼门天师》

《河神：鬼水怪谈》

《大耍儿1：湾兜风云》　　　《大耍儿2：两肋插刀》

《大耍儿3：生死有命》　　　《大耍儿4：肝胆相照》

《天坑鹰猎》　　　　　　　《天坑追匪》

《天坑宝藏》　　　　　　　《天坑走马》@

《崔老道捉妖：夜闯董妃坟》（四神斗三妖系列1）

《崔老道传奇：三探无底洞》（四神斗三妖系列2）

《火神：九河龙蛇》（四神斗三妖系列3）

《火神：外道天魔》（四神斗三妖系列4）@

《窦占龙憋宝：七杆八金刚》（四神斗三妖系列5）

《窦占龙憋宝：九死十三灾》（四神斗三妖系列6）

（@为待出版，副标题以最终出版实体书为准）